学校那边

李万科◎著

中国财富出版社有限公司

图书在版编目（CIP）数据

学校那边 / 李万科著. —北京：中国财富出版社有限公司，2021.6
ISBN 978-7-5047-7450-7

Ⅰ.①学…　Ⅱ.①李…　Ⅲ.①长篇小说—中国—当代
Ⅳ.①I247.5

中国版本图书馆 CIP 数据核字（2021）第 107981 号

策划编辑　张彩霞　　**责任编辑**　张红燕　蔡　莹
责任印制　梁　凡　郭紫楠　　**责任校对**　张营营　　**责任发行**　杨恩磊

出版发行	中国财富出版社有限公司		
社　址	北京市丰台区南四环西路188号5区20楼	**邮政编码**	100070
电　话	010-52227588 转 2098（发行部）		010-52227588 转 321（总编室）
	010-52227588 转 100（读者服务部）		010-52227588 转 305（质检部）
网　址	http: //www. cfpress. com. cn	**排　版**	宝蕾元
经　销	新华书店	**印　刷**	宝蕾元仁浩（天津）印刷有限公司
书　号	ISBN 978-7-5047-7450-7 / I · 0327		
开　本	710mm × 1000mm　1/16	**版　次**	2021 年 7 月第 1 版
印　张	15.5	**印　次**	2021 年 7 月第 1 次印刷
字　数	216 千字	**定　价**	48.00 元

自 序

当我写完这部小说的时候，中国已经全面脱贫，因贫辍学、因家庭发生重大变故而辍学的现象已经大幅减少。现阶段，厌学已经成为学生辍学的主要因素。为何会有许多学生厌学？一方面来自个体本身，成长环境的不同造就了不同的孩子，就如我们必须承认教育的差异性一样，我们也必须承认，不是所有的孩子都适合一天到晚地待在教室里学习；另一方面来自我们对教育的焦虑，也许中国没有哪个时代像这个时代一样对教育如此焦虑，社会焦虑、教师焦虑、家长焦虑、学生焦虑，这种焦虑使得中国教育的应试性愈演愈烈。教育的焦虑能消除吗？短时间当然不能，这是时代和文化共同作用的产物，这是优质教育资源供给不充分的结果。在中国新型城镇化的背景下，农村教育陷入了尴尬的境地，优秀教师不愿来农村，年轻教师不愿留在农村，学习成绩好的学生又大多去城里上学，这使得农村教育不可避免地陷入困境。

我们常常说，小说是什么？小说是生活的写照，是生活的一面镜子。然而，小说真的就仅仅是一面镜子吗？就只是为了去反映生活真实的一面吗？在我看来，小说是在创造世界！小说所创造的世界和我们现实世界并不完全相同，它是独立的，它有自己的逻辑和法则。但是，这个世界又和我们所处的现实世界有着千丝万缕的关系，现实世界为小说的世界源源不断地提供着养分，使得小说的世界不断丰满。这像极了母体和胎儿的关系，母体是现实世界，胎儿是小说世界，母体滋养着胎儿，为胎儿的成长提供着营养，直到有一天，胎儿出生，这便是小说写成之时。生出来的孩子可能和父母长得很像，比如眼睛、脸型，可孩子绝对不是父母的简单复制，他是独立的个体，他有自己的思想，他不是因父母而来，而是借助父母而来。只有懂得了小说是在创造世界，而不是在单纯地反映现实世界，我们的想象力才能迸发，我们才能创作出好的小说来。

在我写作的时候，书中的人物常常浮现在我的面前，他们看着我写作。于是我战战兢兢，生怕把他们写坏了。然而，他们的命运又不是我所能左右的，是故事发展的必然结果，比如小说里的妍珊，她最终还是死了，我也为她伤心，可我无能为力，我唯一能做的，便是尽力地把他们塑造好。蒋书轮、妍珊、周新杰、王亭亭、李浩、李梦瑶以及书里其他的人物，在现实世界里都能找到影子，我爱着他们，我和他们一起在苦难中挣扎，在幸福里欢笑。

这部作品是我的长篇小说处女作，无论在思想上还是在艺术形式上都不免有拙劣之处。我所满意的永远是下一部小说，我所热爱的永远是这可爱的文学。

2021 年 5 月 5 日

目　录

第一章　李浩

站在制高点看这个小镇，小镇犹如一个躺在土地之上、穿着打补丁的粗布大衣的巨人，一切都是那么朴素、那么陈旧。巨人手的位置是小镇的工业区，低矮的厂房里整天传出隆隆的机器轰鸣声，有时会从里面走出来几个黝黑的、浑身流汗的男人，他们拿起缸里的水舀，在太阳底下咕咚咕咚地喝水。从巨人的手经过胳膊，来到巨人的胸脯，这是小镇的商业区，是小镇最繁华的地方。道路的两旁各是一趟的三层高的门面房，招牌横七竖八地挂着。卖凉皮的店挨着卖手机的店，卖手机的店的右边是卖衣服的店，总之，只要你沿着路边往前走，总能找到你想买的东西。小镇的繁华不像城市那般灿烂夺目，也不像县城那般端庄优雅，她是小家碧玉型的，甚至连这也算不上，她就像是一个穿了件好看衣服的村姑，虽然遮不住她的土气，但依然让人赏心悦目。小镇就是二十一世纪初的中国的底色。我们从巨人的胸脯往上走，经过脖子就到了它的头部。巨人的头部在最西边，被无边的庄稼包围着。它是一所学校，是镇上的初中，这个镇上以及周边村庄的小学毕业的孩子，都会来这里上学。你听，巨人的嘴在说话呢！那是学生们琅琅的读书声。你看，巨人的眼睛亮了！那是太阳照在教室的窗户上反射过来的光线。你瞧，巨人的头发多茂密！那是学校里高大的梧桐树叶在风中摇曳。

这是学校开学的第一天，蒋书轮就站在制高点上看着小镇。这是一个白皙的青年，刚刚大学毕业，二十二三岁。这个制高点是一座天桥，天桥下是铁路，偶尔会有鸣着汽笛的火车在天桥下穿过。此时的中国，就如同这呼啸的列车，刚刚穿过二十一世纪的第一个十年。蒋书轮在天桥之上望了望巨人的头部，学校快到了，他的脸上忽然现出忧伤的神色。他从口袋里掏了一支笛子出来，笛子是用深色的布套裹着的。蒋书轮取下布套，一支杏红色的、光滑的、苦竹做成的笛子展现在眼前。蒋书轮手持笛子，两臂抬起，手指依次按住笛孔，气流轻轻地从他的嘴唇之间经过，进入吹孔，吹响了笛子。笛子在太阳下熠熠生辉，仿佛吸收了日月的精华，通了人性一般，发出清脆的声音。笛声在这天桥之上悠悠扬扬地向小镇的工业区、商业区和学校飘去，犹如满天的星火，向周围四散开来，最终消失在空气里。

农村的学校，一切都是简陋的。教学楼默默地矗立在土地之上，白色的瓷砖早被风雨侵蚀，变得黯淡无光。楼里大概有十多间教室，几乎每间教室的窗户都是残缺不全的，窗户扇也在风中吱呀呀地响。这所教学楼就像一个已入暮年的老人，皮肤松弛了，牙齿脱落了，脸上刻满了皱纹。教学楼后面是学生宿舍，宿舍的墙皮也一层一层地剥落了，但在斑驳之中，依然能看到“迎着朝霞去，踏着夕阳来”这两行大字。蒋书轮静静地在校园里走了一圈，他发现脚上新买的黑色皮鞋蒙上了一层尘土。他掏出纸巾，蹲下来擦了擦皮鞋。这是他第一次来这个学校，一会儿还要去见校长，因此形象还是要注意的。蒋书轮擦着擦着，心中莫名的悲伤忽然涌向大脑，冲入眼睛，他差点流出泪来。蒋书轮刚刚大学毕业，他想去看看外面的世界，想去社会上“闯荡”一番。可惜，他的父母执意让他在老家附近工作，书轮学的是文学，当老师是最佳的选择了。书轮不想拂了父母的意，他通过了考试，被分到了这个离家十公里远的小镇上当老师。书轮曾经也是个有理想的青年，他热爱文学，他希望自己有一天能成为托尔斯泰那样伟大的作家。他在大学里读了很多书，贪婪地吸吮着大师们的思想；他写了十几万字的小说，只可惜一篇也没有发表。他终于认识到，理想固然高远，但路还是要一步一个脚印、踏踏实实地走。他擦好了皮鞋，又叹了口气，便向校长办公室走去。

校长看起来还算年轻，不到四十岁的样子。他坐在会旋转的皮质椅子上，两根手指夹着烟，他不时地将香烟塞进嘴里，猛吸一口，然后吐出一小团烟雾来。他的头发乌黑发亮，就如他皮鞋的颜色。他眯着眼睛，脸上挂着似笑非笑的表情。他对蒋书轮摆了摆手，长长地吐完了一串烟雾，然后不紧不慢地说："坐！"

蒋书轮坐在了旁边的皮质沙发上，他感到松软而舒适。可他又马上集中注意力，让全身恢复紧张状态。校长正眯着小眼，在上下左右打量着他。蒋书轮觉得校长的眼睛虽小，却如鹰眼般犀利，他有种被看穿了的感觉。然而初生牛犊是不怕虎的，蒋书轮竟将脸转向校长，和他对视起来。校长眯着的小眼霎时便睁大了，他狠狠地吸了最后一口烟，便将烟屁股按灭在了烟灰缸里。

"欢迎来到我们学校，不，咱们学校！"校长挪了挪屁股，找了个更加舒适的位置。他继续说道，"你们这些刚毕业的大学生，虽然肚子里装了很多知识，但不一定能当得好老师。要抓紧时间转变角色。"

蒋书轮点了点头，他目不转睛地看着校长，做出一副认真倾听的样子。校长觉得自己终于有了一个忠实听众，就继续讲下去："当老师，要管理一百多个学生，就要让这一百多个学生刻苦用功，考出高分！你要知道，学生都是未成年人，他们调皮、淘气，不会自主学习，而你，一个老师，就要用尽一切办法逼他们学习！在我这里，我只有一个目标，那就是让学生考高分，不管你用什么方法，剥夺他们的天性也好，让他们成为考试的机器也好，总之，就一句话，你只要把学生成绩提上去了，你就是一个好老师。……我的话你听懂了吗？"校长提高了音调，眼睛也睁得更大了。

蒋书轮忍不住打了个寒噤。他其实并不是一个好听众，刚才他走神了，思绪不知飘到哪里去了。他只隐隐约约记得校长要让他当一个好老师什么的。他立马站起来，大声冲着校长说道："您放心，我一定会努力成为一名好老师！"

校长满意地点了点头，他将身体懒懒地靠在椅背上，眼睛由大变小，又眯了起来。他似笑非笑的表情又挂在了脸上。他大手一挥，说道："你去教初二四班的语文，并兼任四班的班主任！"

蒋书轮像领了命令似的，边点头边向后退，他一直退到门边，打开门，悻悻地走了出去。他抬头看了看教学楼，每间教室里都有学生的身影在窗户后面晃动着；他听到几乎每间教室里的学生都在大声朗读着，洪亮的声音在校园里回荡，最后跃过树梢，飞向无边的天空。书轮爬上了二楼，来到四班，班里的学生正在上着自习，他们看到有人从教室外经过，便纷纷抬起脑袋，像鸭子那般伸长脖子，望向窗外。书轮和他们的目光就这样第一次相遇了。这一刹那是如此的短暂又如此的久远，久远到即便过了许多年，书轮的脑海里依然能够清晰地闪现出他们当时的目光。书轮在这刹那何曾想到过，这几十个孩子，将在他的生命里占据多么重要的位置啊！

书轮走进了办公室，他看到两位女老师坐在桌前专心致志地备课。她们分别是数学老师和英语老师。数学老师个子矮矮的，戴着眼镜，一副小巧玲珑的样子。她微笑着，但那微笑很不自然，那笑容里藏着严肃。

"你是四班班主任？"她压低了眼镜，目光穿过厚厚的镜片，直射到书轮的脸上。

"是的。"书轮答道。

"四班可不是好管的班，你要有个心理准备！"数学老师收起笑容，只剩下了严肃的神情。

"四班的孩子皮着呢！你要学会不怒自威，让学生怕你！"英语老师刚才默不作声，现在插话道，"一会儿去上课，要板着脸，千万不要微笑！"

“不要微笑？”书轮似懂非懂地点了点头。

第一节课是语文课，书轮惴惴不安地向教室走去，他一直想着她们的话，不要微笑！对，一定不能微笑！第一节课一定要震住学生。可是，平时一开口说话就爱笑的书轮，怎能做到四十五分钟一直板着脸，不露出一丝表情？微笑就一定错了吗？不微笑就能让学生害怕吗？为什么要让学生害怕呢？

教室离办公室只有十米远，书轮却走得异常缓慢。他做着激烈的思想斗争。他的心怦怦直跳，因为他第一次做老师，第一次上讲台，第一次把学识传给别人。面对五十多个学生，五十多双眼睛，五十多张稚嫩的面孔，书轮怎能不紧张？

他缓缓地推开门，教室的门吱地响了。他走进了教室，教室里鸦雀无声，书轮唯一能听到的就是自己心脏跳动的声音。五十多双眼睛看着他，那眼神里带着一丝惊奇、一丝恐惧、一丝疑惑。书轮望着学生们，心提到了嗓子眼儿。他竟然忘记了忠告，朝学生们笑了笑。

班里的气氛顿时缓和了许多。书轮慌张了起来，他的腿在不停地抖着。糟糕，他们肯定得意起来了，他们心里一定在想，我们的班主任，竟然会笑，竟然会朝我们笑，我们不用害怕了。他肯定是个脾气好的老师，我们要欺负他，狠狠地欺负他，我们这一年会过得很自由，哪怕把教室捅个窟窿也无所谓。

书轮强按捺住紧张的心情，开始了准备很久的开场白。

“同学们，”他故作镇定地说道，“我是你们的新老师，这一年里由我教你们语文，同时也由我做你们的班主任，管理你们的学习和生活。因此，在学校里有什么难处，尽可以找我帮忙，我会帮助你们解决。同学们！我希望每个学生都能努力学习，互相帮助，在四班这个班集体里茁壮成长！”书轮的声音大了起来，情绪激昂了起来，“同学们！父母在看着我们呢！每一位老师也都在看着我们呢！我相信每个孩子都能拥有丰硕的果实，都能在不远的将来走得更远！老师始终坚信一句话，只要选择了远方，便只能风雨兼程！”

书轮慷慨激昂地完成了这一次的演讲，然而似乎并没有感染到所有学生。只有前几排的学生睁着大大的眼睛仰望着他；中间的学生低着头，呆呆地看着桌子上的文字；后两排的学生则把他的话当成了和尚念经，一点儿也没听进去。他们从小到大已经听到太多的老师发表这自以为能感动学生的演讲，他们的耳朵都磨出茧子来了。

“好，我们开始上课。”书轮顿了顿，咽了一口唾沫，竭力地大声说道，“首先，我想问你们一个问题，在你们心中，语文应该教给我们什么？语文课应该怎么上？什么是语文素养？”

学生们面面相觑，他们似乎觉得老师不应该问这样的问题。在他们的学习生涯里，老师教什么他们就应该学什么，他们只负责学习。至于为什么学习，怎样学习，学习的目的是什么，他们不知道，也不想知道。

停了大约一分钟，还是有许多学生举起了手。

“这位同学，你说。”书轮走下讲台，走到过道上，指向了中间一位同学。她戴着眼镜，头发顺在耳边。她身材矮小，十分清瘦，憔悴的脸庞上镶嵌着一双无神的眼睛。

“语文应该教会我们如何答题。语文分成选择题、阅读理解题、作文题，”她继续说道，“每一板块的题都需要我们认真地训练。比如如何修改病句，如何从考卷给的文章里找出自己想要的答案，出题者的意图是什么，我们应该怎样答题才能更接近标准答案，更符合出题者的意图。至于作文题，那就更应该进行训练了，最好有一些固定的模板，比如写乐于助人就应该写帮助老爷爷推车，写坚强就应该写自己曾面临困境。这样既不会写跑题，也不会什么都写不出来。总之，语文应该是一门可以训练的课。”

“你讲得很好，”书轮说道，“语文应该训练，语文基础知识、对文章的分析能力、写作的技巧，都可以通过训练来提高。可是，语文只有这些吗？语文课难道只是一堂堂的训练课？它不应该承载别的东西呢？”

她看着蒋书轮，沉默了一会儿，说道：“老师，语文除了应付考试，还应该有什么吗？”

“李亚凡说得对极了，她的语文总是全班第一。”一位男同学站了起来，坚定地看着蒋书轮，“我叫董世昌，我觉得语文课就是语文分析课，每一堂课，语文老师都要带着我们分析课文，段落大意、中心思想、字词含义，这些我们都要背会、记牢，因为考试时候会出。初一的语文老师就是这样教我们的，我们每次考试，语文平均分都很高。”

“你说得也很对，我们每堂课可以说都在分析课文，只有通过分析，我们才会弄懂作者想告诉我们什么。可是，每篇课文都有段落大意、中心思想吗？一篇课文，经过我们支离破碎地分析，最后我们得到了美吗？文章是数学题吗？需要我们这样如此理性、烦琐地分析吗？”

“老师，我叫王亭亭，我觉得应该把‘分析’改为‘鉴赏’更合适。”

站起来的是位女生。她穿着粉色的衣服，扎着马尾辫，白皙的脸庞上洋溢着青春的热情。

“为什么应该改为‘鉴赏’？”

“语文应该是一门美丽的学科，我们应该鉴赏它的美。鉴赏课文也许有两个目的。一是提高我们的口头表达和书面表达能力。叶圣陶说：‘语就是口头语言，文就是书面语言。’我们陶醉在课文里，不知不觉地，我们会表达了，我们会写作了。语文是潜移默化的，语文书里的课文我们将来可能都忘了，但表达和写作的能力却会不自觉地提高。另一个目的，也许就是语文承载的人文性。语文教会了我们如何鉴赏美，给予了我们深刻的思想和丰富的感情。它太美丽了，塑造了我们健全的人格，为我们的人生打下了文学的底子，我们的精神世界会因此而丰富多彩。我想，这是最重要的。”

听了她的回答，书轮着实吃了一惊。没想到一个只有十五六岁的女孩竟然有如此深刻的见解。她与他的思想竟然出奇的一致。

“我想，语文应该让我们达到三重境界。”这时，又一个男生站了起来。他坐在第一排，也许是个头比较矮的缘故。他的皮肤黑黑的，像涂了一层黑色的墨水。他头发蓬乱，在蓝色的衣服上有黑色水笔的痕迹。他看上去是那样的可爱，他的发言竟然更加的精彩。

“老师，我叫李浩，”他挠了挠后脑勺说道，“我以前看过一本书，书上说做学问有三重境界，我觉得学习语文也要有三重境界。第一重境界是教会我们自由地表达，自由地写作。这应该是一件很了不起的事。当我们能够读出一段段优美的诗句，书写出精彩的人生的时候，我们会不感到骄傲吗？语文的第二重境界，是培养我们高远的人生理想。文章是经天纬地的事业，从古至今，许多英雄豪杰拿起笔来抒发理想。我们从中读出伟人们的豪情壮志，也激发起自己建功立业的雄心。语文的第三重境界，我想应该是教会我们诗意的生活。‘腹有诗书气自华’，以语文之心看待生活，生活就会充满诗意。当我们欣赏黄昏时，我们会多出一份‘夕阳无限好，只是近黄昏’的惆怅；当我们面对东流的江水时，我们会生出‘大江东去，浪淘尽，千古风流人物’般的豪情；当我们欣赏明月时，我们也会有着‘但愿人长久，千里共婵娟’的美好祝愿。语文就是生活，生活就是语文，也许这就是语文魅力之所在。”

蒋书轮呆呆地站着，惊讶得一句话也说不出来。他的喉头在微微发紧，他的嘴唇在微微发抖。他鼓起掌来，学生也跟着鼓起掌来。我们的下一代，我们祖国的花朵，他们如钻石般明艳夺目。他们的思想要远远超出我们啊！他们将会比我们站得更高，看得更远啊！

“同学们，你们说得太好了！”他激动得几乎要落下泪来，“你们说出了老师想说的话，你们的见解比老师更深刻！我看到了希望，看到了语文的希望，看到了祖国的希望！”

下课了，书轮激动地走出了教室。他忘不了这第一节语文课，他看到了思想碰撞出来的火花。

“老师，”李浩“蹬蹬蹬”地跑到了蒋书轮跟前，他的大眼睛忽闪忽闪地盯着书轮。

“有什么事吗？”蒋书轮问道。

“老师，您还没有说您对语文的理解呢！”李浩的头抬得高高的，他的眼睛里充满着求知欲，他蓝色衣服上的黑色水笔的痕迹也更清晰了。

“哦！”蒋书轮笑了起来，他摸了摸李浩的头，和蔼地说道，“以后我上的每堂语文课都包含着我对语文的理解，你要认真地听，细细地品，慢慢就会品出来了！”

“细细地品？”李浩挠了挠后脑勺。

蒋书轮真的对语文就有独特而深刻的理解吗？其实未必。一个只上过一堂课的语文老师，他能有多深刻的见解。即便书轮读过很多书，但自身的知识是无法直接转化给学生的。书轮很清楚这一点，他晚上躺在学校宿舍的床上，思考着教学方法。他盯着墙上昏黄的灯泡，听着墙外昆虫的鸣叫，书轮忽又伤感起来。他曾经好不容易考上了大学，期盼自己能脱离农村，然而兜兜转转，还是回到了这里。书轮感到胸膛被什么东西堵住了，他急忙站起来，在这几平方米的宿舍里来回走动。忽然，一阵敲门声驱散了书轮的伤感。书轮打开门，见两个和他年龄相仿的男老师站在了门口。

“你是今年新来的老师？”问话的人是个瘦高个子，乱蓬蓬的头发盖在他的头上。他细而长的腿如同圆规，他的身躯仿佛只是由一些零散的骨头拼凑而成的。

“是的，今天是我第一次来这个学校。”书轮将他们请进房间。

“我们两个是去年来的。”另一个男老师说道。他个子不高，不到一米七的样子，他是有些胖的，这样更显得他矮了。他的脚下穿着锃亮的皮鞋，衣着整齐而干净，头发根根直立着。

“欢迎新老师加入我们队伍。”高个子满脸堆笑，他伸出手来，同书轮握手，“我叫王伟，他叫李星，这个学校就我们三个年轻男老师。”

“我们算是天涯沦落人了！”书轮苦笑道。

王伟拍了拍书轮的肩膀，摆出一副过来人的样子，语重心长地说道：“小伙子，有办法趁早离开这里吧！”

也许，书轮在那时就已经生出了离开这里的念头，这个念头在后来越来越强烈。可是，人总是要面对现实的，现实把他牢牢地束缚在这里。书轮如同是被粘在蜘蛛网上的蚊子，拼命地挣扎着，可那只是徒劳，他眼睁睁地看着自己成了蜘蛛们的盘中餐。

时光如同握在手中的沙子，一点一点地流逝。蒋书轮的生活变成了三点一线，教室、办公室、宿舍。书轮也渐渐和王伟、李星熟识了起来。在这个封闭的学校里，飞短流长在发酵着。书轮发现每个老师都在背后说着别的老师的闲话，每个老师又被别的老师谈论着。

“咱们学校的老师，都有补习班，都悄悄地补课呢！”王伟和李星晚上在书轮的房间里聊天，王伟压低了声音，他生怕别的房间的老师听到，这房间是不隔音的。

“这个我早就知道了，我上次听王丽老师说了。王丽和李梅不合，王丽背后总说李梅的坏话。上次上完晚自习，我去王丽办公室聊天，她说李梅总是给学生布置大量英语作业，导致学生在她的数学自习课上偷偷写英语作业。她说她上次在自习课上看到一名学生写英语作业，顿时发起火来，把学生的英语作业撕个精光，还警告学生，如果谁再在她的课上写英语作业，她就开除谁。”李星说道。

“平时王丽和李梅关系挺好的啊！总是一起吃饭一起回办公室。”

“那都是表面，私底下两人关系僵着呢！她们两个人背后互相说对方的坏话。王丽说李梅光让学生学英语，导致学生数学成绩太差；李梅说王丽总是让学生学数学，英语成绩总是倒数。”

“上次王丽说李梅有辅导班？”王伟又回到了当初的话题上。

“可不是吗？王丽说李梅的辅导班规模不小，大部分都是自己班的学生。每个周末，四五十名学生都去她家补课，每个学生一天的补习费是三十块钱。”

“这可不少啊！按四十个学生算，一天就能挣一千二百块钱，一个周末就能抵得上一个月的工资啊！”

“那可不是，这挣钱多快。而且，学生家长又不敢不让学生补，家长们都怕学生学习跟不上，成绩下滑，就都让孩子周末上辅导班。”

“其实王丽她也有辅导班！”王伟的声音压得更低了，仿佛夜晚蚊子的嗡嗡声。

“这个还用你说，教师都有呢！只不过都不吭声罢了。”

“李星，你也有吧！”王伟试探性地问道。

“这个，天机不可泄露。”李星狡黠地笑了笑。

“校长不知道吗？”蒋书轮疑惑地问道，“上次开会，校长还让每个老师在不准教师有偿补课的文件上签字按手印了啊！”

“签字？按手印？书轮，你太天真了，那只不过是上面要求的，学校走走程序罢了。”王伟的话里带着嘲笑的味道，“校长心知肚明，只是不揭穿罢了。况且，校长手上也不干净，黑着呢！”

“咱校长也不干净？”蒋书轮更惊讶了。

“上次校长让每个学生买三本辅导资料，包括语文、数学、英语，总共六十块钱，你是班主任，知道这件事吧？”

“知道，校长说是学生每个科目只有一本练习册，不够做，再发几本，促进学生学习。”

“促进学习？”王伟冷笑了起来，轻蔑地说道，“是促进他挣钱吧！每个学生每本书他能从中抽五块钱呢！你想想，一千名学生，三千本书，就是一万五千块钱，这钱最后都落到他腰包里了！”

“真是这样？”蒋书轮惊讶地喊出声来。

“小点儿声，”王伟慌忙止住他的话语，装出老成的样子，“学校这潭水深着呢！年轻人，不要这样实在，指不定有谁拿刀子在背后捅你呢！”

蒋书轮的脊背阵阵发凉，没想到学校这般纯洁之地也充斥着铜臭气，没想到教师也这样热衷“窝里斗”。他的心脏疼痛起来，他仿佛是一只可怜的山羊，被群狼环绕着。它们凶狠地盯着蒋书轮，想咬断他的脖颈。

他们聊完便回隔壁房间睡觉了，蒋书轮却翻来覆去地睡不着。他坐在黑暗里，如同鲁迅般“荷戟独彷徨”。蒋书轮仿佛置身于一个铁屋之中，四周没有窗户，压得人喘不过气来。屋子中的人都沉睡着，如同死去一般。只有他清醒着、痛苦着。他想反抗，砸碎这屋子，可是他弱小的身躯怎能和这铁屋子相抗衡？

蒋书轮还是更愿意和学生们在一起，不到一周，他就差不多认全了班里的学生。蒋书轮尤其喜欢李浩这个学生，他聪明、机灵、活泼，也时常来办公室问问题。

“李浩这学生要重点培养。”数学老师扶了扶眼镜，脸上现出久违的笑容，“他可是咱们班的尖子生。”

“听说他家的条件不太好。”英语老师放下笔，她朝蒋书轮说道，“他父亲好像出了车祸，终年躺在床上，家里只有他母亲一个人干活，这孩子也挺可怜的。”

“越是家庭困难的学生越有志气！”数学老师拿起杯子喝了一口水，忽然她的笑容消失了，脸上换成了严厉的神色，“但是咱班周新杰、崔一航、李梦坤这三颗‘老鼠屎’除外，他们坏了班里一锅好粥！你要想办法，让他们三个在这个学期回家！”数学老师严厉地看着蒋书轮，仿佛蒋书轮就是这三个学生。

“这三个学生真的那么难管？”

“可不是！初一的时候，你不知道他们调皮成什么样子！”英语老师提高了嗓音，“简直无法无天！”

其实，蒋书轮前天刚刚领教过他们的顽劣，那也是书轮第一次体罚学生。那是周三的晚自习，书轮在窗外看到周新杰他们三个人在教室后面肆无忌惮地打闹。书轮的怒气噌地上来了，他把教室的门猛地推开，大声吼道："周新杰、崔一航、李梦坤，你们三个人出来！"

"老师，我们没做小动作。"崔一航辩解道。

"我让你们出来，没听到？"书轮的声音更大了，怒气更盛了。

他们垂头丧气，眼睛直盯着脚上穿的脏兮兮的鞋，羞愧地走出教室。

"崔一航，"蒋书轮向他说道，然后用手指了指办公室，"去把我办公桌上的教鞭拿来。"

崔一航低着头，缓慢地向办公室走去。

"你们三个刚才在干什么？"蒋书轮压低了声音，每一个字都从牙缝里蹦出来，"晚自习是自我学习的时间，每个人都不准说话，不准做小动作，而你们三个人却随便说话，任意打闹！"

"不止我们三个人说话，许多人都说话了。"周新杰忽地抬起头，眼睛直盯着蒋书轮，"为什么不让他们出来？"

"我还冤枉了你们不成！"蒋书轮抬高了声音，怒火几乎要从嘴里喷出来。作为老师，最生气的是学生的强词夺理，挑战老师的权威。

周新杰把眼睛盯向一边，抖着左腿，胳膊背在背后，一副不服的样子。

崔一航把棍子递到了蒋书轮跟前，蒋书轮拿起棍子，低沉地说道："把手伸出来。"

他们三个畏畏缩缩地伸开手，手臂颤抖着。他们像临刑的犯人，恐惧的神情写在脸上。其实他们不知道，他们老师的手臂也在颤抖着，因为这是书轮第一次体罚学生，他的内心也充满了恐惧。

蒋书轮朝每个人的手心上狠狠地敲了三下，那教鞭在空中"咻咻"地响，落在手心上又变成"啪啪"的声音。李梦坤被敲了两下，便"哎哟”地叫起来。他把手缩了回去，哀求道：“老师，太疼了。”

“把手伸出来！”蒋书轮并没有动仁慈之心，教鞭停留在半空中，准备做敲第三下的姿势。

李梦坤不情愿地再次伸出了手，又哀求道：“老师，轻点儿。”

蒋书轮丝毫没有减轻力道，“啪”的一声，教鞭猛烈地敲击着手心。

李梦坤赶紧缩回手，手心不停摩擦着裤子，以此来缓解手心的疼痛。

“不要把我的话当耳旁风，定下的规矩……晚自习谁捣乱，就要敲三下手心，在国旗台前站一节课……就必须不折不扣地执行。上到初二了，还没有一点儿自觉性？还管不住自己？父母辛辛苦苦挣钱，供你们上学，你们就这样报答父母？我告诉你们，下次如果再犯，叫家长！”蒋书轮狠狠地说道：“这节课站到国旗台前！反思自己的错误！”

他们听完老师的训话，一个个变成了小绵羊，眼睛无神地看着地面，垂头丧气地缓慢下了楼，向国旗台前走去。

看着他们弱小的身影，蒋书轮的内心异常难受。他是老师了，是这几个孩子的老师。几个月前他还是一个没有走出校园的学生呢，现在忽然地成了“孩子王”了。作为班主任，他该如何管理这个班？他没有一点儿经验。他唯一能做的，便是铁下心来管住这群“坏”学生。

老师们都喜欢像李浩、王亭亭这样的好学生，他们最厌恶像周新杰、崔一航、李梦坤这样的“坏”学生。蒋书轮也不例外。晚上下晚自习，蒋书轮常会在学校的操场上散步。李浩总能在操场上遇到老师。他指着洒满天空的星星说：“老师，星星就像钉在木板上的钉子。”蒋书轮说道：“这个比喻虽好，但钉子不会发光，星星却能发光。”“那，”李浩边走边想，他忽然又想到了一个比喻，竟高兴得手舞足蹈起来，“老师，夜晚的天空就像披了一件薄纱，而这星星就像缀在薄纱上的明珠。”“李浩真聪明！”蒋书轮夸道。“老师，”李浩忽又安静下来，在闪烁的星空的映照下，他的脸庞由快乐变成了悲伤，“您说，每一个死去的人都会化成一颗星星吗？”“我想是的！”蒋书轮不知李浩为何会提出这样的问题，但他还是认真地答道，“他们都在天空上看着我们，庇佑着我们。”“那我的奶奶在哪儿呢？”李浩抬起头，他睁大了眼睛望着星空，他渴求寻找到奶奶，“我上小学五年级的时候，奶奶去世了。那时候，我的家里还不是这个样子！”李浩哽咽住了，他蹲在地上哭了起来。蒋书轮也蹲下来，陪在他身边。蒋书轮知道，这个看似活泼的孩子身上藏着太多的故事。

蒋书轮是周日去李浩家家访的。李浩的家就在小镇的天桥附近，在那一排低矮的厂房后面。蒋书轮走到天桥上，又望了望这个小镇，和他两周前来的时候的样子一样，书轮却觉得已经过了一个世纪一般。他又从口袋中拿出了笛子，这个深红色的苦竹做的笛子却在阳光下暗淡下来。天桥上挤满了车辆，间或还有大卡车，轰轰的发动机声响遍小镇。书轮的笛声被淹没在车辆之中。蒋书轮无奈止住了笛声，下了天桥。他穿过厂房，沿着一条小路找到了李浩的家。

门是早已生锈了的，门上的铁皮一块一块地脱落，露出深黑的颜色。门两边是低矮的围墙，红色的砖头已被磨去了一半，一副要倾倒的样子。蒋书轮上去轻轻地拍了拍门，门却自动开了，也许是这门太旧的缘故吧！

蒋书轮进了门，走到院子里。院中长满了杂草，一条被踏得坚实的土路在杂草之间延伸到屋前。屋是瓦房，屋脊两边的瓦早已脱落了大半。蒋书轮刚要叫“李浩”时，李浩却正好从屋内跑了出来。

“老师？”李浩在门口立住了，他惊讶地叫了起来。

“怎么，不欢迎啊！”蒋书轮笑着说道。

“老……老师，您来屋里坐。”李浩急忙跑上前去拉住老师的手。

蒋书轮走进屋里，由于屋子是坐南朝北，所以屋内显得特别暗。白漆的墙壁被灰尘覆盖了厚厚的一层，泛出一片黄色。他抬起头，看到屋的正上方被一层油纸遮挡着，油纸上落满了屋顶掉下来的木屑、瓦块。油纸的有些地方露出了大窟窿，也许是被瓦块砸穿的。

“小浩，是谁来了？”东边的卧室里传出了一个男人的声音。这声音显得那般无力，就像一个垂死之人使出浑身解数说的最后一句话。

“爸，是我的老师。”李浩跑进了卧室，他对父亲说道，“老师来家访了。”

“那……那，快请老师进来。”男人急促地说道。

蒋书轮大踏步走进了卧室，却被眼前的情景惊呆了。李浩的父亲直直地躺在一张木板床上，身上盖着一条薄被子。床边的桌子上杂乱地摆着一堆药膏，浓重的药味直刺向书轮的鼻子。桌边的地上放着几盆水，水里浸泡着毛巾。

“老师，我全身不能动，起不了床，没法下地迎接你了。”李浩父亲伸了伸脖子，眼睛看着蒋书轮。

“不要紧，你好好休息。”蒋书轮看着李浩父亲，发现他似乎只有脖子能动，书轮关切地问道，“你是得了什么病吗？”

“唉！不是得病。”李浩父亲叹了口气，眼睛盯着上面的油纸，他不想说出来但又显得愿意将自己的苦难倾诉给他人似的，“两年前，我出了车祸，我骑摩托车和卡车相撞，最后成了高位截瘫，脖子以下都不能动了。”

蒋书轮听了，心里也难受起来。他找不到合适的话语去安慰李浩父亲，只能不住地叹气。停了一会儿，蒋书轮问：“那家里的生活怎么维持？”

“小浩的母亲在附近的厂里干活，她每天中午回来家里做饭。”李浩父亲的眼睛里噙满了泪水，“我太不中用了，拖累了全家人，我有时觉得还不如死了好！”

“快别这么说，”蒋书轮连忙安慰道，“谁都不愿意发生这样的事情，这不是我们能左右得了的，我们唯一能做的就是坚强地去面对。你也要从好的方面去想，你看，李浩这孩子多优秀啊！老师们都很喜欢他。

你应该为孩子感到骄傲。”

李浩父亲的脸上露出了久违的笑容，他颇为自豪地说道：“小浩这孩子在家里很懂事，特别是两年前我不能动以来，他真的长大了。那时候他还上小学，每天放学都会跑到我的床边按摩我的腿，喂我吃饭；上初中以后，他只能周末回来，回家这两天他寸步不离我身边，给我擦洗、抹药。……老师，在学校还望你在他身上多费心。”

“你放心，老师们都是把学生当作自己的孩子看待的，你只要把自己照顾好就行了。”

“爸，该换药了。”李浩小声说道。

“先别换，没看正和老师说话吗？”

“先换药吧！”蒋书轮看了看桌上的药膏，说道，“换药要紧！”

李浩掀开被子，用力将父亲翻成左侧卧位。蒋书轮看到他的背部有些皮肤已经溃烂，出现了深洞式的褥疮，这是躺久了造成的。李浩用毛巾轻轻地擦了擦父亲的后背，小心翼翼地将药膏涂在溃烂的位置上。蒋书轮不忍直视，他走出卧室，眼睛里落下了几滴眼泪。

李浩送走蒋书轮的时候已经是上午十一点多了。他一直把老师送到天桥边。蒋书轮推着电动车，李浩走在旁边，师生两个人一路无话。他们各自低着头，仿佛周围的世界都与他们不相干似的。他们的身上就如背了沉重的负担，在一步一个脚印艰难地走着。终于，他们走到了天桥边。

“李浩，你平时回家也走这个天桥吗？”蒋书轮停下脚步，他望着天桥上车水马龙，他想叮嘱李浩在这上面走要注意安全。

“我已经两年没走过这个天桥了。”李浩刚才还低着头，这时忽然抬起头来，就仿佛受了惊吓一般，“我从来不走这上面！”

“为什么？”蒋书轮吃惊地问。

“因为，因为……”李浩的脸侧向一边，他仿佛不愿看到这个天桥似的，他的脸上分明现出悲伤、惊恐的神情，“因为我爸就是在这上面出的车祸，被一个卡车从天桥上撞了下来！”

蒋书轮怔住了，路上车辆的轰鸣声仿佛一下子就变小了。这个世界变得安静起来，就剩下他和李浩，这样一对师生，在这广阔的世界里默默地回味着这个悲伤的故事。蒋书轮机械地望了望天桥，他的眼睛里仿佛出现了两年前的那场惨剧。李浩的父亲躺在天桥下的马路上，血泊在他的身下越积越大，血液向路边的大河流去。旁边的摩托车静静地躺着，就像一匹摔断了腿的马儿，流着眼泪卧在主人的旁边。蒋书轮看到李浩满脸的泪水，安静的世界被这凄惨的哭声打破。他一把抱住李浩，李浩泪如雨下，浸湿了书轮的衣服。书轮从口袋里取出纸巾，擦了擦李浩的脸，他安慰道：“孩子，要坚强，要相信，风雨之后就是彩虹。”

李浩是个乐观的孩子，在学校，你很难看出他和别的孩子有什么不同，可能唯一不同的是，他穿的衣服是破旧的，他早晨和晚上只吃稀饭和馒头。李浩的母亲整日在工厂里劳作，周末也不休息，自然对孩子的穿着关注得少。李浩有时一连几个星期都是穿着同一件衣服，衣服的袖口和领子都变得黑乎乎的。蒋书轮看到了，对李浩说：“要养成自己洗衣服的习惯。”渐渐地，李浩便真的学会自己洗衣服了。他把衣服脱下放在盆里，倒入洗衣粉，在盆里不断地揉。不一会儿，水盆里就起了无数的白色泡沫。他继续揉，白色泡沫不见了，水变得浑浊。他忽然想起那天晚上和蒋老师散步，蒋老师说：“水具有最高的品格，它能滋养万物，又能洗去世间一切的污浊，这就是古人所说的‘上善若水，水善利万物而不争’；水看似柔弱，可在这至柔之中又有至刚，所谓水滴石穿就是这个道理。”李浩看着水盆，一下子明白了老师的话。老师是让他学习水的品格。李浩握紧了拳头，他要勇敢地和苦难搏斗。他在学习上变得更认真了，他比别的同学更努力。每天早上，他都是第一个从宿舍里出来，他轻轻地推开宿舍的门，看到太阳还未跃出地平线，大地还沉浸在酣睡当中。他步履匆匆而又小心翼翼，仿佛不敢打破这清早的安静似的。他进入教室便开始学习。课堂上，李浩总是认真听讲、积极发言，复杂的数学题他很快就能做出来，难背的英语单词他能很快地记住。不仅如此，李浩的阅读量也十分大，许多文学和历史书籍他都读过，这一点令蒋书轮也感到惊讶。

“李浩，你小小年纪，怎么读过这么多的书？”蒋书轮问。

“我上小学的时候，我爸给我买了许多书让我读。现在这些书都还在我的床底下呢！”

“读过《史记》吗？”

“读过，文言文看不懂，只能边看注释边看原文。”

“给我讲讲《史记》里的故事吧！”

李浩便哗啦哗啦讲起来，他讲屈原，讲孔子，讲陈胜、吴广，他就像说书人似的，提着嗓子，两手胡乱比画着，把蒋书轮逗得哈哈大笑。书轮把李浩领到自己的宿舍，也从床底掏出一大堆书来。

“这是我看的书，我的书还有很多很多，你先挑几本看吧！”蒋书轮把这堆书排成一列，仿佛在展览一件件稀世珍宝。

李浩的眼睛里放出光芒来，老师竟有这么多书啊！他把每一本书都拿起看看，迟迟舍不得放下，不一会儿，怀里就塞了七八本书。

“太多了，太多了，”蒋书轮把李浩怀里的书拿出来，“你最多只能拿三本，看完以后再来拿。”

李浩不情愿地从这些书中挑出了三本，分别是《希腊神话与英雄传说》《诗经》《儒林外史》。

蒋书轮看着李浩，仿佛看到了当初的自己。书轮想起了自己的高中语文老师，他是一个儒雅而博学的人。老师给了书轮许多写作上的教益和人生上的启迪。

“书轮，你看这雨，你听这雨，你用所有的感官来感受这雨。”天下起雨来，老师和书轮在雨中散步，“虽然一年四季都会下雨，但春夏秋冬，雨却是不一样的。”

书轮仰起头，闭上眼睛，伸开双手，雨就像鸟儿的喙，轻轻地啄在书轮的皮肤上，书轮觉得一股清凉涌上心头。书轮至今都忘不了这种感觉，更忘不了老师的话语："写作就是要写出生活的细节，生活的细节就要用心去感受，所以写作就是在写心。"

心应该平和沉稳，而不能浮躁骄矜。老师有一次对书轮说："书轮，你的作文越来越差了。"书轮很难受，因为书轮的作文是全班最好的，总是被老师当成范文读，为何老师要这样说。

"书轮，你还很小，你未经过生活的打磨，也未读过大量的书籍，你会很容易变得浮躁，从你现在的作文中可以看出，你已经张扬到什么程度了？"老师翻开书轮的作文本，他指了指书轮的字体和其中的一段内容说道，"你现在写的雨，已经不是当初你写的雨了，你用了那么多形容词，加了那么多华丽的语句，有必要吗？还是那滴清凉的雨珠吗？"

书轮的脸红了，他明白了老师的良苦用心，他太想显露自己写作上的才华，却适得其反，伤害了文章本应该有的真诚。老师这时站了起来，从书桌底下费力地拿出一大摞书来。

"书轮，你的写作天赋很好，但只有天赋是不够的。"老师把书排成一列，也像在陈列一件件稀世珍宝，"只有广泛阅读才能更上一层楼。书轮，我看你特别喜欢文学，是个好苗子，希望你将来能在文学的道路上走得远一些。这些书，你拿去看吧！"

正是老师的书给了书轮最初的文学启蒙。蒋书轮对李浩也寄予了希望，这希望并不是让李浩走上文学之路，而是希望他能按照自己的兴趣爱好自由发展。可蒋书轮怎会不知道，这样一个家庭的孩子，或许将来上大学都是个问题。他父亲因治病已经花去了巨额医疗费，现在又常年躺在床上，不仅不能挣钱，还成了家里的负担。家里只有他母亲一人干活，每天挣的钱只够补贴家用。看看李浩每天吃的饭吧！他连菜都吃不起。蒋书轮摇摇头哀叹起来。他与校长沟通，校长倒通情达理，让餐厅免去了李浩一半的伙食费。从此，李浩就真的能就馍配菜了。李浩看着油乎乎的冬瓜，眼睛放出光来。他用筷子小心翼翼地夹起一片冬瓜，颤抖地放入嘴里，慢慢地咀嚼，这冬瓜好似鲜肉一般，香味立刻充满了口腔。他咀嚼了半天才恋恋不舍地咽了下去。李浩觉得这是他十几年来吃得最香的食物了。有了这“美味”的供给，李浩的学习更上了一层楼。第一次的月考，李浩考了年级第一名，老师们夸赞他勤奋、聪明，唯有蒋书轮，只是不冷不热地提醒他：“不要骄傲，你的学习之路还很长，要做到时刻不放松。”

“老师，您放心，我会永远都做到努力学习。”李浩坚定地说道。

从此，李浩起得更早了，睡得更晚了。下完晚自习，教室里只剩下李浩一个人，他还在演算数学题。蒋书轮说道：“李浩，晚上去操场上跑会步吧！学习要劳逸结合，不可急于求成。”李浩点点头。李浩在操场上跑累了，他会抬起头，看着满天的星星，他又想起了逝去的亲人。李浩没见过爷爷，爷爷在李浩出生前就死了，听母亲说是心脏病发作去世的。他的记忆里只有奶奶。奶奶是个虔诚的基督教徒，她每隔一天都会去村头的教堂里聚会。他也陪奶奶去过几次。他听不懂讲台上的人在讲什么，他觉得比老师讲课还没意思。他唯一感兴趣的就是教堂墙壁上贴的壁画，壁画各不相同，其中一个壁画上画着一群羊，有一个人在羊群边站着，他似乎是个牧羊人，他的周围是小溪和青草。

“奶奶，这个人是谁？”李浩天真地问。

“是耶稣。”奶奶认真地答道。

“耶稣是谁？”

“是为拯救我们被钉在十字架上的人。”

李浩至今也搞不明白耶稣为什么要拯救我们，为什么要被钉在十字架上。其实，他的奶奶也不明白，他的奶奶是不识几个字的，只是听得多了，知道耶稣是上帝的儿子，受了很大的苦，死后升入了天堂。真的有天堂？李浩问过奶奶。奶奶点点头。李浩也问过蒋书轮，蒋书轮则回了一句："好好学习，别胡思乱想。"李浩相信这世界上有天堂，他坚持认为奶奶现在肯定在天堂里，那满天的星星中有一颗是奶奶的眼睛，她无时无刻不在看着李浩。李浩顿时充满了力量。

"奶奶！"李浩朝星空大喊，星星震了震，随后又恢复了原样。

李浩是再遇到什么困难都不会怕的了，因为有星星给予他战胜困难的勇气。那天上午，李浩母亲来到了蒋书轮的办公室。这是一个皮肤黝黑的女人，一看就是常年在太阳下劳作造成的。她穿着工厂里的衣服，衣服上满是尘土。蒋书轮热情地招呼她坐下。

"老师，李浩最近学习还可以吧？"她小心翼翼地问。

"李浩学习很勤奋，上次月考，他还考了年级第一名。"蒋书轮夸赞着李浩。

"谢谢老师。"她依然显得很拘谨。

"不过，学生的学习除了要靠老师，还要靠家长的支持，希望您也能在平时多操心李浩的学习。"

"我……我……"李浩母亲结结巴巴着，她似乎有什么事情要说。

"您今天来，除了了解李浩的学习，还有什么事情吗？"蒋书轮疑惑地问。

"是这样，"李浩母亲仿佛鼓起了很大勇气，"我去了县城里的一家工厂干活儿，工作是三班倒，每隔一天就要上一次夜班。活儿虽然累，但也能干得了。就是……就是，李浩他爸就没人照顾了。"

"您为什么不在原来的地方工作了呢？"

"原来的地方挣钱太少，一天只能挣五十块钱。"她非常沮丧，但又忽然高兴起来，"去县城的厂里工作，一天能挣七十块钱，比原来多挣二十块钱呢！"

"那您没办法每天中午、晚上回家了，这样的话，李浩父亲岂不是没人照顾了？"

"是啊！"她露出忧愁的神色，她又结结巴巴起来，"老……老师，能否让……让孩子每天中午还有……还有晚上能回家做饭，照顾他爸？”

“这？”蒋书轮犯难了。学校是寄宿制，平常是不允许学生随便进出校门的，而且这肯定会影响李浩的学习。

“没有别的办法了吗？”蒋书轮问。

李浩母亲摇了摇头。她在想，谁会去照顾一个瘫痪在床的人呢？这几年，他们借遍了亲戚的钱，亲戚们唯恐躲之不及。许多人也都劝她，你守着一个活死人干吗？何必要这么辛苦？不如改嫁了算了。她不是没动过这份心，尤其是当她干了一天的活，累得躺在床上无法动弹的时候，她盯着上面的油纸，眼泪哗哗地往下流。她的命好苦！她不想承受了！她一把坐起来，打开破旧的衣柜，把自己的衣服胡乱地往袋子里塞。她这就走！她走出屋子，穿过院子，打开院门。夜很静很静，院子里各种昆虫都在放声歌唱，它们全然不顾这家主人不平静的心情。她回头望了一眼这房子，虽然破旧，还一副摇摇欲坠的样子，但她眼里还是不舍。“可是，你还想这样过一辈子吗？”她咬紧牙，横下心，提起袋子往外走。没走两步，她听到屋子里传出了他剧烈的咳嗽声，声音像一支箭，刺透了她的心。她一下子瘫倒在地。他还生着病呢！她怎能一走了之？她还牵挂着他，这份感情就如风筝的线，她即便飞走了，可那根线还没有断。况且，还有小浩，这个苦命的孩子，她更舍不得。她走了，李浩怎么办！做母亲的，能眼睁睁地看着孩子受苦？

当然不会。孩子是母亲的心头肉，为了孩子，她也得扛住苦难。她拼命地干活，在镇边简陋的厂棚里，她像个男人似的，扛着一袋袋的水泥。她累得头晕目眩，眼中的天桥似乎翻了个个，天桥上的车仿佛在悬空行驶。中午，她跌跌撞撞地回家，她要做饭，还要喂他。她盛出一小碗米饭，掺点白菜，她放到他的嘴边，他却不吃，只是流眼泪。“吃点吧！”她说。“你走吧！”他默默地说，似乎是在对空气讲话一般。“我往哪儿走？”“往哪儿走都比在这儿照顾个累赘好。”她把饭放在桌上，默默地离开。李浩的父亲一直心中有愧，他对不起她，他不想再连累她，他只想自生自灭。他知道，有几次晚上她想离开这个家，他清醒着，他听到她收拾衣服的声音、推开门的声音、脚步沉重的声音，那一刻，他并没有感到太伤心，反而感到解脱，仿佛卸去了千斤的重担一般。他再也不用活在愧疚之中了。然而，他又听到脚步由远及近，她又回到了卧室，她又躺在了他的身边。他鼻子一酸，泪水哗哗地流在脸庞上。他更愧疚了，他更觉得对不起她了。可是，他难道不明白，他要做的，就是坚强地活下去？唯有活着，才有希望。

她去了县城的一家工厂干活，那是流水线，比扛水泥轻松多了，唯一的问题便是没法照顾自己的男人。她想到了自己的孩子，小浩虽然还小，但饭还是能做的。她希望蒋书轮能批准孩子每天回家做饭，照顾孩子的父亲。蒋书轮是没有这个权力的，他只能向校长申请。

“你们班还有这么苦的孩子？”校长掐灭了烟，仿佛在掐死一个生命一般。

“李浩这个学生很可怜。”

“他可以每天回家。不过，”校长“啪”地打开火机，又点燃了一根香烟，“要让他母亲写份承诺书，如果学生在途中遇到意外，学校不承担责任。”

“行，我让她写。”

李浩母亲歪歪扭扭地写了份承诺书，签上了名字。从此，李浩便要每天中午和晚自习放学回家了。他的家离学校有三公里远，家里没有多余的自行车，他只能步行。他总是一溜小跑，路过大片大片的玉米地，再走过小镇的主干道，穿越地下道，就基本上到了家。李浩最怕的是晚上回家，因为他害怕经过玉米地。路边的玉米已经有一人多高，玉米秆一个挨着一个，仿佛都在列队看着李浩。微风吹来，玉米秆摇晃着，李浩会突然想到电视里的小鬼儿，画着鬼妆，拿着棒子。他还听到玉米地里“嚓嚓”的声音，有时由远及近，有时由近及远。

李浩的精神高度集中，脚步也不由得加快，手心沁出汗水。他的眼睛盯着两旁，生怕会从玉米地里跑出什么来。在这短暂的时间里，李浩体会到了巨大的恐惧和孤独。他真希望能出现一个人，即使是陌生人也好，只要有人在，他便如久旱逢甘霖。

忽然，他听到身后有车子的声音，那应该是一辆电动车。车亮起了灯，一束光柱射向黑暗之中，黑暗不再这么浓了。李浩趁着这光，大步往前跑起来。

“李浩，别跑，我送你！”

老师？李浩立马停住脚步，他欣喜地看着电动车停在自己旁边，他蹦跳起来，他还是个孩子呢！

“快坐到后座上！”

李浩跳到后座上，电动车呼呼地向前开去，玉米秆唰唰地往后退。风似乎微微变大了，夜也变凉了。秋天的夜晚是凉如水的。李浩靠在老师的后背上，一点也不觉得冷，他感到的是春天般的温暖。

“以后下晚自习，我送你回家，你自己回家不安全。”蒋书轮在前面大声说道。

“不用了老师，我能自己回。”李浩推辞道。

“就按我说的办！”老师命令道。

电动车的光束把黑暗撕开了一个口，恰好能让车通过。周围的黑暗里响着虫鸣声，它们都在为黑暗歌唱，让这黑暗更肆无忌惮、气势汹汹。

“夜晚走路，如果害怕，就看看星星和月亮。”

“星星和月亮。”李浩抬起头，北斗星静静地躺在那儿，银钩般的月亮散发出微弱的光。月亮旁边有一颗最亮的星，它虽然微小却努力地发着光，给这世界增添一丝光明。

很快就到了家门口，李浩从后座上跳下，他谢过老师就急忙跑入家中，李浩要帮父亲擦后背、涂抹药。安顿好父亲，他便回到自己的房间。他打开灯，摊开书本，又学习起来。这个坚强的孩子，生活的苦难不仅没有打倒他，反而使他越挫越勇。

早晨，他依然和在学校的时候一样，六点起床背书，只不过他是要边做饭边背书的。中午，他十二点多跑到家，一到家就急急忙忙地烧水做饭。他矮小的身躯在高高的案板旁忙碌着。有几次，他不小心将烧开的水溅到了胳膊上，他“哎呦”一声，疼痛不已。“怎么了，小浩？”屋里的父亲惊叫了起来。“没事，爸！”他打开水龙头，让胳膊浸在流水中。父亲抬抬头，透过门帘看到小浩的身影。父亲既欣慰又难过。欣慰的是孩子长大了，能承担起家庭的重担了。难过的则是孩子还这么小啊！他本应该和其他孩子一样，衣食无忧地长大。“都是我无能啊！”父亲又埋怨起自己来，“是我害了一家人，我有罪！”父亲突然将头向床沿上猛烈地撞去。

“爸，你在干什么！”李浩听到声音，急忙跑进卧室。

父亲一声不吭，只是流着眼泪。他依然狠命地撞击着头。

“爸，你别撞了！”李浩哭了起来，“爸，我求你了，你这样做我心里也难受。”

父亲停止了撞击，却呜呜地哭了起来。父亲很少哭，李浩记忆中的父亲是伟岸的、高大的。而今，父亲的哭声像尖刀刺向李浩的心，李浩难受极了，他趴在父亲的胸脯上，哭了起来。两个男人的哭声，就像受伤的狮子的呻吟。

一连两个星期，李浩都是中午和晚上放学回家。下晚自习，蒋书轮骑上车，带着李浩，穿过玉米地，在清朗的夜晚呼呼地前行。李浩坐在后座上，要么和蒋老师谈论学校的趣事，要么背诵学过的课文。玉米地是寂静的，街道也是寂静的。两旁的商铺都已关门，偶有一两家还未灭灯，灯光从屋子里倾泻出来，静静地躺在街道上。书轮凭借着车灯和商铺倾泻出来的光前行。他小心翼翼又快速地骑着。他集中精神，紧握车把，他身后带着的，仿佛是一个世界。可不就是一个世界吗？十几岁的孩子，他们的人生才刚刚开始，他们的未来还长着呢！说不定，他们还会创造出一个新的世界来！蒋书轮总是看着李浩推开大门，跑进屋里，才调转方向，骑上车离开。而这天，李浩并没有推开门，他仿佛有什么事情要说。

“怎么了，李浩？为什么不进去？”蒋书轮问。

“老师，”李浩看着老师，又看着亮着光的家，说道，“我妈在厂里干活不小心被机器轧了手，现在在家里休养。”

“轧了手？”蒋书轮惊呼道，“严重不严重？”

“不……不太严重。”

“你是不是想请假，在家里照顾母亲？”蒋书轮问。

“是……是的，老师，他们都做不了饭了。”

“我批你三天的假，你在家好好照顾父母。”蒋书轮摸了摸李浩的头，“空闲的时候，一定不要忘了学习！”

“好……好的，老师。”

李浩转身走向家中，他的脚步是沉重的。他似乎背了一座山。这座山不仅仅是需要照顾的父母，还是他几日来思想上的负担，他，他，是的，他不想上学了！

不想上学，这个念头以前从未在李浩的头脑里闪现过。他从小就是一个品学兼优的学生，父母、老师也从小教导他，上学是唯一的出路。虽然他也不明白为什么要上学，但父母和老师的话是不会错的。他的奖状贴满了墙壁，他的成绩年年班级第一，可，可这有什么用？能让父亲好起来吗？能代替母亲干活吗？李浩的脚步由沉重变得坚定，他看着亮着灯光的屋子，他攥紧拳头，他要和父母说，他不再上学了，他也要去厂里打工。

“小浩，晚上回家害怕吗？真是让孩子受罪了！”母亲见儿子回来，连忙关切地问。她的手裹着厚厚的白色的纱布，静静地放在膝盖上。

“不害怕，老师每天晚上骑车送我回家。”

“老师送你？是你们班主任吗？他走了吗？怎么不请老师来家里坐？你这孩子！”母亲赶紧起身，也不顾受伤的手，径直向屋外走。

“妈，老师走了！走好大会儿了！”李浩拉住母亲。

“下次老师来了，让老师来家坐会儿。”

“妈，我请了三天的假。”李浩小声说道。

“请了三天的假？”母亲又坐了下来，“小浩，不用替爸妈操心，你不用请假。妈还有一只手，能料理家中的事。”

李浩点点头，他转身走向自己的房间。他走了两步却停住了，世界仿佛也跟着停住了。在这停住的时间里他在犹豫，终于，他坚定了信心，他扭过头，对着母亲说：“妈，我不想上学了！”

母亲缓缓抬起头，母子的眼光在一刹那相遇。就在这一刹那，母亲理解了孩子，孩子也懂得了母亲。母亲的眼中是瘦削的孩子，孩子的眼中是苍老的母亲。母亲的眼光暗淡下来，他慢慢地摆了摆那只未受伤的手，静静地说道：“去睡觉吧！”

母亲不忍心责怪孩子，她何尝不明白，孩子也是为了这个家。她责怪的只是她自己，没有能力给孩子一个好的家庭环境。母亲默默走回屋，同丈夫说：“让小浩去打工吧！”丈夫没有作声，只是在黑暗中不住地叹气。漆黑的夜，没有月亮和星星，房间里是木炭般的黑。黑暗里除了叹气便是沉闷的话语。“小浩还这么小啊！”“他也快 16 岁了！”“还是让他继续上学吧！不能耽误了孩子。”“可是，他早晚不都要去干活？让他先去工地上干两天活吧！说不定他干两天觉得累，就又去上学了。”

第二天，母亲拉着李浩去天桥边的一个工地上，工人们穿着沾满灰土的衣服，在各种石料之间穿梭。母亲领着李浩去工地深处的一个小屋里，一个也穿着沾满灰土衣服的身材臃肿的男人，坐在一个木桌后面。这个男人是李浩母亲的一个远房亲戚，是负责招人干活的。

“来了？”男人看了看李浩母亲，又低头看了看李浩。

“我们来了，”李浩母亲连忙走上前，她把李浩也往前拉了一把，几乎把他的身体靠在了桌沿上，“这是李浩，你见过的，他不上学了，想来这儿打工。李浩，快叫大伯！”

“大伯。”李浩怯怯地说道。

男人又打量了一遍李浩，李浩个子不高，面黄肌瘦，分明是一个正在发育且营养不良的孩子嘛！这怎么能来干活呢？男人摇摇头说：“孩子太小，过两年来吧！”

“他已经16岁了，怎么能叫小呢！”李浩母亲急了，“看在亲戚的面子上，你就收下他吧！小浩来这儿干活，你就随便用他了，他在你这儿我才放心。小浩，叫大伯！”

“大伯。”李浩又怯怯地叫道。

“我只是可怜他这么小就来干活罢了。”男人苦笑了一下。

母亲把李浩丢在工地上便走了，她嘱咐李浩，要听大伯的话，认真干活。屋里就剩下他们两个人。男人问：“小浩，为什么不上学？”李浩小声说：“想挣钱补贴家用。”男人叹了口气，便让李浩把屋里的地扫一遍。李浩拿起扫帚，认认真真地扫地，扫完地，又拿起抹布仔细地擦桌椅板凳。李浩干活也像学习一样认真。下午，男人便让他去工地上提灰搬砖。李浩使劲地端起灰盆，真沉！他哈着腰，抬起头，眼睛盯着前方，两手吊着灰盆，灰盆就只处在膝盖的位置。他来回端了几趟，身上便大汗淋漓了。秋天的阳光虽然不算毒辣，但射在人身上，还是十分灼热。李浩用沾满灰土的双手擦了擦脸，脸上便现出污浊的痕迹。他用手挡了挡阳光，阳光便从手指的缝隙里钻过来，射在他的脸上。他无奈地又弯下腰，他的双腿有些发抖，他的胳膊像两根木柴，他端起灰盆就像端了一座大山一般。可即便是一座大山又怎样！他咬紧了牙关，手掌紧紧地攥着灰盆，他仿佛又充满了力量。他从日中干到日落，毒辣的太阳渐渐化为远方的一片红色的余晖，工地上的人也在这余晖中渐渐离开。在这片安静的土地之上，李浩孤独地站立着，余晖和晚霞缠绕在一起，把孩子染成了一抹金色。孩子忽然鼓足最后一口气，放开嗓子，朝天边“啊……”地长长叫了一声。声音在半空中打了个转儿，随后四散开去，惹得远处的狗叫了几声。他抬起沉重的灌满铅般的双腿，一步步地，朝家里走去……

母亲在家里做好了饭等他，他回到家，母亲问他累不累，他说不累。可是他吃完饭就躺到了床上。他的身体仿佛被什么压住了，沉重得翻身不得。母亲进来，把明天的干净衣服放在了他的床边。母亲说道：“小浩，你还是去上学吧！干体力活太辛苦！妈还能供得起你！”“不，妈，我能干。”李浩爬起来，说道，“一点儿都不辛苦。”母亲摇了摇头，她怎会不知道干活儿的辛苦？况且小浩还是个孩子。“小浩，听妈的话，咱的家庭状况还不至于让你现在就辍学，回学校念书吧！”李浩也不吭声，又躺了下来，把背部朝向母亲。“回学校？”李浩想着，“回学校去上学？蒋老师还不知道我辍学了呢！过两天我不回学校，他一定会来我家的。可我不想再回学校了。明知道我迟早会不上学，现在还去上学又有什么用！可我真的还想读书，端灰盆真的很累！”李浩的眼泪不自觉地流了下来，流到枕头上。这眼泪里有对过去读书生活的留恋，有对以后艰辛劳动的恐惧，更有对自己不幸命运的哀叹。

蒋书轮是在周五才知道李浩去打工了。李浩请了三天的假，周四却没有来学校。蒋书轮心想，也许是他还要照顾母亲。可到了周五上午，李浩还是没有来，蒋书轮下午便去了李浩家。李浩母亲在家，她看到李浩的老师来了，便热情地请他坐下。

“李浩呢？”蒋书轮问。

“李浩，”李浩母亲叹口气，“他想去外面干活挣钱，我就让他去一家工地上打工了。”

“什么？他不上学了？他去打工了？”蒋书轮腾地站起来，“李浩可是个读书的好苗子，怎么能不让他上学！”

“老师，是我们不好，都是我们的错。”李浩母亲连忙说道，她的那只裹了白色纱布的手也颤抖起来。

蒋书轮意识到刚才说的话有些重了，又坐了下来。他向李浩母亲道歉，并询问她李浩在哪儿干活。

“老师，他在天桥旁边的工地上。”李浩母亲说道，“老师，我其实也不想让他这么早就不上学，他这么小能干啥活儿？您如果能说动他去上学，我们还继续供他。”

蒋书轮蹬蹬地走进工地，他看到李浩端着灰盆，瘦小的身躯被灰盆压弯了腰。他平时看到的李浩都是规规矩矩、端端正正坐在教室里学习的样子，还从没见过李浩干过活儿。“也许，让他在这里锻炼锻炼是好事。”蒋书轮放慢脚步，他想着，“我们的孩子哪一个深刻体会过打工的艰辛呢？当他们体会到了以后，就会明白学习才是最容易的事情。”李浩一趟趟来回跑，汗水早已浸透了衣服。他实在太累了，便直起腰来，擦了擦脸上的汗珠，他在汗水淋漓中看到了对面站着的蒋书轮。

“老师？”李浩有些惊讶，他走上前去，但随即又意识到什么，只是低下头站立在原地。

蒋书轮大步走到李浩面前，他拉住李浩的胳膊就往外走。

“别干了，去上学！”蒋书轮一直把他拉到工地门口，一边推车一边说。

“老师，”李浩站着不动，他感觉自己就是一个犯错误的小孩儿，声音很小却又带着坚决的语气，“我不上了，我在这儿打工挣钱。”

“李浩，”蒋书轮生气起来，他的声音在这满是车辆的街道上也显得那么清晰，“你这个年龄就该好好上学，千万别走错了路，到时候你会后悔的！”

“我不后悔。”李浩的语气依然那么坚决。

“李浩，你怎么这么不听话，”蒋书轮气得走来走去，他一会儿看看工地，一会儿又看看路上的车辆，李浩依然低着头，一副倔强的样子，“李浩，你是学习的料儿，你好好学习，将来会有大用处啊！”

“老师，我不知道我将来会有什么用处，我也不想等到将来。我知道，我现在就有用处，我可以帮母亲减轻负担。”

蒋书轮叹了口气，他无言以对。因为就蒋书轮看来，李浩家的条件实在困难，李浩或许迟早会辍学。他拍了拍李浩身上的土，沾在衣服上的灰土纷纷掉落下来。一个老师是多么爱自己的学生啊！他最后看了李浩一眼，朝他摆了摆手，无奈地说道：“你去吧！”

李浩转过身，他缓缓地走了两步，又停了下来。他扭头看看老师，老师依然那么高大，即便是背影，也如一座山般。在孩子的眼中，老师是多么神圣啊！“我再也见不到老师了。”一阵悲伤涌上李浩的心头。李浩用沾满泥土的手揉了揉眼睛，眼睛更不舒服了。他低下头，泪水从眼眶里溢出，滴在了土地上。蒋书轮和他的学生李浩，在这广袤的世界里相背而行，他们越走相距得便越远，过去师生之间的美好回忆也越来越模糊，直到他们走出对方的世界……

这是三个月以后了，天气变得十分寒冷，玉米地也早已变成了麦田。清早，蒋书轮在麦田边散步，绿油油的小麦在寒冷中显得更碧绿了，白色的霜凝结在枯草之中。蒋书轮有时会突然想起李浩。李浩？蒋书轮许久都不再喊这个名字了，李浩的音容笑貌也逐渐在脑海中模糊起来。蒋书轮无奈地摇摇头，他还在为李浩的辍学而惋惜。这天，他沿着麦田边一直往前走，他想起三个月前的那些晚上，黑魆魆的玉米地、明亮的星星和街边商铺的灯，想起李浩在车座上讲的趣事和背诵的课文。蒋书轮走过麦田，走到主街道上。清晨的街道几乎没有人，小镇还未从睡眠中醒来。有时会有一两个骑车的人经过书轮的身旁，他们把身体瑟缩在厚厚的衣服里，以抵御冬天的寒冷。他在这街道上漫无目的地走着，不一会儿竟走到了天桥边。这时他看到天桥边走出来一个女人，厚厚的破旧棉袄裹在身上。她低着头，推着车，神情落魄，走路踉踉跄跄的，仿佛要跌倒的样子。蒋书轮走近她，惊讶地发现她竟是李浩的母亲。

“你是要去上班吗？”蒋书轮朝李浩母亲问道。

她猛地一惊，迅速抬起头，仔细辨认着蒋书轮。她半天才认出他来。她结结巴巴、有气无力地说道：“你……你是小浩的……的班主任？”

“是，我是早上散步走到这里的。你这是去上班呢？”蒋书轮笑着说，他看到她比以前老多了，皮肤蜡黄，皱纹像干旱的土地龟裂出的缝隙，一道一道的。真想不到，才不到三个月，她竟然变成了这个样子。

“我……我，我是去县城。”

“李浩还在那家工地上干活吗？”

“他……他，他不干了。”李浩母亲的脸上突然现出痛苦的神情。

“那他现在在哪儿？”

她叹了口气，眼泪竟也随之流了出来。她连忙用手擦干眼泪，她什么也没说，竟推着车往前走。蒋书轮觉得奇怪，但也不敢再问。李浩母亲走了几步，突然又停住了。她站立着不动，就像一座破败的雕像。她半天才扭过头，仿佛在对着空气说话似的：“小浩，我的孩子，他得了白血病，再有几天孩子就不行了。”

“什么！”蒋书轮简直不敢相信自己的耳朵，他快步走到李浩母亲跟前，盯着她说道，“李浩得的什么病？他怎么会突然得病？”

“那天下午，李浩突然晕倒在工地上，我以为孩子没事，兴许是他太累了，我抱起他回家休息。”李浩母亲有气无力地说着，仿佛在叙述书里的故事一般，“但是他一直发烧，吃了退烧药也不管用。去了诊所，人家说让去县医院检查。我就骑着车带他去县医院。谁知，做了检查，做完了检查，医生，医生竟说他得了白血病！我吓得扑通跪了下来。家里哪有钱给他治这病！我们到底是得罪了谁啊！竟然遭受这样的罪！”李浩母亲有气无力的叙述变成了泣不成声的哭诉，他一把丢掉车，蹲在地上哭了起来。

蒋书轮仿佛做了一场梦般，他久久地站立在天桥边。清晨的风像冰冷的刀片，蒋书轮感到巨大的疼痛。街上的车和人多了起来，发动机的轰鸣、汽笛的鸣叫，所有的声音汇聚在街道上，叫醒了还沉浸在睡眠之中的迷迷糊糊的人们。蒋书轮却是叫不醒的，他不知道自己是怎么走回的学校，他只是一直低着头，大脑一片空白。到了学校门口，他回望了一下刚刚走过的路，他看了看麦田，叹息道："李浩的命真苦！"

周日的上午，蒋书轮在病房里见到了李浩。他躺在病床上，白色的床单一直垂到地面。他的头发掉光了，头皮完全裸露出来；他的脸已经瘦得不成形，蒋书轮只能从神态上辨认出这是李浩；他的眼睛失去了当初求知的神采，只是黑洞洞的，像两口深井；他的手臂上满是疤痕，就如树皮被刀胡乱砍了一通般，这是化疗造成的。

"李浩。"蒋书轮小声叫道。

李浩的眼睛微微睁开，他看到了蒋老师站在面前。他忽然咳嗽起来，继而是一阵恶心，胃液从嘴里流了出来。

蒋书轮连忙扶起他，拍他的后背。除了胃液，他什么也吐不出来。他又躺下来，伸出手努力地从枕头下掏出了一本书，是《希腊神话与英雄传说》，是当初蒋书轮送给他读的。他轻轻地将书放在胸前，双手覆盖在书上。他似乎顿时有了力量。

"老师，谢谢你给了这本书让我读，我很喜欢它。"李浩的双手紧紧地压着书，仿佛它是一件稀世珍宝般，"老师，我最喜欢书里的阿喀琉斯。他英勇善战、叱咤风云，在特洛伊战争中杀死了赫克托耳。只可惜，他到最后还是摆脱不了命运的悲剧，被射死在沙场。也许这就是命吧！我不是英雄，没有做出轰轰烈烈的事业，却为什么要如那些英雄一样陷入命运的悲剧里？"

"李浩，"蒋书轮轻轻地将手放在李浩的双手之上，"你知道他们为什么是英雄吗？他们之所以是英雄，不是因为他们英勇善战、叱咤风云，也不是因为他们做出了多么轰轰烈烈的事业，而是在于他们敢于反抗命运，敢于同命运做斗争！正是这种反抗和斗争所激发出来的人的高贵气质和勇气，他们才被人类赞扬和歌颂！……李浩，你就是英雄啊！”

“我是英雄？”李浩的双眼焕发出神采，他的手掌紧握成了拳头。

“你要坚信自己是不会被病魔打倒的！”蒋书轮紧握着李浩的拳头，“老师和同学们都在支持着你，他们都期盼你能早日康复，重回学校读书。”

“我真的想回去读书，其实，我一点儿都不想打工，打工太累太辛苦。”李浩的眼睛里又燃烧起了求知的火焰，“我还想听您讲《桃花源记》，还想听数学老师讲全等三角形，还想听英语老师唱英文歌曲，还想努力学好各门功课。”

“你一定会再次回去读书的。”蒋书轮依然紧握着李浩的拳头，“你是英雄，英雄不惧怕命运，命运只掌握在自己的手中！”

李浩坚定地点点头，他坚信自己，也更相信老师，有老师在，他仿佛就有了信心，有了依靠，就看到了生的希望，就能同病魔做顽强的斗争！

可惜，英雄的李浩最终还是没有摆脱命运的摆布和病魔的摧残，一个月后的春节，他去世了。

第二章　黄明豪

作为寄宿制学校，学生每天清早七点上早读，六点四十要全部进班，开始读书。学校每天清早进行纪律检查，迟到的学生必须要站到教室走廊外以示惩罚，并且要扣除该班的量化积分。下午两点上课，学生中午一点就必须全部按时进入教室，开始做老师布置的作业，迟到的和在教室打闹的学生同样也要受到惩罚。下午六点放学，七点半上晚自习，学生七点就要按时进班。晚上九点半下晚自习，十点就要关灯睡觉。因此，学生每天只有中午一个小时和下午放学后一个半小时的自由活动时间，其他时间都在学习。作为学生，这样的生活是单调的、乏味的，甚至是艰苦的。学生长期在这样的环境下学习，必定会产生逆反心理，做出违反纪律的事情来。作为新老师，蒋书轮理解学生学习的不易，可是他必须狠下心，严格要求他们。班级的量化分数低，受惩罚的同学多，学校就会通报，老师的脸上也无光。“他们会理解的。”蒋书轮总是想，“这都是为他们好，让他们养成良好的生活习惯，让他们尽可能多地学习知识，增强本领。”

可是，学生又怎能理解学校的制度？怎能理解老师的良苦用心？蒋书轮刚接手四班的前两个星期，四班这一个月的量化分数便被扣完了，早读迟到的学生越来越多，中午自习时间打闹的学生也越来越多。

“蒋老师，你要好好管管你的班！”年级长对蒋书轮说，“学校领导都在看你的表现！你如果把班弄成这样，校长会对你有看法的！”

年级长是个胖胖的家伙，他的脑袋出奇的大，两腮的肉耷拉着，一副凶狠的样子。他总是板着脸，脸上从来没有笑容。他那一双犀利的眼睛，眼神穿过厚厚的镜片，向你直射过来，你顿时会觉得缩小一半。这也许是他当了多年的老师练就的。他特别爱踱步，总是从一班踱到十班，再从十班踱到一班。他有猎犬般的感知力，能从窗外察觉到哪个学生没有好好学习，一旦发现哪个学生捣乱，他便砰地踹开门，压低声音说道："你过来。"那学生浑身发抖，走到门口不敢靠近他。他便缓缓地走到学生跟前，猛地踹他一脚。那学生便从前门滚到后门。然后爬起来，低着头，一声不吭。他便又说道："把凳子搬到办公室，今天站一天。"那学生便乖乖地遵照执行。学生见到他就如同老鼠见到猫，看到他就躲。学生不敢正面顶撞他，就跑到厕所，在墙上写诅咒他的坏话。

蒋书轮必须要好好管学生了。他每天早上、中午、晚上都早早地进入教室，监督学生学习。他对学生说道："你们不能比我晚到教室，进入教室要立马学习，不准说话！"

第一天，学生表现得很好，没有一个人迟到，并且进入教室都能安静地学习。到了第二天，情况便不一样了，一连四个学生迟到。学生进入教室总是叽叽喳喳，不能保持安静。到了第三天，情况更严重。学生们似乎并没有把他这个班主任放在眼里，反正迟到、说话，老师又不惩罚。

蒋书轮该杀一儆百，采取惩罚措施了。这天中午，黄明豪迟到了。

"站住！"蒋书轮严肃地说道，"为什么又迟到？"

"我吃饭吃得慢，洗碗也洗得慢，所以迟到。"黄明豪辩解道。

"吃饭、洗碗再慢，一个小时还不够用？你一个男生，难道吃饭还要细嚼慢咽，洗碗还要婆婆妈妈吗？"

"我就是细嚼慢咽，婆婆妈妈。"黄明豪偏着头，一只手甩着饭缸，不服地说道。

蒋书轮的怒气腾地上来，他指着黄明豪，大声说道："你还敢顶嘴！你在家就是跟你爸妈这样说话的吗？"

“我就是跟我爸妈这样说话的！”黄明豪语气依然强硬，他的眼睛直盯着蒋书轮的眼睛，一副倔强的神态。

同学们停下笔，恐惧地看着老师和黄明豪。教室里鸦雀无声，等待着老师的反应。

蒋书轮的脸红得发烫，全身细胞都燃烧起来。作为一名老师，学生在公共场合同他顶嘴，挑战他的权威，是多么丢脸面的一件事。这表明，学生根本没有把你放在眼里，你好欺负！

蒋书轮这时看到讲桌上有一个棍子，这是别的老师上课时留下的。他们上课看到学生捣乱，就抄起棍子朝他们身上使劲敲，直打得那些学生疼得嗷嗷叫。今天的怒气冲昏了他的头脑，他拿起棍子，虽然感觉它有千钧重，但还是一个箭步走到他跟前，啪啪地朝他的屁股上狠敲了两下。

黄明豪“啊”的一声叫了起来，他捂住屁股，迅速躲到了一边。

“还敢不敢了？”蒋书轮猛地把棍子扔到地上，大声说道。

“不敢了，我以后不迟到了。”黄明豪说道，一副可怜的样子。

“今天给我站一天，上课前写一个反思，交到办公室，好好反思你犯的错误！”

黄明豪一声不吭，默默地站到他的座位前，拿起笔写起反思来。

“你们都给我听着，别以为我脾气好就觉得我好惹！下次谁如果再迟到，再敢顶撞老师，就跟黄明豪一样的下场！”蒋书轮嘴唇发抖，声音越来越高，音量足以让隔壁班的同学听到。

“都给我拿起笔写作业！别让我看到谁在说话！否则，我绝不客气！”蒋书轮气咻咻地走出教室，“砰”的一声把门关上。

他绷着脸走进办公室，他的右手颤抖着。他又体罚学生了！距离上一次体罚周新杰他们三个人还不到一周。可他实在是忍不住啊！他自诩会用爱来感化学生，可是到现实中，这些通通不管用，都没有体罚学生来得立竿见影。难道再过些时日，他也会和其他老师一样，打学生成家常便饭？可，可是，谁能告诉他，除了打学生还有别的什么办法？他仿佛陷入深深的泥沼里，越挣扎陷得越深，他要和这潭污泥融为一体了。

黄明豪确实是难管的学生。他的问题越来越严重，许多任课老师都向蒋书轮反映他的问题。

“你们班那个个子矮矮的，戴着小眼镜，穿着画有明星图案的蓝色衣服，神态活像个猴子似的学生，叫什么名字？”政治老师上完政治课，走进办公室，劈面向蒋书轮问道。

“是坐在第三排靠过道的那个男生？”

“就他，叫什么名字？平时表现怎么样？”

“他叫黄明豪，平时爱迟到，上课爱做小动作。”

“岂止爱做小动作！他上课从不安生，一会儿挪挪板凳，一会儿把手放在抽屉里玩，一会儿朝后看，一会儿做鬼脸。今天他趁我在黑板上写字，竟然离开座位，跑到后面去和崔一航打闹！我猛地转过身，逮他个正着。我气愤至极，拿起书向他扔去，书本砸到了他的脑袋上。”政治老师气咻咻地说，“你该好好管管他，再这样下去，他非把这个班搅得天翻地覆不可。不行就叫他家长过来，让他家人领他回家去反思！我已经警告过他，如果下次再发现他上课捣乱，他就别再上我的课！”

“我一定好好管教！”蒋书轮说道。

隔了一日，黄明豪的同桌刘晓静开始向蒋书轮诉苦。刘晓静是一个勤奋的女孩，虽然她的成绩只有中上等，但她学习很努力。也因为如此，蒋书轮让她当了学习委员。

“老师，我不想再和黄明豪做同桌了。”刘晓静怯怯地说。

“为什么？黄明豪影响你学习了？”

“他上课不学习，总是打扰我。他把橡皮切成一块一块的，上自习课总是朝我扔，扔得我满头都是。我不理他，他就撕我的作业本。他特别爱做小动作，一会儿拿我的笔，一会儿向我借书，还抄我的作业。

他上课还总是让我给崔一航递纸条，我不答应，他就不让我学习。我感觉我的学习退步了，做练习也总是出错，都是他影响我的。老师，别让我们坐一块儿了，我真的受不了了！”晓静眼中闪现出了泪花，她仿佛要哭出来。

蒋书轮理解晓静的心情，可是他又能把黄明豪调到哪里去呢？让他坐后面，那就离周新杰、崔一航、李梦坤更近了，那还不闹腾死？他坐在哪里，都会把周围同学搅得不得安生，更严重的是，他还会带坏了周围的同学。和刘晓静坐一块儿，是目前最好的选择。

“晓静，听老师说，”蒋书轮看着刘晓静的眼睛说道，“老师知道你的委屈，黄明豪是不安分的学生，影响你的学习，老师都知道。可是，调座位是件不容易的事，你们座位一动，全班同学的座位也要跟着动。你想在一个不受打扰的环境中努力学习，老师知道，但是，老师更希望你能适应环境，即使在相对较差的环境里，也能做到不受干扰，一心一意学习。这正是考验你的时候啊！况且你是学习委员，让全班所有同学都能以你为楷模，像你一样用功学习，也是你的职责所在。老师相信，你能带动他学习的。”

“老师，我理解你。”晓静小声说道。

蒋书轮看着刘晓静离开办公室的背影，心里一阵酸楚。自己没能教育好黄明豪，却要让一个学生去带动他。他现在才明白为什么老师都喜欢好学生，他们听话，理解老师，不给老师添乱，懂得忍辱负重。

“要是全班同学都像晓静这般努力该多好啊！”蒋书轮感叹道。

是该好好管管黄明豪了。在自习课上，蒋书轮把黄明豪叫到了办公室。

“知道为什么把你叫到办公室吗？”蒋书轮眼睛看着课本，等他走到跟前，严肃地说道。

“不知道。”

“你再说一遍！”蒋书轮有些恼怒，他放下课本，眼睛直盯着黄明豪。

黄明豪看到蒋书轮生气的样子，一声不敢吭。

“老师、学生都向我反映你的问题，上课不认真听课，做小动作，下课和周新杰、崔一航、李梦坤他们打闹，自习课上随便说话，影响到学生学习。这些你都不知道？”

“我没有！”

“你还敢说没有！”蒋书轮噌地站起来，怒火又燃烧起来，“我对你说过，我最恨的就是死不承认还顶嘴的学生。你可以学习不好，但你不能品行不端，不能不尊重老师！你这态度是在和老师说话吗？”

黄明豪两手叉在背后，低着脑袋，依然一声不吭。

“给我站直了，手放下来，头给我抬起来！”蒋书轮命令他道。

他迅速放下了手，眼睛看着前方。

“我告诉你黄明豪，你的一举一动，我都清楚着呢！别把老师当傻子！我再给你最后一次机会，如果下次还让我听到别的老师和同学反映你的问题，立即通知你家长，搬板凳回家，从这个学校滚蛋！别挑战我的底线！你听见了没有？”蒋书轮说的每个字都从牙缝里蹦出来，他的手紧握着笔，仿佛要把那笔捏碎！

“听到了。”过了好大一会儿，黄明豪才从口中蹦出了三个字。

在接下来的几天，黄明豪确实规矩多了。他上课不再做小动作了，不过总是耷拉着脑袋，两眼无神地看着桌子。他也不和周新杰、崔一航他们来往了，总是一个人独来独往。上自习课，他也不说话，只是可着劲地翻书，可着劲地转笔，看着数不清的文字和数字发呆。他的学习没有丝毫的起色，反而更加下滑。

“明豪，起来背背《桃花源记》。”蒋书轮上课提问他道。

他依然耷拉着头，小声地背了起来：“晋太元中，武陵人以捕鱼为业……”

“大点声！”蒋书轮生气地说道。

“缘溪行，忘路之远近。”他略微提高了声音，“忘路之远近，忘路

之远近，忘路之远近……”

“下一句是什么？”

“我忘了。”

“几个早读了？”蒋书轮盯着他说道，“傻子也该会了啊！你这段时间都在想什么，黄明豪！你怎么还不努力学习！”

蒋书轮批评黄明豪的次数越来越多，他整天督促黄明豪学习。黄明豪开始厌烦蒋书轮，觉得老师像只蚊子，在他耳朵旁嗡嗡直叫，赶也赶不走。

“老师，你别再说我了，我不想学了！”他那天在办公室向老师嚷道。

“为什么不想学习，别人都想学，你为什么不想学！”

“我就是不想学！”他说完，便发疯地跑出办公室。

周一的升旗仪式上，他又违反了校纪。

国歌响起，国旗冉冉升起的时候，所有学生都要面向国旗，唱国歌，除此之外，不能做任何动作。黄明豪却低着头，既不看国旗也不唱国歌，他拿着一个小刀，在手中把玩着。

“四班的那个同学，出来！”副校长站在二楼，向四班的学生大喊道。

黄明豪猛地一颤，把小刀赶紧藏在口袋里，装作什么事情也没有发生。不过，副校长并没有因此罢休。

“穿蓝衣服的那个学生，给我出来！”副校长再一次大叫道。

黄明豪依然站着不动。

副校长脸上挂不住了，觉得自己失掉了权威。他冲蒋书轮大喊道：“让那个学生出来！”

“黄明豪，出来！站到国旗台前！”蒋书轮向黄明豪喊道。

黄明豪耷拉着头，慢慢地走到国旗台前。

“看看，这就是我们的学生，同学们都看看。”副校长声嘶力竭地喊道，“这个学生，不尊重国旗，不爱自己的祖国！升旗是多么神圣的一件事啊！这一刻，全中国千千万万的学生，都在升华自己的情感，都在期盼祖国变得繁荣富强！可是在这千千万万的学生里，在这神圣的一刻，却出现这么一个学生，在国旗底下玩小刀，这简直是对祖国的侮辱。同学们，我们应该向他学习吗？”

“不应该！”上千名学生大喊道。

“希望班主任老师下去对他加强教育！”副校长眼神冲向蒋书轮，更大声地叫道。

蒋书轮的心里五味杂陈，学生在升旗仪式上贪玩固然不对，可也不能把这种行为上升到国家高度，他们是孩子，都热爱祖国，难道因为玩小刀就说明他不爱国了？让一个学生在国旗台前当着上千名学生的面受到责备，是多么丢脸的一件事啊！学生会记一辈子啊！

蒋书轮无法走入黄明豪的内心，实际上他也根本不了解任何学生的心理。成人的世界和孩子的世界是多么的不同，老师和学生又怎能彼此融合，相互理解？每个孩子都出生于不同的家庭，每个家庭的教育方式也都不一样，所以孩子们有着千差万别，家庭教育给每个孩子涂上了不同的底色。他想，要了解每个孩子，就要走入每个孩子的家庭。于是他打算去做家访。

他第一个想去的，自然是黄明豪的家。他从别的学生那里获得了黄明豪家的详细地址。在星期五的晚上，蒋书轮骑上电动车，朝明豪的家奔去。

一路上蒋书轮都在思考着，去他家准备说什么呢？难道要告诉明豪的父母，明豪在学校表现十分不好，星期一还被副校长当着全校学生的面责骂吗？这样多伤他的自尊！说不定他父母一怒之下会打他，他会恨透我这个老师的。“我只是了解一下他家的状况、黄明豪在家的表现以及探讨如何教育孩子。至于黄明豪在学校的种种表现，我不会多说，只点到为止。”蒋书轮想着。

这应该就是黄明豪家了。泛红的洋瓦、白色的瓷砖，蓝漆的大门，在夕阳的余晖中闪着光亮。蒋书轮把车停在门前，扣响了门环，明豪的母亲开了门。

“请问这是黄明豪的家吗？”蒋书轮向她问道。

“是，”她答道，她的脸上写满了疑惑，问道，“你是？”

“我是黄明豪的班主任。”

“哦，小豪的班主任啊！”她的表情由疑惑瞬间变为惊讶，脸上堆满了微笑。她急忙伸手请蒋书轮进去，并朝屋内喊道，“小豪，快出来！你老师来了！快来请老师进屋！”

黄明豪听到“老师来了”四个字，吃了一惊，急忙从屋内跑出来。

“老师，你……你……怎么来了？你……你……怎么知道我家？”黄明豪结结巴巴地问。

“你这孩子，”明豪的母亲神色严厉，向明豪嚷道，“怎么跟老师说话呢！作业写完了没有，快拿出作业让老师检查！”

明豪耷拉着脑袋，沮丧地走进了屋里。

蒋书轮坐在沙发上，黄明豪倒了杯热水，放在蒋书轮的面前。之后，明豪便走进了卧室，不出来了。他或许觉得，老师来他家，是专门告状来的。因为，天下乌鸦一般黑。所有的老师都一样，自己管不住学生，就告家长！

蒋书轮环顾四周，屋内的家具陈设映入眼帘。崭新的实木家具在灯光下泛着红色的光泽，笨重的皮质沙发烘托出庄重与肃穆来。沙发前放着一个茶几，琉璃的台面，台面下印着花鸟的图案。大大的水晶吊灯悬挂在天花板上，就如一个个蜡烛在空中飘浮。对着屋门的墙壁上挂着一大幅名人墨迹，蒋书轮仔细辨认，竟是刘禹锡的《陋室铭》。这屋子的风格是亦中亦西的，一切都在彰显着明豪富足的家境。

“老师，你告诉我，明豪最近是不是在学校表现得不好？”她紧盯着蒋书轮，眼睛里流露出悲伤。

“明豪在学校表现得挺好的！他是个懂事乖巧的孩子，我今天来是想看看他在家里的表现。”

“懂事？乖巧？”她仿佛不相信他的话，她叹了口气，眼睛无神地盯着地板，说道，“我刚刚打了他一顿！你不知道啊，他竟然在日记本里骂我，骂他的母亲啊！”

“还有这样的事？”蒋书轮紧绷着脸上的肌肉。

她沉重地低着头，眼睛里似乎沁出泪水来，她呜呜咽咽地说着：“我就他一个孩子，一家人都是围着他转。从小他是不缺吃不缺穿，把他包裹得严严实实的，生怕他出什么问题，他就是我们一家人的希望啊！他的命就是我的命啊！谁想到，他现在竟然变成这样！”

蒋书轮听了此番话，问道：“那你是怎么把他包裹得严严实实的呢？你怎么会看到小豪写的日记呢？”

“怎么！”她吃了一惊，满脸狐疑地问道，“我这个当妈的就不能看他写的日记吗？”

“按理说日记是不能给别人看的，青春期的孩子，有点小秘密什么的很正常，我们应该尊重他们的隐私。”蒋书轮弱弱地说了这几句话，因为他知道，中国的家长一般是没有尊重孩子隐私这种观念的。

“老师，我不懂得你说的这些。”她抬了抬头看着蒋书轮说道，“在我眼里，孩子就是我的，我要按照我的想法来教育他。”

“你是如何教育他的呢？”蒋书轮问道。

“他这孩子，”她抬起眼睛，看了看明豪卧室的那扇门，然后又把目光低垂下来，“小学的时候还是挺听话的，我让他干啥他干啥。我和他爸吃够了没文化的苦，终日给人家掏力打工，才换回这些个家底。我不想再让他没文化，不想再让他成年后跟我们一样辛苦啊！他上小学，我不让他和别的同学玩耍，下午放学、周六日，我都把他关在家里，看着他写作业。他以前喜欢打乒乓球，那天周末哭着闹着要去和别的同学打球，我一巴掌把他扇了回去，骂他不体谅母亲的苦心，光顾着玩耍，他哭得更厉害了！可是，可是，我都是为了他啊！”她越发地激动，以至于哽咽，然而语气又忽然间低落下来。

“可是，到了初中，他似乎不再听我的话，也不愿意和我交流了。小学的时候，他有时候还跑到我的身边，跟我谈论一些学校里的事情，杂七杂八地说一大堆。现在他和我之间的交流越来越少，每次问他，他总是说，‘跟你有什么好说的！’我被气得半死，鸟儿大了，就想飞出笼子吗？不可能！每周末回家，我依然把他关在房子里，盯着他写作业。初中的知识，我也不会了，老师布置的作业，我也不清楚。但是我知道，只要把他关在房子里盯着他，他就一定在学习！我在他身上倾注了心血，找好的家庭教师每周末来我家给他补课。我虽然操了这么多心，可是从初中以来，他的学习成绩却一直往下滑，初一下学期那会儿，竟然滑到了班级里的中等水平！更可气的是，他竟然毫不理解我的苦心，他学会了和我顶嘴。我常给他讲道理，我说：‘小豪啊！爸妈这么管你，都是为了你好，你要完成爸妈的心愿，好好学习，其他的事情不用你操心！你想吃什么，妈给你做什么；你想穿什么，妈给你买什么。妈是你的避风港，替你把所有的事情都扛起来，你只要一心一意地学习，考上好的高中，好的大学。’可是每次说到这里，他就捂住耳朵，直摇头，大声叫道‘烦死了！烦死了！你让我清净会吧！’他叫着跑进卧室，重重地摔门。我想知道我的儿子怎么了，他为什么会变了。我有时趁他不在进他的房间，翻他的床铺、他的抽屉、他的本子，想从中了解他的状况。我撕掉了他墙上的明星画报，没收了他的乒乓球和篮球这些与学习无关的东西，我只想让他学习！”她呼呼啦啦地说了这一堆的话，又猛然抬起头盯住蒋书轮，激动地说道，“老师，你知道吗？这些天他写的日记我都看了，他竟然想离家出走！他竟然说家里是地狱！他竟然说我是魔鬼！他……他……他，我的儿子，竟然变成这样！”

她的眼泪吧嗒吧嗒地掉了下来，滴在了沙发前的桌子上。蒋书轮看着这泪滴，仿佛从中看到了一位母亲对孩子的良苦用心。然而这泪滴是苦涩的。

“作为一名母亲，您爱孩子，就像我作为一名老师，爱自己的学生一样。我理解这份沉甸甸的爱。可是……可是，这份爱却太沉重了啊！”蒋书轮不紧不慢地说着，他似乎说上一句的时候，脑子里在想着下一句，“作为青春期的孩子，正是叛逆的时候，我们需要引导他，也需要管教他，但凡事过犹不及，切不可以爱的名义来剥夺孩子最基本的自由，比如翻明豪的日记，这是不对的……”

“难道我这当妈的还不能看看我儿子写的东西？”她睁大眼睛看着蒋书轮。

“及时了解孩子的心理状况是我们应该做的，但是要以恰当的方式来了解。”

“他是我的儿子，我把他拉扯这么大，他就应该把所有的事情告诉我，而不是背地里骂我骂这个家！我太伤心了，我白养这么大的儿子！”说着，明豪的母亲又从眼睛里挤出泪水来。

蒋书轮尴尬了起来，他走也不是，不走也不是，便只好喊明豪出来。黄明豪悻悻地走出卧室，两手背在身后，站在蒋书轮的身旁。

“明豪，快安慰你妈，快向你妈承认错误。”

“我没有错！”明豪仰着头说。

“都是我把你给惯坏了！”明豪的母亲突然发了疯，指着明豪骂道，“我白养你这么多年，白替你操了这么多年的心！你这个白眼狼，你给我滚！”

明豪愤愤地走进卧室，砰的一声关上了门。

蒋书轮没想到这次家访竟然引起了一场如此大的家庭冲突，而这冲突实在不是他这个二十多岁的年轻人所能化解的。他只能勉强安慰住了明豪的母亲，然后便离开了她的家。

村里的晚上是那样的宁静，只有明豪的家，为这宁静增添了一丝的不平静。月亮如一把铁镜，挂在天上，它倾泻着寒冷的月光。蒋书轮穿得薄，不由得打了一个寒噤。他迷茫着，又清醒着。他无法弄明白，老师、家长、学生，这三者到底应该是一种什么样的关系。在老师和家长的眼里，孩子也许就应该是被修剪的树木，它们必须按照我们的意志来成长，它们被修剪得一模一样，毫无特色，以此满足我们的心理需求。它们不停地冒出树杈，我们就应该不停地拿着剪刀修剪。可是，可是，这样的教育就一定是最好的吗？反之，如果我们对孩子放任自流，任由它横生枝蔓，那到最后又会结出好果实吗？蒋书轮这样思考着，他的脑子越来越糊涂，终至一团糨糊……

黄明豪离家出走了！

这件事发生在第一次月考之后。初二的第一次月考，黄明豪的成绩滑到了班里的中下等。蒋书轮看着明豪的成绩，心里甚是着急。

“你看看你的成绩，明豪！”蒋书轮就像一只热锅上的蚂蚁，在办公室走来走去，“看你现在成什么样子了！你看语文、数学、英语，这三门课哪门及格了？你看看人家李浩，考了年级第一名，你呢？你看语文，”蒋书轮拿起语文卷，“这些古文背诵题，你竟然一分没得到！你平时早自习都在干什么！”蒋书轮激动地猛拍桌子，“你对得起你家人的良苦用心吗？你对得起老师们的辛苦培养吗？”

“我不想学了！”黄明豪突然说。

“为什么不想学？你母亲多关心你！我那次家访……”

“你别再说了，”黄明豪突然打住蒋书轮的话，“我就是对不起你们！”

黄明豪说完便拿着试卷跑出了办公室。蒋书轮停止了踱步，眼神迷离地看着桌子上的语文书、考试卷。学生不想学，他能有什么办法呢？该如何激发他们热爱学习？如何转化后进生？如何让黄明豪不再叛逆？这些问题绞得他脑筋疼痛，他坐在板凳上，如坠云雾中……

周五放学，黄明豪忐忑不安地往家走。他知道暴风雨即将来临，可是他早已心如顽石，不怕这暴风雨的击打。他十五岁了，在这样的年龄，他有太多想不明白的事情。他想不明白，为什么人活着就要学习，学习的目的究竟是什么，为什么我从小就要处在父母、老师的严厉监管下，学那些语文、数学、英语，到底有什么用。我已经识字了，为什么还要学语文；我已经会算术了，为什么还要学数学；我又不出国，为什么要学英语。为什么，这到底是为什么！他不愿去想，却又不自觉地拼命去想，他越来越钻牛角尖。他讨厌父母，从小管他看电视管他玩耍管他吃饭穿衣，他是一颗种子，在拼命地向上长，可是上面的石头却在拼命地压制种子，于是，他越来越叛逆，越来越偏激，越来越丧失自我。他忽然想起了电脑游戏，啊！游戏是多么令人兴奋啊！他觉得只有沉浸在游戏中才能找到真实的自我。他记得他有过几次，趁父母不在家溜出去，跑到镇上的网吧，痛痛快快地玩了几个小时的游戏。“我要是能永远离开那该死的学校和家，能天天打游戏，那该多好啊！”他沉醉在幻想中。“可是，我哪能离开呢？我妈会打断我的腿！”他跌入现实，脸上写满了失望。“哼！我一定要逃出去！我再也不要学习！”他自言自语着，紧紧地握住了拳头。

黄明豪小心翼翼地推开家里的门，母亲紧绷着脸，坐在沙发上，如同一座雕像。明豪故意不去看母亲，向卧室里走去。他知道，母亲一定知道了他的成绩。因为每次考试成绩出来，老师都会通过短信把成绩单发给家长。

“明豪，你站住！”明豪猛地停下了脚步，他耷拉下脑袋，他甚至想把脑袋藏到地里，这样就可以既不说任何话也不想任何事，任凭暴风雨的击打。

“你过来！”母亲又向他发号施令。

明豪如同沉浸在未知的世界里，他既不前进又不后退，依然呆呆地站着。

“你给我说说，你考了多少分！你考了第几名！”母亲质问他道。

“我不想学了。”明豪自己也不知道他是如何从嘴里说出这几个字的。他只知道，他是如此的平静，就像一粒石子，轻轻地投进了湖里，然而却激起了无数层涟漪。

“你说什么？”母亲不敢相信自己的耳朵。

“我不想学了！”明豪提高了声音，又重复了一遍。

母亲噌地从沙发上跳起来，拿起扫帚向明豪身上打去。明豪也不躲闪，任由母亲打。母亲原以为明豪会躲闪，这一棍实实在在地打在了明豪身上，明豪一个踉跄，摔倒在地。母亲惊住了，慌忙去扶明豪。明豪挣脱开了母亲，跑进卧室，重重地关上了卧室的门。

黄明豪无力地坐在床上，他的腰部隐隐作痛。他盯着卧室的那扇窗户，窗户外夕阳的余晖倾泻在地板上，映着屋里一片粉白。他困乏至极，便倒头而睡。

明豪在一片草地中醒来，明媚的阳光轻轻地洒在他的脸上，他感到温暖而舒适。一条小溪在他身边淙淙地流过，周围满是树林，叶子茂密。百灵鸟在树林里歌唱，兔子在草地上撒欢地跑，鱼儿在小溪里欢快地游，枝叶在微风中沙沙地响，一切生命都在自由快乐地成长。他喜欢极了这优美的大自然，他渴望与这万物融为一体。他在草地上打滚，他在树林中奔跑，他在小溪里游泳。

“危险，孩子！”他听到了母亲的声音。

“妈妈，我只在这里玩一会儿。”明豪失望地说。

“跟妈妈走，你不能在这里玩，快回家！回家学习！”母亲拉着明豪就走。

“妈，我不想学习！我为什么要学习！”明豪倔强地挣脱开了母亲的手。

“学习没有为什么！你这个年龄就是要学习！你不学习就是不对！快跟我回家！”母亲说。

明豪急了，他拔腿就往树林里跑，他发现他停不下脚步，他跑啊跑啊，可是无论怎么跑，耳边都会听到母亲的声音，“快跟我回家！跟我回家！跟我回家！”他用两只手紧紧地捂住耳朵，不愿再听到那声音。

突然他脚下一滑，重重地摔在了地上。

明豪猛地惊醒，原来是他做了一场梦。他发现自己躺在冰冷的地板上。他爬起来，脑子一阵疼痛。他努力地回想着刚才的那个梦，他看到了那片草地，那茂密的森林，那流水淙淙的小溪，这一切仿佛近在眼前，又仿佛马上就要够着了似的。

他的脑海里闪现出离家出走的计划。他打开了自己的储钱罐，一块、两块、五块……他一张张地数着，总共有三百多块钱，这是他好长时间才积攒下来的。他打算周日下午不回学校上晚自习，而是直接去镇上的网吧，先痛痛快快地玩一场，然后去县城里“闯荡”。

接下来的两天，他终日躺在卧室里，母亲敲开了他的门，让他出来吃饭，他死活不出来，母亲没有办法，便把饭菜端进他的卧室里。明豪母亲也有些许的懊悔，她不该这样打孩子，毕竟孩子大了，有自尊心，有自己的想法了，她有时想走进卧室，去向明豪道歉，可是又迟疑不决，觉得做父母的，也是恨铁不成钢，也都是为他好。

明豪那冲动的想法在头脑里疯狂地成长，终于变成参天大树，遮蔽了阳光。周六上午，他趴在桌前，写了一封信留给母亲：

“母亲，望您看到儿的这封信不要生气，儿确实不想学了。儿不知为何而学，是为你们脸上争光还是让周围人羡慕。儿甚是迷茫，儿不知您对儿的期盼有多高。儿已经十五岁了，差不多长大了，儿要去打工挣钱，您常说不好好学习就要打工出苦力，儿觉得打工出苦力也比学习要好。寻不到就不要寻，您不必焦虑，把这封信交给班主任，他定能谅解。对不起了，妈妈，不想骗你，但儿是不得已为之……”

明豪写好后，又小声念了一遍，觉得语句还通顺，就是字体有些丑。没办法，蒋老师已经让他练了一个月的字，但依然收效甚微。他把信纸轻轻折了一折，然后就思索着该把这张纸放在何处。他要把这张纸放在既好找又不好找的地方。母亲一旦得知他离家出走，肯定会在卧室里找他留下的线索。如果直接将信纸放在桌子上，那就突出不了这次出走的“庄重”，如果放得太隐蔽，可能又找不到。他环顾卧室，目光落在了床腿，他觉得把信纸压在床内侧的床腿下也许最为合适。他一只手小心翼翼地却又像花费很大力气似的把床向上抬高，另一只手把信纸塞在床腿下面，只留下纸的一角伸出床腿之外。他颇为满意地拍了拍身上的尘土，之后便去整理要带走的东西。

中午，母亲做好了饭，他竟是两天来第一次出来吃饭。母亲很高兴，不住地给他夹菜。他一声不吭，只顾埋头吃。他在做着强烈的思想斗争。他骨子里是听话懂事的孩子，虽然有时不满于母亲的控制，但从小到大他都没有做过太出格的事情。他小时候有次和母亲去城里赶集，由于集市上人太多，他又调皮，和母亲走散了。他见不到母亲，害怕极了，便在人群中横冲直撞，不断地叫“妈妈”“妈妈”，找了很久也找不到，便大哭起来，那时的恐惧感至今让他刻骨铭心。他感到这天地间，这密密麻麻的人群里，只有一个可以保护自己的人，那就是自己的母亲，除了她，周围的陌生人都如老虎般会把自己吃掉。现在，他十五岁了，却又要主动挣脱母亲的怀抱，走向那天地间，走进那密密麻麻的人群中，他顿时充满了恐惧，他拿筷子的手不禁一颤。

“怎么了，小豪？”母亲看出来异样。

明豪不答话，继续埋头吃饭。

“其实，当妈的也有做得不对的地方。”母亲望着桌上的菜，平静地说道。

明豪被这句话惊住了，他没有想到母亲会说她自己不对。在他的记忆里，他的母亲是如此的强势，以至于无论做任何事情她都不会向别人承认错误。明豪受伤的心灵在渐渐愈合，有一刻，他忽然觉得母亲能理解自己了，她懂得自己所有的想法，她仿佛在抱着自己说：“小豪，妈把你养这么大，怎么会不理解你呢？妈爱你，懂你，在你成长过程中无论遇到任何事情，妈都会帮你解答。”

吃完饭，明豪回到了自己的卧室，他要整理书包，每个周末的下午明豪都早早地出发去学校。

“妈，我走了。”明豪平静地说道。

“东西都带齐了吧！那就走吧！”母亲同样平静地说。

明豪望了母亲一眼，他发现母亲的脸上多了些皱纹。明豪记得有一次他跟母亲去理发，他看到理发店镜子里的母亲，皱纹就像是被刀子刻出来的，一道比一道深。黑色的头发中夹杂了白发，干枯而无光泽。我们在一天天长大，母亲却在一天天老去。明豪不敢再看母亲，他慌忙低下头，迅疾转身，出门而去。

明豪的心七上八下，他不知道该如何是好，回学校继续上课还是去网吧然后“闯荡世界”，他一路上都受着折磨。“回学校继续上课吧！”他想着，“我就这样走了，母亲太担心怎么办？万一以后没钱了怎么办？还有蒋老师，我也对不起他的辛苦付出。”他打定了回学校的主意，不由得加快了脚步。他走了一会儿，又想道：“不行，我不能就这样回去，难道我还想要被关在那暗无天日的教室里吗？难道我还想天天被老师批评责骂吗？难道我还想听母亲的唠叨吗？我不是学习的料！我为什么还要学习那恶心人的东西！”明豪想到这里，怒火中烧，血液仿佛在沸腾，他的脚步更快了。

他走到了路口，这个路口向东通往学校，向西通往网吧。人生处处面临抉择，今天明豪也似乎站在了人生的路口上，仿佛走错一步会踏入万丈深渊似的。明豪虽然已经打定了不回学校的主意，但依然犹豫踟蹰、徘徊不前。终于，最后一个念头使他的脚步迈向西边。他想到自己已经写过离家出走的信了，已经覆水难收了，即使不离家出走，母亲看到后也会打我一顿。横竖是被打，那就豁出去吧！他战胜一切的软弱、恐惧、犹豫，大踏步地向网吧走去……

蒋书轮是下午六点到学校的，他在办公室备了备第二天的课，六点半走进教室,看了一下学生们的到校情况。七点上晚自习，此时学生们已经到齐，唯独黄明豪的座位是空的。“明豪怎么还没有来？”蒋书轮实在有些担心。蒋书轮心里明白，明豪周末回家，家长一定是责骂了他，他肯定是不愿来学校了。“再等等吧！”蒋书轮心里想道。蒋书轮又回到了办公室。此时已经上晚自习了，数学老师进入了教室，她想趁晚自习的时间给学生们讲解这次的数学月考试卷。蒋书轮在办公室里踱来踱去，他回忆着明豪这段时间的表现。他上课不注意听讲，他倔强爱顶嘴，他在升旗仪式上玩小刀，他月考成绩直线下降，结合上周的家访，蒋书轮越发地忐忑不安。他拿起手机，给明豪的母亲打电话。

“你好，我是明豪的班主任蒋书轮，明豪在家吗？他为什么还没有来学校上课？”蒋书轮询问她道。

“什么？明豪没回学校？”她惊讶的语气直灌向蒋书轮的耳朵，“明豪明明今天下午就回学校了呀！他怎么会……怎么会……”她开始颤抖起来。

“他确实没有来，”蒋书轮意识到了问题的严重性，“你抓紧时间去明豪可能去的地方找找，我问一下班里的同学，看看他们是否知道明豪去了哪里。你不要着急，兴许是他在路上耽搁了，有什么消息我会及时通知你。”

蒋书轮挂了电话，他回到教室，询问同学们今天是否见过明豪，同学们面面相觑，都表示不知道。

“你和他家人联系过没有？”数学老师在门口问蒋书轮。

“联系了，他母亲说他下午两点多钟就来学校了。他母亲现在在四处寻找。”

“那这件事就和我们学校没什么关系了，他是在家里丢的，现在的孩子惯得太狠，一不高兴就离家出走。总之，咱不要太着急，让他母亲先去找。”

蒋书轮觉得她说得有道理，便返回了办公室。他翻开语文课本，准备继续备课，可是他没看几分钟，便只觉得书本上的文字越来越模糊，最后糊成一团。他生气地扔了课本，趴在桌上。他想了许多许多。“虽然这件事和我没多大关系，但明豪毕竟是我的学生，我没教育好他也是我的失职。现在最重要的是，明豪会去哪儿呢？”蒋书轮枕在胳膊上的头来回地摩擦着，“初中生离家出走，最有可能的还是去网吧，毕竟初中生爱玩游戏，人生经历有限，对其他地方也不熟悉。他母亲要是一直找不到他，那就提醒她去网吧找找。”

明豪的母亲心急如焚，她竟一时不知该如何做。她挂了电话，停了好一会儿，才慌慌忙忙地跑出家门，沿着明豪去学校的路，边走边呼喊明豪的名字。夜幕已经笼罩了整个天空，路上少有行人。她除了听到野狗乱叫，再无其他声音。她呼哧呼哧地跑了一个来回，嗓子喊哑了，人也乏了，但连明豪的影子也没找到。小豪到底会去哪里呀！他要是丢了我也就活不成了呀！她忽然悲从中来，蹲在路边哭泣起来，在寂静的夜晚，这声音越发地响亮而伤感。

她踉踉跄跄地走回家，她害怕极了，小豪才十五岁，万一被坏人骗去该怎么办啊！她进入明豪的房间，期望明豪能留下他的去向，果然，她发现了明豪留下的那封信。她哭着看完了信，眼泪滴在了信纸上。“小豪真的是离家出走了，是我把他逼走的！”母亲哽咽着。她懊悔极了，她不该打孩子，不该没有注意到孩子的厌学情绪。她颤抖地拿出手机，拨打丈夫的电话。

明豪的父亲在南方打工。在明豪很小的时候，他就很少见到父亲。在农村，男劳动力一般都是要出去挣钱的。明豪以前总是问妈妈：“爸爸在哪儿？”母亲总是说：“爸爸去了很远很远的地方，他在那里劳动，挣了钱就回来了。”于是小明豪就经常站在大门外等父亲。等啊等啊，父亲果然挣了钱就回来了。父亲每年总会回来两次，一般都是在夏天和冬天。小时候的明豪见到父亲回来会特别高兴，因为父亲总能带一大堆的玩具，有小汽车、玩具枪，有各种稀罕的玩意儿。后来，慢慢地，明豪长大了，见到父亲回来，也不那样兴奋了，反而变得有些沉默，如同陌生人一般。

明豪的父亲得知了消息，便买了火车票回家。他让妻子报了警。明豪母亲跑遍了全村，将明豪离家出走的事情告诉了所有的亲朋好友，期望有人能看到明豪。蒋书轮也打电话给明豪母亲，建议她去网吧找找。村里有个网吧，母亲询问了网吧老板，老板直摇头，表示并没有看见这孩子。这已经是凌晨四点多钟了，母亲一夜未睡，她向镇上走去，镇上有三家网吧，她准备一家一家地问。

黄明豪离家出走的当天晚上，是在网吧度过的。网吧原则上是需要身份证才能上网，然而镇上的网吧大多是不遵从这个规定的。明豪进入网吧，给了老板十块钱。

“小家伙，现在打通宵是十二块钱！”

说话的是这家网吧的老板。他穿着一件宽大的长衫，肚子又圆又鼓。他的脸像一块被捏圆的泥巴，上帝在这泥巴上戳了三个洞，以此来当他的眼睛和嘴巴。

明豪又从口袋里摸出两元钱，畏畏缩缩地递到他手上。老板一把抓住钱，狠狠地将钱扔到盒子里，然后伸出食指，朝右前方一晃，说道：“十四号机。”

明豪坐在电脑前，血不断地往头上涌，他从未感到如此的兴奋和惬意。他仿佛融入了这游戏里，同里面的人物一起战斗。多年没有游戏的生活枯燥而乏味，他终于在这里得到了补偿。课业的压力，老师的说教，父母的责骂，都滚吧！只有电脑游戏才能占据这个青春期孩子的整个身心。

一夜过去了，阳光隔着门帘射入这空气污浊的网吧里。明豪累了，他把身体靠在椅背上，沉睡了一会儿。

“起来！”

明豪微微睁开眼睛，从眼睛缝里看到那张圆泥巴似的脸。他揉了揉眼睛，一骨碌从椅子上站起来。一夜未动，他的腿仿佛支撑不住他的身体，他打了一个趔趄。他的座位已经被另一个和他年纪相仿的孩子占住了。他踉踉跄跄地走出网吧。

他掀开网吧的门帘，阳光直往他的眼睛里钻。多么好的天气啊！秋高气爽，除了树上偶尔掉落下的叶子，一切都是那么美好。明豪走在镇里的路上，他在做着下一步的计划。他要坐 5 路车去县城，到了县城再找活干！明豪对他的计划心满意足，他大踏步地向 5 路车车站赶去。

5 路车是连接这个镇和县城唯一的交通工具。明豪坐过两次。一次是母亲去县城的医院看病，他跟着母亲去的；另一次是母亲和他去县城接打工回来的父亲。父亲平时回来，母亲都只是在镇上接，但那年父亲一整年都没有回家，回来的时候火车又误了点，母亲在家里等得心急，就带明豪直接坐 5 路车去县城了。

明豪对县城的印象也就来源于这两次。他只知道，县城有宽阔的马路，有数不清的汽车，有琳琅满目的招牌，有始终板着脸走路的行人，还有那大得没有转完的县医院，以及来了一拨又一拨旅客的火车站。其他的，他一无所知。他忽地害怕起来，心脏扑通扑通地跳着，他即将要去一个陌生的城市，这对一个十五岁的孩子来说是多么不可思议啊！城市就像一只狰狞的张着嘴的怪兽，明豪则是要主动地往怪兽嘴里钻啊！明豪给了司机五元钱，他坐在了靠窗户边的位置上。他透过车窗玻璃看街道上的行人，看路两边的广告牌。他看到一个老太太推着三轮车，车上载着一大包面粉，她在吃力地拉着车。一个这么大岁数的人，还在为生活劳作，明豪突然想起了自己奶奶。他的奶奶是去年去世的，是因车祸去世的。明豪的家与他家的田地隔着一条省道，家里人去地里干活总要穿越这条省道。奶奶耳朵有点背，她总是听不见车辆的喇叭声。那天，母亲不在家，奶奶自己去田里干活，她干完活要穿越这条省道回家。她左右看了几下，见无车辆，便脚步蹒跚地走在马路上。一辆货车猝然出现，当司机看到奶奶时，已经刹不住车了。奶奶死在了车下。明豪从学校赶回家时，奶奶已经被安置在了棺材里。他没有见到奶奶的最后一面，父母也不敢让他见奶奶那血肉模糊的脸。明豪想到这里，鼻头一酸，泪水从眼眶里滑下。他把头抵在窗户上，两眼迷离地望着窗外。

就在这迷离之中，他朦朦胧胧地瞥见一个熟悉的身影，这个身影离他越来越近，越来越近，他终于看清楚了。是的，是自己的母亲。她脚步匆匆，神色紧张焦虑，她向着镇上网吧的方向走去。明豪知道，母亲一定是在找自己。明豪担心起母亲来，他害怕母亲急坏了身体。难道……难道母亲没有看到我写的信吗？她不用找我啊！不用替我担心啊！母亲终于走到了5路车边，明豪甚至能看到母亲的皱纹和丝丝白发。母亲只想快点到网吧，她丝毫没有注意到这5路车，更不会想到明豪会在这车上。母亲从车旁擦身而过，明豪只能看着她渐行渐远的背影。有那么一刻，明豪想马上跳下车，发疯一般跑向母亲，对母亲大叫着："妈，我就在这里，我在这里，你别再找我了！"明豪的身体在微微颤抖，他虽然不满于母亲的管束，但那毕竟是自己的母亲，血浓于水啊！他只是一时负气才离家出走！他在做着强烈的思想斗争，他的头上仿佛被套了两根绳，一根绳往左拉，一根绳往右拉，他的头好疼！他在这疼痛中忽地站了起来，他也不知道自己为什么会站起来，难道上帝让他下车回家吗？也就在这时，车子启动了，明豪没有站稳，由于惯性，他一个趔趄，又坐回了座位上……

明豪到县城已是上午九点了，他跳下车，看到车站里满是纷纷乱乱的人，他走出车站，来到大街上。啊！这马路真宽！这汽车真多！这两边的商铺好气派！他沿着马路漫无目的地走着。在他十五岁的生命里，他几乎从未见过如此繁华的地方。他走了一个街道又一个街道，他不时地驻足观望临街的商铺。他从橱窗外看到了许许多多他梦寐以求的东西。“啊，这么多篮球和足球啊！”他站在一家卖各种球类的商店外面，惊讶地睁大了眼睛。明豪从小就喜欢球类运动，他不仅爱打乒乓球，还喜欢打篮球、踢足球，可惜母亲对他太严格，他不能发展他的爱好。小学四年级的时候，他跟着母亲去镇上的集市赶会，一个摊子上放着一个小足球，明豪眼睛顿时放出了光彩，他拿着足球在手里转来转去，俨然把它当成了宝贝。“小豪，快放下，咱不要！”母亲边说边去拉明豪。“妈，我想要这个足球。”明豪一动不动地站在摊前。“要个足球有什么用！不行，快走！”母亲生气了，更用力地去拉明豪。明豪犯起了犟，索性蹲在了地上。母亲见拉不了他，也就不管他，径直往前走去。她觉得自己走了，明豪就会跟过来，小孩子都是这样，见啥要啥，真不给他买，他哭一会儿就把这事给忘了。母亲往前走了大概二百米，回头一看，见这孩子依然蹲在那儿，眼睛直直地盯着足球。母亲没办法，又折回来，骂了小豪几句，无奈地买下了这个足球。从此，小豪就球不离手了。他夜晚睡觉怀里抱着这个球，早上吃饭手里拿着这个球，放学写作业也把球放在书边，一有空就整个院子地踢球。“整天玩这个圆东西有啥用！”母亲经常唠叨他。母亲不理解孩子的世界，孩子的世界就应该是丰富多彩的啊！明豪常常仔细观察它，它的上面有许多个相同的五边形，五边形里填充着白色或者黑色。“这些五边形真好看！”明豪用手抚摸着球的纹理，他的思想又飞到了天边，“老师说，地球是圆的，那地球岂不是就像这个足球了？人就是在这个像球一样的地方生活吗？那处在地球下端的人怎么不会掉下去呢？”明豪有太多的问题想不明白，是啊！他这样的年龄又怎么能想明白那么多事儿呢？但好奇心却不能在那样的年龄丢失啊！

马路上汽车的喇叭声惊醒了明豪，他又望了一眼橱窗里的足球，便向前走了。他知道，他已经不是小时候的他了。他已经十五岁了，已经是不上学的学生了，他要开始“闯荡”社会了。他又怎能去贪恋一个足球呢？当前最重要的，是能找到一个打工的地方，能在这地方安顿下来。可是……可是，去哪儿找工作呢？找什么样的工作呢？明豪就像坠入云雾之中，他对前面的路一片迷茫。这也不奇怪，在他十五岁的人生里，从来没有人告诉过他社会是什么样子，也从来没有人给他指明人生应该怎么走，老师没有教过他，父母也没有告诉过他。他们唯一告诉过他的，就是好好学习，只要好好学习了，人生就光明了！可是为什么好好学习了人生就光明了呢？他们依然没有说。他始终悟不透这一点，始终不明白，学数学、语文、英语，跟人生到底有什么关系！人生不就是吃饭、干活、睡觉吗？这人人都会啊！数学考一百分了，照样也得睡觉啊！只不过是睡得更香甜罢了！哦，也许就只有这一点关系吧！

明豪路过了一家理发店，黑色的外墙，明亮的橱窗，墙上镶嵌着几个他看不懂的字母，这一切都在彰显着这家理发店的格调。明豪透过橱窗看到几个青年在给顾客理发。这些青年约莫有二十岁，头发都是乱蓬蓬地向上竖着。明豪又看到一个约莫和他年龄差不多的男孩在给顾客洗头。只见那男孩熟练地拧开热水管，将热水小心地淋在顾客的头发上，然后挤出洗头膏，均匀地涂在上面，再轻轻地揉搓着头发，大约过了半分钟，便洗去残留在头发上的洗头膏，最后用毛巾擦干头发。明豪看完这一系列动作，觉得甚是简单，便也想留在这里给顾客洗头。只是，他们肯要我吗？明豪站在店外，不敢推开店门。他看了那男孩洗了一个又一个顾客的头发，每当那男孩空闲的时候，就坐在板凳上和理发的青年闲聊，发出咯咯的笑声。他甚至有点儿羡慕起这个男孩了，他的日子多幸福啊！他白天就洗洗头，洗完头就玩耍，还能挣钱，这真是神仙的日子啊！这比他每天待在教室里学习强多了！明豪终于鼓起勇气，推开那扇门，进入店里。

“小孩儿，理发吗？”一个高个子青年停止了理发，向他问道。

“我……我……我不理发。”明豪结结巴巴地说。他刚才鼓起的勇气泄了一大半，他甚至后悔推门而入了。

高个子青年见他不理发，心想也许是哪位顾客的孩子，便不再作声，继续理发了。

明豪这下不知道该怎么办了，他看到许多人都在好奇地看他，包括那个男孩，睁着两只大眼睛在上下打量他。他顿时感到身上火辣辣的，好像自己被吊起来，众人都在观看他一般。他想走，对，还是走吧，去别的地方找工作吧！这里的人太多了。他转身就走，快到门前的时候，那个男孩叫住了他。

“你是想洗头吗？”

男孩边说边走向他。

“不……我也不洗头。我……我是来找工作的。”

“找工作的？”男孩面露惊讶的神色，随后又咯咯地笑起来。笑完，他向高个子青年问道：“咱这儿缺人不缺？”

高个子青年不屑地摇了摇头。

明豪失望至极，他又转过身，推开店门，走上马路。男孩也尾随他到马路上。

“你应该去饭店找，饭店缺端盘洗碗的，你看哪家饭店前挂着招聘的牌子，就去哪家问。”

明豪恍然大悟，向男孩点点头。

“你不上学了？”

明豪又点点头。

“上到初几不上了？”

“初二。”

“我跟你差不多，也是初二不上的。”

“快来给顾客洗头！”高个子青年冲门外的男孩喊道。

“来了！来了！”男孩儿赶紧转身，向屋里冲去，他回头向明豪做了个鬼脸，说道，“等以后见着了再聊。”

男孩推开店门，随后店门又自动关上。又留下明豪一人独自站在马路上了。他感谢这个男孩，在陌生的环境里，竟有这样一个年龄相仿的人同他谈话，他感受到了温暖。

明豪继续走着，他就如一匹孱弱的骆驼，走在漫漫古道上。已是中午了，他累了，也饿了。他正好经过一所学校，放学铃声响了，学生们蜂拥而出，把他包围在人群里。他忽然想到，如果他没有离家出走，他现在也应该放学了啊！也应该奔跑着冲向餐厅打饭了啊！他隐隐地对自己过去的生活有了一丝羡慕。有那么一刻，他真想是他们。

他就在学校旁边的饭店里吃了午饭，他已经感受不到饭的滋味，再好吃的饭现在也是味同嚼蜡。一天已经过去一半了，他依然没有找到工作，他开始着急起来，他甚至想趴在饭桌上大哭一场。可这不是家里，没人会在乎他的哭泣。他望着周围吃饭的人，其中许多都是和他一般年纪的初中生，他们都是如此的快乐、开心，而他，却成了飞离雁群的那只孤雁，哀鸣着，孤独地飞翔。“难道我想回去吗？”他心里想着，“回去上学吧！向母亲和老师承认错误，才旷课半天，他们会原谅我的。”明豪有些动摇了，这个十五岁的孩子当然不知道娜拉是谁，更不会明白，其实他跟娜拉一样，走出去还是要回来的。此刻的明豪，已经初步体会到了踏入社会的不易，他有想回去的念头了。

明豪走出饭店，他不知道该往哪儿走。他确实有些想回去，但又不愿意回去。他害怕同学们的嘲笑。“你看明豪这小子，跑到县城玩了一天，又跑回来了，要是我，就不回来了！”“他不是不想上学吗？干吗又跑回来！”明豪仿佛现在就听到了同学们的嘲笑，本来就孤独的他，到了学校会更加孤独。他又担心起母亲来，“她到底有没有看到我的那封信？现在不知道她是不是还在找我？”同学们的嘲笑和母亲的焦虑，这两个画面在他眼前晃来晃去。他最终想了一个折中的法子，如果下午五点依然没有找到落脚的地方，他就坐5路车回家。

明豪就这样，走走停停，太阳也渐渐地向西落去。晴朗的天空高远辽阔，一只只大雁在空中翱翔，只可惜明豪是只孤雁，不能雄心勃勃地搏击长空了！在这县城里他有些迷路，不过仍隐约记得去车站的路。他心情沮丧，耷拉着脑袋，一步又一步地往前挪。他已经做好了受母亲和老师责骂的准备。他走完一条大街，又往左转，来到一条窄街上。他记得车站在东南方向，他只要往东南方向走，最后进入县城的主街道，在那就能找到车站了，因为车站就在主街道的东头。这条窄街是充满烟火味的，窄街被分作两半，西一半是卖菜的，芹菜、黄瓜、番茄、豆角……样样俱全。东一半是卖饭的，不仅有早、中、晚饭，还卖各种小吃，串串香，臭豆腐，炒凉皮……应有尽有。明豪特别喜欢吃小吃，这也不奇怪，哪个初中生不爱吃零食呢？明豪看着各种各样的小吃，馋得直流口水，他太想尝一碗臭豆腐了。他又看到路边已经摆起了烧烤摊，摊主在路边放了几张桌子，随后支起炭炉，旁边是拌凉菜的架子。夏天刚过，气温依然很高，傍晚的人们依然喜欢坐在街边吃些烧烤、喝瓶啤酒。这短短的一条窄街便有三四家这样的烧烤摊。明豪其实是不喜欢吃烧烤的，这是成年男人的最爱。这些男人们挺着肚子，咕咚咕咚地往嘴里倒啤酒，明豪看到他们的样子就觉得恶心。他加快脚步，想赶紧穿过这条窄街。忽然，他看到一家烧烤摊前挂着一个牌子，牌子上“招聘勤杂工”这五个字扑入眼帘，明豪的心不禁一颤。他似乎有些激动，因为这是他一天当中第一次看到“招聘”这两个字。他想走上前去，询问摊主，看自己合适不合适，但他看见摊主忙着烤肉，便不敢上前。摊主是个肥胖的男人，有着同样硕大的啤酒肚，走起路来肚子一晃一晃的。他的脸和昨天晚上网吧老板的脸一模一样，都像一块被捏圆的泥巴或者被揉圆的大面团，造物主都是在这泥巴或面团上戳了三个洞，就急忙地安在他们的脖子上。他说话粗声粗气的，常常一边烤肉一边吆喝着旁边的妇女：“快去上啤酒上菜！”这位妇女也许是老板娘吧！明豪心里想着。只见她双手正在熟练地调制凉菜：花生米、豆腐皮、面筋掺一块，然后一会儿放点白色的颗粒，一会儿放点黏稠的调料，一会儿放点青色的配菜。明豪看得入神，差点忘了自己的事情。等了一会儿，那个肥胖的男人终于忙完了，他吐了口痰，便在炭炉前走来走去。明豪握紧拳头，暗暗下决心，这是最后一次机会，一定要成功。

明豪走到摊主旁边，他的个子正好遮住了摊主那肥硕的肚子。

“你吃烧烤？”摊主朝他问道。

“我是来当勤杂工的。”明豪平静地说道。

“来当勤杂工？”摊主仰头朝天，哈哈大笑起来。他的笑也是那般的粗声粗气，就像破布被撕扯发出的声音。

“你多大了？”他笑完便冲明豪问道。

“我十六岁了。”明豪依然平静地说。

“会端盘洗碗吗？”

“会！”

“你家是哪儿的？你来这儿干活你家人知道吗？”摊主见他年龄如此小，怕他来路不正，到时候遇上麻烦。

“我家是县城边石佛村的，我上到初二不上了，我妈让我去厂里干活儿，我不愿意，她就让我来城里找找，看看哪家饭店缺人。”明豪在来县城的路上看到一个石佛村的牌子，便编了这样一个谎话。

摊主见他说这番话时气定神闲，脸也不红心也不跳，便信以为真，决定让他试试看，如果干不好，撵他走也不迟。

“一天工资十五块钱！”

“行！”明豪按捺不住激动的心情，竟手舞足蹈起来。

“你今天晚上回不了家了，十二点收摊，晚上我这儿有住的地方，明天上午你再回家！”

“行！”明豪连连点头。

“你开始端盘吧！”

明豪接过盘子，盘子上是十串羊肉串，他要把这十串羊肉串放到坐在五号桌的客人面前。明豪颤巍巍地端着盘子，仿佛这盘子有千斤重一般。他走到五号桌前，小心翼翼地将盘子放在桌上。五号桌坐着四个年轻的女人，其中一个女人冲明豪说了一句“谢谢。”明豪受宠若惊，也许这是他十五岁生命里第一次听到别人对他说“谢谢”。他端完羊肉串，紧接着便去老板娘那儿端凉菜，总共四盘凉菜，一盘花生米，一盘蚕豆，一盘变蛋，一盘面筋掺豆腐皮，老板娘让他端到三号桌那儿。他一只手端一盘菜，他先端了花生米和蚕豆。三号桌坐着一个胖男人和一个三十岁左右的女子，女子怀中抱着一个婴儿。明豪同样小心翼翼地将盘子放在桌上。“菜怎么上得这么慢！”胖男人冲明豪叫道。明豪的心猛地一颤，害怕地说不出话来。“快把我的那两个菜端上来！”胖男人见明豪不吭声，便又冲明豪叫道。明豪赶紧扭身去端蚕豆和变蛋。“这种人真没素质！”明豪心里想着，他甚至对这胖男人咬牙切齿起来。明豪端了一盘又一盘，就这样，他从下午六点一直端到晚上九点，才端了三个小时，他就快受不了了。客人丝毫没有减少的趋势，常常是一拨客人走了另一拨客人又来，十张桌子一直都是满的。“剩下的三个小时该怎么熬啊！”明豪快支撑不住了，他开始困乏起来，他的额头直冒汗，一有空闲，他便坐在板凳上歇歇。他看着这群男男女女，他们都是如此的兴奋和激动，他们一个比一个叫声大，他们的唾沫在羊肉串和花生米之间乱飞。明豪实在搞不清楚他们都在叫些什么。一个男人突然拍着桌子哈哈大笑，另外三个女人也哈哈大笑起来，好像这个男人讲了一则非常非常有趣的笑话一般。另外一桌的两个啤酒肚男人划着拳，其中一个男人猛拍桌子，冲对方叫道，“喝酒！”对方二话不说，掂起酒瓶子咕咚咕咚喝起来。突然，一阵婴儿的啼哭为这叫声增添了新的色彩。那哭声尖刻刺耳，如金属之间的摩擦。一时之间，婴儿啼哭声、妇女哄儿声、男人的骂声，一同发作，就如同青蛙在池塘里乱叫一般。

已经是晚上十一点半了，明豪坐在板凳上，耷拉着脑袋。他的头昏昏沉沉的，他的眼睛已经半合上，他感到周围的世界朦朦胧胧的，周围的一切仿佛都在梦境之中。只剩一桌客人没有走了，就是那两个啤酒肚男人，他们还在兴奋地划着拳，“哥俩好呀！三星照呀！四喜财呀！五魁首呀！”带着醉意的声音四散在这寂静的夜晚，惊动了路对面小区里的狗。“他们怎么还不走！难道今天晚上都不走了？这两个不回家的狗男人！”明豪在半睡中骂着他们。“老板，再要五个羊肉串！”啤酒肚男人朝老板喊道！明豪猛然惊醒，他知道他要去端羊肉串。他踉踉跄跄地走到烤炉旁，等着老板把羊肉串交给他。“拿好！”老板把盘子交到明豪手中。明豪轻轻地端着盘子，迅疾地向他们走去，他想赶紧把这几串羊肉串端到他所厌恶的人手中，然后坐在板凳上继续打瞌睡。突然，明豪那半睁半闭的眼睛没有注意到脚下的一个低板凳，他被绊了一下，然后打了一个趔趄，羊肉串顺势从盘子中滑了出来，落在了地上。明豪的头轰的一下，他的睡意一扫而光，他的心怦怦直跳，他张大了嘴巴，害怕的一句话都说不出来。

“你这小子怎么端的盘子！”明豪的身后传来了老板恶狠狠的声音，明豪顿时惊得缩小了一半。他就如同一只可怜的小羊，被后面的狼紧盯着。

“我……我……我……”明豪结巴着。

“今天扣你五元的工资！”老板走到明豪跟前，厉声说道。

明豪的眼睛里噙满了泪水，他眼中的世界顿时变得模糊起来，也仿佛被水沾湿了一般。他从来没有受到过这样的屈辱，虽然他经常受到母亲和老师的责骂，但从没有像今天这般难受，因为母亲和老师都是他亲近的人，他也知道母亲和老师都是为了他好。明豪离家出走是为了逃避学习，追求他认为的自由，却伤害了自己最亲近的人。他发现社会并不如他想象的那么美好，工作并不是那么简单，打工挣钱并不轻松。他想母亲了，也想同学了。可是，他不想就这么回家啊！

终于熬到十二点了。那两个啤酒肚男人也醉醺醺地走了。老板和明豪开始收拾摊子，他们要把桌子和炭炉扛到三轮车上。明豪已不记得是怎么到家的了，反正他们走进了城中村里一条窄窄的胡同，尽头便是他们的家。到了家，老板娘让他住在东面的一间瓦房里，明豪躺到瓦房里的木床上，很快便进入了梦乡……

明豪母亲拿着明豪的照片跑遍了镇里的网吧，一直一无所获，直到有一家网吧的老板告诉她，一个跟明豪很像的孩子，昨天晚上在这里玩了一夜，一个小时前走了，但是具体去了哪里老板也不知道。明豪母亲跑出网吧，开始在镇上寻找。整整一上午，她跑遍了镇上的大街小巷，却依然没见到明豪的影子。有好几次，她见到前方的孩子很像明豪，就赶紧跑上前去，边跑边喊："明豪！明豪！"等她见到孩子的面庞，却发现不是自己的明豪。她失望至极。我的明豪在哪儿啊！她在心里呼喊着，她的血液在身体里奔涌，她的脚步越来越快。突然，她的脚狠狠地撞在了石头上，她的身体猛然地向前一倾，重重地摔在了地上。她感到胳膊和膝盖异常疼痛，就如同虫子钻进骨头里一般。她重重地喘息着，眼睛迷离地望着前方。她懊悔，懊悔周五晚上打了明豪，她现在只想找到他，因为明豪就是自己的命根子啊！她现在似乎想通了很多很多的道理，只要孩子能健健康康地陪在自己身边成长，那就是最幸福的事情了，何必一定要望子成龙呢？她又颤颤巍巍地站起来，一瘸一拐地行走着。就这样行走到了傍晚，明豪母亲依然没见到明豪半点踪影，她望了一眼天边血红的残阳，深深地叹了一口气，拖着疲惫而疼痛的身体，一步步朝家走去。

她终于走到了家，明豪的父亲这时已经到家了。他是坐了一个晚上又一个白天的火车到的。她见到丈夫，叹了口气，便无力地坐在了沙发上。

"你别太担心，小豪已经这么大了，他即便离家出走，也有了一定的生存能力。"

"是我把他打跑的！"她双手撑着头，懊悔地说。

“你不要自责。”丈夫说道，“我常年不在家，没有好好管过他，小豪这孩子也是天生不让人省心，我们现在唯一要做的是赶快找到他。”

蒋书轮也在努力地找明豪。他周一上完前两节课，就骑上电动车，满街地找。他去了镇上的几个网吧，得到了和明豪母亲同样的信息。“他会去哪儿呢？一个十五岁的孩子，难道会走出这个镇，去县城里吗？”蒋书轮思索着，他摇了摇头。他觉得明豪依然在这个镇上，他只是藏起来罢了。等到夜晚，他又骑上电动车，准备开始一个网吧一个网吧地找。“明豪晚上找不到地方睡觉，就一定会再来网吧上网的。”蒋书轮走进网吧，他被眼前的一幕震惊住了。他看到网吧里全都是和明豪年纪不相上下的中学生。蒋书轮走到一个孩子身边，这个孩子目不转睛地盯着电脑屏幕，屏幕上是激烈的枪战游戏，只见他熟练地敲着键盘，嘴里时不时地发出叫声。这游戏画面特别地刺眼，蒋书轮感到一阵眩晕。他挨个看着每一个孩子，期望能看到明豪的面庞。可是，他只看到每个孩子都仿佛中了魔，如同在吸食鸦片一般，贪婪地注视着电脑屏幕，享受着游戏带来的快感。蒋书轮失望地走出网吧，他不仅为没有找到明豪而失望，更为网吧里沉迷游戏的孩子们失望。“网络游戏毁了多少孩子啊！”蒋书轮的手颤抖着，车把也在颤抖着。空气里虽然流动着凉风，但他依然感到闷热。他觉得这个镇就像一个铁房子，没有窗户，没有阳光，孩子就在这铁房子里，任由他们活活窒息而死。“救救孩子！”蒋书轮发出和鲁迅同样的呼喊……

早上的阳光新鲜又柔和，光线温柔地洒在明豪的屋里。明豪睁开惺忪的眼睛，看到了瓦房里的木梁。他昨天晚上太瞌睡了，进屋倒头便睡，还没来得及仔细看这个的房间。其实也不用仔细看，因为这间房实在是太简陋了。这个二十平方米左右的屋子里，放着一张床，床头放着一张发霉的木桌。房间的另一角堆满了破家具。明豪就只能从木桌和破家具之间留下的通道中走出去。他走出房间，看到院子里静悄悄的。“他们还都在睡吧！”明豪想着，他走出了院子，来到了街上。

明豪的睡意还未全消，只觉得头昏昏沉沉的。已经是九点多钟了，人们都上班了，县城里的街道上行人寥寥，只有道路旁的商铺敞开大门，专等着闲人上门买东西。早餐摊还未收工，他们在等着最后一批客人。明豪站在早餐摊前，肚子里填满了饥饿。他太想喝一碗胡辣汤了，那麻辣的味道勾起了明豪多少回忆啊！上小学的时候，奶奶常常带他去镇上喝胡辣汤，汤里配些豆腐脑，有时还夹杂一两块肉，他用匙子，一口一口地送入嘴里，嘴里顿时芳香四溢。他用舌头舔着嘴唇，把匙子递到奶奶面前，说道："奶奶，你也喝！"奶奶扭过去脸，又把匙子推给明豪："奶奶喝不惯，太辣，你都喝了吧。"在明豪的记忆中，奶奶似乎从来都没有喝过胡辣汤，也许是奶奶真的不爱喝吧！只是，奶奶再也喝不到了！明豪的眼眶湿润了。他看看摊前的胡辣汤，又看了看墙上的价格：胡辣汤三元，八宝粥二元，小米粥一元五角，豆浆一元。明豪犹豫片刻，便对老板说："给我盛一碗豆浆。"明豪在那片刻的犹豫中，想到自己已经不是奶奶怀里的孩子了，自己已经长大了，况且喝一碗胡辣汤抵得上喝三碗豆浆哩！要省着点花，才能把工钱攒起来啊！明豪，似乎真的成熟了！

明豪吃过饭，便想返回，他打算再去那张破床上睡会儿，中午吃过饭，他就要帮老板娘串羊肉串了，一天中最煎熬的时光又要开始了。明豪想想就害怕，他真希望白天的时光能够再长一些啊！他眼睛望着街道出神，四肢在无力地摆动着。忽然，他感到有人轻拍了一下他的肩膀，他赶紧回身，看到一个男孩在他背后冲他笑着。啊！这不是理发店里的那个男孩儿吗？

"你找到工作了？"男孩依然在冲他笑。

"找到了，在烧烤摊端盘子。"明豪说道。

"找得还挺快。"男孩收敛了笑容，"你这是去哪儿？"

"我刚吃过饭准备回去，你是去哪儿呢？"

"我妈让我去买药，我买过了，正准备回家。"男孩说着摇了摇手里的药瓶子。

“你家在哪儿？”明豪看他连个车都没有骑，就好奇地问，“离这里很近吗？”

“我们村是城中村，再走二里地就到了。”男孩说着，突然眼睛里放出光彩来，“啊，对了，你来我家玩吧！我今天休息一天。我家有只好玩的小狗，它的毛是黑色的，我给它起个名叫黑黑，你来逗逗它，它不咬生人。”

“现在就去你家？”

“走吧，现在就跟我去吧！”男孩拉着明豪就走。

“对了，”明豪边走边说，“我叫黄明豪，你叫什么名字？”

“我叫肖洋！”男孩说道。

肖洋的家果然离这里很近，他们两个人边走边玩，二十分钟就到家了。一进门，一条黑色的小狗便扑向肖洋。这便是黑黑。肖洋摸着黑黑，它的毛柔软而光滑。他示意明豪也来摸，明豪蹲下身，手触到黑黑的皮毛，果然是柔软光滑的。黑黑的鼻子在明豪手里拱着，舌头舔着明豪的手心，他觉得特别舒服。逗完狗，肖洋和明豪进入屋里。屋里的摆设是多么简陋啊！屋子中央放了一张深色的木漆桌子，桌上放着一个香炉，炉上插了三支香，它们在燃烧着。炉前供着神位，明豪看不懂神位上写的是什么字。门的右边是一张八仙桌，斑驳的油漆，记录着沧桑的岁月。桌子两旁是两张有靠背的板凳，板凳上坑坑洼洼的，人坐在上面，仿佛会散架一般，一副不堪重负的样子。

“妈，我买药回来了。”肖洋喊了一声，便钻到里屋去了。

“哦，回来了，这么快。”明豪听到肖洋的母亲微弱的声音，她似乎很虚弱，她的声音在空气里颤抖着。

“妈，你快喝药吧！”肖洋把药递到母亲手里，说道，“对了，妈，我带了一个朋友来，也是在县城里打工的。”

肖洋说着从里屋跑了出去，一把把明豪拉进了里屋。

明豪看到了床上的肖洋的母亲，她盖着被子，背靠着两个枕头，瘦骨嶙峋的样子，仿佛一个骨架放在床上。她的眼睛微微闭着，嘴里呼哧呼哧地喘着粗气。

“好，好，那有个伴儿了，”肖洋的母亲微微睁开了眼，看了看自己的儿子，又看了看明豪，说道，“你们出去玩吧！”

肖洋又一把拉明豪出了屋。

他们又去逗小狗了，明豪抱起黑黑，黑黑的后腿在空中来回乱蹬。黑黑伸出长长的舌头，要去舔明豪的脸。明豪探出头来，任由黑黑舔着。

“肖洋，你妈生病了吗？”明豪等黑黑舔完，把黑黑放在地上。

肖洋的目光顿时暗淡下来，他蹲下身，抚摸着黑黑柔软而光滑的毛，说道：“我妈生了很重的病，是尿毒症。”

明豪怔了一下，他想起以前曾从大人口中听说过这个病。他听母亲说，谁谁家得了这个病，最后弄得家里穷困潦倒，负债累累，病人也死了。

“这个病拖累了我们全家。我上小学的时候，我妈还没得这个病，家里好像还挺富裕的，我妈每天还给我零花钱让我买零食。她很爱我，她老是在家门口等我放学回家，还总给我做好吃的。我上初一的时候，我妈得了这个病，那一年光治疗就花了好多钱。我爸后来就去外地打工了，想挣更多的钱为我妈治病。我后来也不上学了，就在县城里这个理发店给人洗头，一个月挣的钱不仅能顾着自己，还能给我妈多买两瓶药呢！”肖洋说到最后，竟流露出一副自豪的样子，以表明自己也能为家里做贡献了。

“你是为啥也不上学了？是家里困难？”肖洋突然问明豪。

“我……我，我是不想上了。”

“不想上？”肖洋惊讶地说，“唉，我以前也觉得上学没意思，但现在才知道还是上学幸福，至少不用天天给人家洗头，不用天天挨骂。

我想挣挣钱，等我妈病好了，还回学校读书。”

明豪似乎有些羞愧，他又蹲下身去抚摸起黑黑来。“肖洋家条件这么差，但肖洋多坚强、多懂事！自己总喊学习苦、学习累，可有肖洋苦，有肖洋累吗？肖洋想上学，家庭条件不允许，但他依然要攒钱去上学；而我，有读书的条件却不珍惜。”明豪想着这些，手放在黑黑的身体上，却半天不抚摸黑黑。

“明豪，你在想什么？”肖洋问道。

明豪突然从思绪中惊醒，他抬头望了望肖洋，问道：“你说，真的还是上学好？”

“如果让我选择，如果我有选择的机会的话，”肖洋抬起头，头微微朝左上方的天空仰着，“我一定要上学！我一定要去学知识！我将来要学医，治好母亲的病！我会成为更有用的人！”

“上学？学知识？治好母亲的病？成为更有用的人？”明豪的眼睛里突然焕发出光彩，他似乎找到了为什么要上学的答案。就在这时他听到耳边叮的一声响，他在这一刹那想明白了一切。

肖洋看着明豪沉思的样子，咯咯地笑起来，他边笑边说：“你怎么老是在想事情！中午在我家吃饭吧！”

“不……不了。”明豪说道，“我该走了。”

“是去上学吗？”肖洋问道。

“对！”

明豪又摸了摸黑黑的头，转身便向门外走去。走到门口，他朝肖洋微笑地说道：“肖洋，谢谢你。等放假了，我来找你玩。”

“好，来理发店找我，我等着你！”

明豪点了点头，大踏步地朝住所走去。就在那一瞬间，这个十五岁的孩子似乎想通了所有的道理，他要回去读书！他不能把自己的青春浪费在端盘子上！

明豪向老板辞了职。这个大肚子男人给了明豪十块钱，作为昨天晚上的工钱。明豪特别感激他，因为正是昨晚的劳动，才使他懂得了生活的不易。他对老板说了声谢谢，便向汽车站走去……

蒋书轮去网吧找明豪的那天晚上，他失眠了。他在床上翻来覆去，思索着明豪究竟会去哪里。“镇上没有，同学家没有，网吧里没有，他还会去哪里？难道他会去更远的地方？更远的地方会是哪儿？会是县城吗？县城？”蒋书轮猛地坐了起来，“一个屁大的孩子，他会去县城？但是，也许他真的去县城了呢？我也许该去县城找找他。可是，县城那么大，找个人多么不容易啊！”蒋书轮又陷入了沉思。

第二天天微微亮，蒋书轮便离开学校，去镇上坐到县城的公交车。他已经调了课，今天有一天的时间去县城找明豪，他打算先从县城里的网吧开始找，他对县城的路还是比较熟的。

蒋书轮是早上八点半到县城的。那时候明豪还在床上睡觉呢！蒋书轮沿着主路，每见一个网吧便进去寻找。从早上八点半到中午十一点半，蒋书轮转了大半个县城，却依然找不到明豪的半点踪迹。他失望了，也许明豪就没来县城吧！一个十五岁的孩子怎么会跑这么远来县城上网呢？他后悔来了，甚至为昨天晚上自己做的决定感到羞愧。他又不知不觉地走到了县城的车站，不知是该回学校还是该继续找，他站在汽车站门口，迷离地望着行色匆匆的人群。

明豪在去汽车站的路上颇费了些周折，他有些迷路，走错了好几个路口，才走到祥和街上。到了祥和街，他一直往东走终于找到汽车站了。他又经过了那家足球店，他看到那个足球依然安静地摆放在橱窗里。他的心情并不沉重，相反，还有些轻松，他不再害怕到家之后母亲会责骂他，也不再害怕到学校之后蒋老师会批评他，因为他现在懂得，父母和老师的批评对自己来说也是一种幸福啊！他现在反而担心起母亲来，母亲两天找不到自己该多焦虑啊！明豪加快了脚步，他想早点到家见到母亲。

明豪刚走到汽车站口，忽然，一个熟悉的身影扑入眼帘。这……

这是蒋老师？明豪不敢相信自己的眼睛，蒋老师怎么会在这里？他又加快走了几步，这个人的脸庞渐渐清晰起来。是！是蒋老师！他像一具雕塑一般，静静地伫立着，眼睛望着远方。

“啊！蒋老师！”明豪飞一般地跑向他。

蒋书轮听到喊声，循声望去，他看到了明豪。

“明豪？”蒋书轮这具雕塑彻底活了，他没想到他找了两天的明豪会在车站口出现。

明豪跑到蒋书轮的身边，一把抱住了蒋书轮。明豪竟在蒋老师的怀中呜呜地哭了起来。阳光柔和地洒在他们身上，映出明豪晶莹的泪珠。明豪幸福极了，他仿佛在黑暗中突然找到了光亮一般。蒋书轮也幸福极了，他第一次感受到做老师的伟大！

蒋书轮和明豪坐上了公交车。明豪坐在车窗边，眼睛看着外面。他不知道该向老师说什么，说这两天的经历？说自己以后要好好学习？他只感到羞愧，让老师跑这么远来找他。他多么希望老师能狠狠地批评他一顿啊！这样他才会好受些。

“老师，我错了。”明豪小声说。

“人都会犯错，只要改正了就好。”蒋老师看着明豪，语重心长地说，“我相信，这两天你经历的事情会让你成熟很多，你知道了学习的重要性。到了家，多安慰父母，向父母道歉，他们这两天都在焦急地找你啊！”

明豪点了点头，泪珠又滚落了下来。

车很快就到了镇上。蒋老师拍了拍明豪的肩膀说道：“明豪，你先回家吧！我还要回学校。要记住，以后不要让父母再费心了，你已经是个小大人了。”

“请老师放心，我已经不是以前那个明豪了。”明豪坚定地说道。

明豪疾步朝家赶，他要快点到家！他早到家一分钟，父母就少担心一分钟。他要做一个男子汉，他要向父母道歉，请求父母的原谅。

明豪到了家门口，大门敞开着。他听到母亲呜呜的哭声。那哭声如同一把利剑，直刺明豪的心。明豪的心在滴血。他鼻子一酸，眼泪滚落下来。他迈着沉重的步伐，一步一步走向屋里。

“妈。”明豪走进屋里，在屋门旁小声喊了一句。

明豪的母亲仿佛被电流击中一般，两眼圆睁，两手直打哆嗦。她慢慢地把视线移向门边，她看到了明豪！她简直不敢相信自己的眼睛。她嗫嚅着，眼泪顺着脸颊，滑向嘴唇，再一直向下滑去。

“妈！”明豪又叫了一声，扑向母亲怀里。母子抱在一起，又呜呜地哭起来。这哭声里蕴含着多么深厚多么质朴的感情啊！

“明豪，欢迎你重新回到四班这个大家庭。”夜晚，蒋书轮摊开纸，他拿起笔来给明豪写了一封信，“这两天你经历了什么，我和同学们都不知道。但我唯一知道的是，你的这一番经历一定让你明白了许多，也长大了许多。你也许懂得了生活的不易、父母的艰辛，你也许悟到了学习的目的、知识的用处。明豪，你正处于人生最好的年华，切不可辜负了韶华。加油吧，明豪！现在努力还不晚！

“明豪，老师多么希望你能进步，多么希望你能理解父母的苦衷，多么希望有那么一天，你有一番成就，老师见到你，会为你竖起大拇指，说道：‘明豪，好样的！老师没有看错你，你就是我最了不起的学生！’你的父母也会为你竖起大拇指，说道：‘我的孩子，我的明豪，爸爸妈妈没有白操劳，你终于长成顶天立地的男子汉了！我们为你感到骄傲！’

“明豪，让父母感到骄傲，是做父母最幸福的事了。加油吧！有老师的陪伴，有同学们的陪伴，还有什么困难不能克服呢？老师在等着呢！等着你顶天立地的那一天。”

第二天的早晨，蒋书轮把信放在了明豪的桌上。那信沉甸甸的，因为它装满了爱。现在的明豪比别人更专心地听课，也比别人更多了一份成熟。下课时候，同学们总是问他：“明豪，你去了哪里？”“明豪，听说你离家出走了？”“明豪，你怎么又来上学了？”明豪总是说：“我去取经了，我取到了真经！”“取经？取什么真经？”同学们面面相觑。“我取的真经就五个字，那就是，还是上学好！哈哈！”明豪大笑起来。同学们莫名其妙，却也跟着他大笑起来……

这是晚上了，学生们正在上晚自习，蒋书轮在宿舍里摊开笔记本，写下了这样一段话：

“每个学生在漫长的学习中可能都会讨厌学习，也可能都会犯像明豪这样的错误。然而，所有有问题的孩子背后都站着有问题的父母。父母和老师都应该检讨，是不是我们的教育方法出现了问题。许多时候，苦口婆心的教导是无效的，严厉的管教、一味地打骂也不起作用，给予孩子关心、鼓励是多么地有必要。同时，让他经历一些苦难，他才会幡然醒悟，才会意识到学习是这个世界上最容易的事情。多把孩子放在各种环境中历练吧！要相信他们，经历过暴风雨，他们才能飞得更高！”

第三章　李梦瑶

这是第一次月考的前一个星期，此时，李浩还在学校读书，明豪还未离家出走，可蒋书轮的心情是焦虑的。考试名义上是考学生，实际上是在考老师。作为新老师，所有人的目光都集中在你的身上。第一次月考如果排名靠后，你将很难在学校里抬起头来。“这个老师教得不行，没能力！”同事会在背后戳你的脊梁骨。“这一年别让他上语文课了，让他教个副科。”

蒋书轮只想做一只闲云野鹤，只想认认真真地读书教学写作。月考的逼近使他不断反思他的教学方法。他发现自己那种理想主义式的教学方式根本不适合所有学生，更与这种应试环境格格不入。他鼓励学生阅读文学作品，可大多数学生对名著根本不感兴趣。他们不喜欢阅读，即便读也是读一些鬼故事之类的读物。更糟糕的是，课外阅读占据了学生做题、背书的时间，考试考的是学生对课文的记忆力，考的是学生大量做题后形成的答题技巧，名著阅读不能立竿见影地提高学生的分数。蒋书轮不得不改变他的教学策略，开始逼迫学生死记硬背，大量做题。

“郭小川，背背刘禹锡的《陋室铭》！”

“山不在高，有仙则名。水不在深，有龙则灵。”郭小川站了起来，摇头晃脑地背了起来，“水不在深，有龙则灵，有……龙……则……灵，有……龙……则……灵，然后……”

“不会背了吗？”蒋书轮焦急地问道。

“斯—斯—斯是陋室，然后，然后……”郭小川抓耳挠腮，再也背不出来。

“我问你，斯是陋室的‘斯’是什么意思？”

“斯，斯……我忘了。”郭小川默默地低下了头。

“这篇课文都学一个星期了，为什么还不会背？”蒋书轮有些生气。

“李鹏昆，你来说说，‘斯’是什么意思？”

李鹏昆猛地一惊，那飘到窗外的思绪赶紧收了回来。他碰了碰同桌的手臂，小声问道：“‘斯’是什么意思？快说！”

“不要问同桌！”蒋书轮更生气了。

李鹏昆羞愧地低下头，一言不发。

“你们是怎么背的书？这样子怎么去考试？”蒋书轮把书狠狠地扔到了桌子上，严肃地盯着全班同学，他大声说道，“今天这节课，把《陋室铭》和《爱莲说》的课文、注释、翻译全都背会，给组长背，组长给我背。下课我统计一下，谁背不会今天中午吃过饭来我办公室背！”

学生开始摇头晃脑地背了起来，教室里一片沸腾。蒋书轮监督着每一位学生，不让任何一个学生贪玩。他是那样迫切地希望每一个学生都能背会书，学到知识，这不仅是因为他想在月考中取得名次，更多的是来自作为教师的那份责任感。

中午，蒋书轮在食堂吃完饭，便急急忙忙地走向办公室，他要提前等待那些没有背会课文的学生。办公室的门口，已经站了一名女生。她穿着校服，在门口默默地背着书。她很瘦，胳膊像一根木棍般粗细，她戴着一副眼镜，短发齐耳。她把书捧在胸口，脸上露出疲倦的神色。蒋书轮想起来，她是前天请的假，她病了，拿了一张请假条怯怯地走进办公室。她上午刚看好病回到学校，就来背书了。她的名字叫李梦瑶，她的座位在第二排靠窗户的位置。梦瑶平时看起来很努力，乖巧懂事。她性格内向，是放在人堆里便感觉不到她存在的学生。她不是班里的“尖子生”，也不是整天捣乱，给老师找麻烦的“坏学生”，她平凡、普通，没有特色，她是一个容易被老师忽略的中等生。

“病好了吗？”蒋书轮微笑地问道。

她点了点头，并不说话。

“吃饭了吗？没吃饭的话先去吃饭吧！你今天刚来学校，这篇课文你也没听讲，所以没背会课文也在情理之中，你这两天多背背，有时间再来找我背书。”

“老师，我想把这篇课文背完再去吃饭。”她依然怯怯地说。

“梦瑶，吃饭要紧。你们都处在长身体的时期，不按时吃饭怎么能有一个健康的身体？没有健康的身体怎么能好好学习？”

“老师，我还是想先背完书再吃饭！”

“那好，来办公室吧！”蒋书轮拿出钥匙，打开了办公室的门。

“还有哪些地方没背会？”蒋书轮轻声问道。

“《陋室铭》没背会。我中午一放学就站在门口背书，现在应该能背下来了。”

“那背一遍我听听。”蒋书轮坐在椅子上，凝神倾听她的背诵。

“山不在高，有仙则名。水不在深，有龙则灵。斯是陋室，惟吾德馨。苔痕上阶绿，草色入帘青。谈笑有鸿儒，鸿儒……”她这时停顿了下来，眼睛望着左上方，大脑在紧张又快速地思索着下一句，“往来无白丁，无白丁……”

“可以调……”蒋书轮稍微地提示了下一句的内容。

“可以调，调，”她越发地紧张起来，蒋书轮看到豆大的汗珠从她的脸上滚落下来，“可以调……调……素琴，阅金经……”

“对，继续往下背。”蒋书轮鼓励她道。

“老师，我背不下去了，我再背背。”她垂头丧气地拿起了课本，站在一边又背了起来。

“多背几遍就能背出来了。要理解性地背，不要死记硬背。你能背这么多已经很不错了，可见你以前应该读过这篇文章。……坐在那张椅子上背吧！”

她点了点头，不肯坐下，站在一旁小声地背着。

“你平时只和王亭亭一起玩吗？”

“我没有特别好的朋友，大多时候都只和亭亭一起玩。她学习特别好，我多么希望也能像她那般优秀！”她的眼光里射出光彩来。

“你也很优秀啊！只是你没有发现罢了。你们这个年龄，学习固然重要，但培养一个好的性格更为重要。内向的性格不能说不好，我就是一个从小很内向的人。但是过于内向，就会影响自己的成长甚至将来的生活。老师希望你能更活泼，更快乐，交到更多的朋友。”蒋书轮盯着李梦瑶的眼睛，诚恳地说道。

她害羞又紧张。她把脸深深地埋在书本里。

过了半个小时，她终于流利地背下了这篇课文。蒋书轮向她竖起了大拇指，赞许地说道：“你看，你多么优秀！只要努力，每个人都可以变得优秀，内向的孩子不一定就差啊！老师期待你变得更好！”

她听到老师的夸奖，竟高兴得手舞足蹈起来。

“谢谢老师！”她说完便跑出了办公室。

望着李梦瑶的背影，蒋书轮却独自伤感起来。他想起了小时候的自己，敏感而又孤独。他从小朋友就少，总是一个人独来独往。他一个人背着书包上学，穿过无际的田野。在那田野里，绿油油的麦子、青青的小草、静静流淌的小河、河里欢快游着的鱼儿、跑跳的野狗和兔子，都是他的玩伴。他有时从家里带出一个馒头，喂那野狗吃，把馒头掰碎，喂河里的小鱼。他的童年是孤独的，是灰色的，是在默默看着其他孩子的玩耍中度过的。他有个姐姐，他的姐姐在十六岁的时候忽然得了重病。父母为了给女儿看病，花光了所有积蓄，他的姐姐在医院里度过了整整三年的时光。

那几年，这个家庭的痛苦生活，给他的心灵刻下了深深的印痕，为他的人生定下了忧郁的基调。姐姐发疯的时候便拿起扫帚打母亲，母亲承受着剧痛，一边被打一边流着眼泪说：“闺女，把药喝了吧！喝完你的病就好了，喝完咱就能回家了！”“我没病！”姐姐发疯地说。她冲向母亲，夺过那药碗，朝地上狠狠地摔下去，那碗碎了一地。母亲号啕大哭，哭诉着自己命苦。姐姐也号啕大哭，哭老天的残忍。两个女人的哭声，至今还回荡在他心灵的深处。

他磕磕绊绊地上到了初中，却遭遇了学业上的烦恼。他不是聪明的孩子，别的同学学一遍就会了，他要学两遍、三遍。他总是第一个进教室，也是最后一个离开教室。他学啊学啊，那知识太难了，他怎么也学不会。他成绩最差的科目是数学，那难解的方程式，那复杂的数学题，总是刁难着他。它们仿佛长着眼睛，嘲笑着他：“你就是学不会，就是算不出，你这笨孩子，你是天底下最笨的孩子。你这一生都做不出什么成就，因为你笨！”有好多次，他都想烧掉这数学课本，撕掉那永远都做不完的作业。可是他不敢，他害怕老师严厉的斥责，害怕父母期盼的目光。他的数学成绩总是在全班倒数，因此数学老师也常常批评他。

“蒋书轮，你这次考试数学为什么又考得这么差！”数学老师那严厉的目光刺得他脸红。

“老师，我已经尽力了。”他小声说道，眼泪几乎要流下来。

“尽力了还考这么少？我看你还是没尽力！”

“我以后会更加努力。”他下着决心说道。

“希望如此，我要看你下次的成绩。今天下午别吃饭了，留在教室改正错题。”

他算啊学啊，努力地不使成绩下滑。有一次，他哭着回家，他无论如何也不想上学了。父亲发怒了，狠狠地打了他一顿。母亲给他的班主任打电话，询问原因。班主任告诉他母亲，他是一个勤奋学习的孩子，只是头脑反应有点慢，不适合学习。用功学习肯定能跟得上，不过不会很出色。

他的自尊心受到了强烈的刺激，他从小就是个不服输的孩子，这次更加激发了他的斗志。母亲说，只要努力学习就好，并不指望他出人头地。

六年痛苦的中学生活赋予了他顽强拼搏的精神，凭借着这股精神，他考上了当地的师范院校。大学实实在在地拓宽了他的眼界，把他的人生推向了更高的层次。他第一次踏入大学的图书馆时，便被眼前一屋子的书惊呆了。“天哪！原来这个世界有如此多的书，书中有如此丰富的知识，这真是人类的宝藏啊！”

他从小就热爱阅读，喜欢文学，他的求知欲被激发了出来。他整日整日地待在图书馆里，如饥似渴地吸收着文学大师们的精神营养。他读古希腊神话，读莎士比亚的悲喜剧，他读中国传统文化的经典作品，读“五四”先贤们的著作，他的精神世界越来越丰富多彩。他开始拿起笔来写诗歌，写散文，写小说，写对这个世界的思考。他的大学生活，是如此的与众不同。

可是，在毕业的那一年，他和所有的大学毕业生一样，面临着就业的压力。他不情愿地离开了给予他丰厚思想的大学，来到了中学教书。也许，这就是命吧！走了这么远的路，最后发现自己又回到了原点。蒋书轮叹口气道：“我想成为作家的理想何时能实现？我的一生就要埋没于此，默默无闻地做一个教书匠、孩子王？”

蒋书轮心有不甘，他倔强的性格一直激发他走出去，走向更广阔的人生天地。可是现实又紧紧地逼着他，把他逼向人生的死角，逼到这荒芜的学校。他在精神与现实的夹缝中生存着。

李梦瑶或许与他的老师蒋书轮有着许多相似的地方。梦瑶的家在她的村子里一个偏僻的角落，她的父母都是老实巴交的农民。她的父亲大多数时间都在离村子十几公里远的城里打工。农村人有着深厚的宗族观念，有着数不清的所谓“本家人”。梦瑶记得小时候过年，大年三十那天晚上，她要去二爷、三爷一直到八爷、九爷家拜年，那些二爷、三爷一直到八爷、九爷下面则有着数不清的大伯。梦瑶家境贫寒，父母常常受到这些所谓的“本家人”的欺负。每次本家里有人结婚、办丧事，父亲都被叫去端盘子。那盘子又大又重，父亲要一盘盘地端到桌子上供别人享用。父亲身体不好，却无人可怜。梦瑶的二爷是这个家族的领导者，他说出来的话谁都要服从。那次，梦瑶的一个大伯家的孩子结婚，父亲的腰疼得厉害，便求告梦瑶的二爷，能否不端盘子。梦瑶的二爷是个半盲人，只有一个眼睛看得见。听父亲说，她的二爷年轻时候和别人打架，一只眼睛被打瞎了。“这是报应，恶人总是要受到惩罚的！”父亲每次谈到这里，便要恶狠狠地说出这句话来。二爷蛮横，不讲道理，他看梦瑶的父亲好欺负，便可着劲地欺侮他。他断然拒绝了梦瑶父亲的请求，凶恶地说道：“让你端盘子，你还觉得委屈了？别不识抬举！端盘子是瞧得起你！”父亲碰了钉子，只好忍着腰痛端起了盘子。她的父亲端了一盘又一盘，桌旁的人像饿狼般狼吞虎咽，不断催促着梦瑶的父亲端下一盘菜。父亲的腰越来越疼痛，终于在一次端盘子的路上失了手，满满的一大盘子的菜掉到了地上，那菜汤混着泥土，流了一地。梦瑶的二爷气咻咻地走到了她父亲的身旁，二爷的脸变了形，左眼射出凶恶的光。他抬起手朝父亲脸上狠狠地扇了一巴掌。父亲的脸像血般鲜红，随后又变成了紫色。父亲受到了极大的侮辱，却只能连连赔不是。

李梦瑶见到父亲越来越苍老了，白发如雪花般越来越多。她见到父亲常常躲在墙角，暗自流着眼泪。父亲的生活太苦了，白天去工地上打工，晚上回到家累得躺在床上直喘气。他还要动不动地受到本家人的欺负。何止是父亲啊，男人窝囊，他的女人也要受到连累。那些“本家人”是连女人都不放过的。那年夏天，下起了暴雨，淹没了许多庄稼。梦瑶家的地和她一个本家二伯的地挨着，两家的地都被雨水淹了。二伯却认为是梦瑶母亲掘开了自家田地的土垄，把水流到了他家。二伯让母亲赔钱，母亲不肯，二伯最后打了母亲。一个女人，哪能受得了这种委屈？可她只能咽下去。母亲拼命地干活，好让这个家富裕起来。她把所有的期望都寄托在了梦瑶身上。她期望她的女儿能用功读书，将来能出人头地。可是，这期望最后变成了强求，以至走向极端。

李梦瑶在上小学三年级的时候就承担了家里的家务。她学会了做饭、扫地、喂猪。她是个懂事的孩子，知道这个家的不易，她竭尽所能地维持这个家的生活。

“梦瑶，饭怎么还没有做好！”母亲斥责着梦瑶，“不知道六点钟我要去地里干活？我每天干活容易吗？”

“妈，今天我起得晚了，我也快迟到了。”梦瑶边说边使劲地朝炉子里扇扇子，泪珠滴在了扇子上，洗去了扇子上的灰尘。

“每天就知道偷懒，现在连饭也不记得做了。这个家容易吗？别人欺负咱，你不知道吗？你不努力干活，不用功学习，对得起这个家吗？”母亲的斥责声越来越大，她毫不顾及女儿的年龄是如此的小。梦瑶还是小学生啊！

“妈，我知道。”梦瑶强抑住哭泣，她扇得越来越快了，炉子里的火猛烈地咬着锅底。

“在学校给我用功学习，成绩再倒退，我打断你的腿！”

母亲对梦瑶的成绩要求得越来越严格。梦瑶是非常用功的孩子，她天不亮就起来做饭，然后步行三里地去学校，在教室的走廊上背书。她虽然不聪明，可是勤奋的学习使她的成绩一直都排在全班前列。

那一次，梦瑶退步了。她畏畏缩缩地拿出试卷，颤抖地对母亲说：“妈，我已经尽力了。”

母亲火冒三丈，揪起她的衣角便打。她不哭也不闹，任由母亲打着。她知道是她错了，她不该考不好，不该不替这个家争气，不该辜负父母的期望。

李梦瑶越来越孤独，越来越自卑，她幼小的心灵承受了太多太多的重担。她从不愿意主动交朋友，也没有多少人愿意找她玩。可怜的梦瑶，她不幸的童年里充满了眼泪。游戏、伙伴、无忧无虑的生活、纯真美好的梦想，这些童年里应该有的生活，对她来说却如天上的星星一般，可望而不可即。

然而，在这不幸的童年里，却有着一丝的光亮。带给她光亮的，是她的舅舅。在李梦瑶小时候的记忆中，她的舅舅是一位温和、儒雅、博学的人。舅舅每次去梦瑶家，都会送给小梦瑶礼物，这礼物总是书。这些书大多是古诗词，有《诗经》《唐诗》《宋词》……梦瑶喜欢极了，她抚摸着书的封面，宛如在触碰花的芳香，她将书视若珍宝。舅舅的书为她打开了诗词的世界。清早，她总是边做饭边背诗，什么“黄河远上白云间，一片孤城万仞山。”什么“千淘万漉虽辛苦，吹尽狂沙始到金。”什么“莫愁前路无知己，天下谁人不识君。”她琅琅的背诗声，在这被露水打湿的早晨，显得更加圆润清亮……

蒋书轮开始更加关注李梦瑶了，他为自己以前从未关注过梦瑶而感到羞愧。其实何止是梦瑶，班级里还有许许多多像李梦瑶这般“默默无闻”的学生得不到老师的关注。所有的老师都关心班级里的尖子生，因为他们聪明、乖巧、成绩好，是老师们重点培养的对象；所有的老师也都关心班级里的捣蛋生，因为他们不遵守纪律，厌恶学习，常常和老师对着干，闹得老师们整天头疼，他们是老师“改造”的对象。往往多少年过后，老师回忆起自己的学生，记住的总是“尖子生”和“捣蛋生”，而“中等生”，似乎早已沉睡在老师的脑海深处，再也跳不出来了。

中等生的心理是敏感而脆弱的。他们性格内向，守规矩，不惹事，老师不用操心；他们学习成绩不优秀也不差劲，他们再努力也总是保持在中游，所以老师也就既不苛责也不表扬，更不会花太多时间辅导他们的学习。他们是尴尬的，是班级里沉默的一群。

蒋书轮想真诚地走入李梦瑶的内心，了解中等生的世界。他开始向各科老师询问梦瑶的学习状况。

数学老师抬起头想了半天才想起李梦瑶坐的位置。

“她是坐在第二排左边靠小路的座位上吗？”

“是的，她平时上课表现怎么样？学习成绩还可以吧？”

“我对这个孩子了解得不够多。平时感觉她上课挺规矩的，不做小动作，不和同桌说话，是个内向的孩子。至于学习，”数学老师扶了扶眼镜，有点失望地说道，“她看起来学习很吃力，眼睛总是直直地盯着黑板，眼神里写满了迷茫。我记得有一次点名让她上讲台解一道简单的证明三角形全等的数学题，她紧张极了，手颤抖地在黑板上写着数字，整整写了快十分钟，最后还是解错了。我看她的手心都出汗了。下课的时候我还批评了她几句，并问她为何这么紧张，没想到她竟然哭了起来，并告诉我说她总是听不懂数学。”

“她的数学成绩很差吗？”

“确实很差，上次我组织测试，一百分的卷子她考了六十多分，这样的成绩已经处于中下游了。蒋老师，你要好好同她谈谈话，让她多学数学，再这样下去，数学会拖她后腿的。到时候，她连中等生都算不上了。她就要和周新杰他们处在一个水平了。”

“岂止是数学？”英语老师打断了数学老师的讲话，“她学英语也挺吃力的，每次上完英语早自习，她都有许多单词没有背会，总要再等一天才能背完。不过她学习挺努力的，我常看到她在用功学习，也因为如此，我从来没有批评过她，她的英语成绩总是保持在中上游。”

“她肯努力学习就好，毕竟每个学生的天资各不相同，手伸出来手指还不一样长呢，我们应该尊重学生的差异性，我会多多鼓励她的。”

“这个道理我们懂，”数学老师教了这么多年书，她当然明白，“所以我们也没有过分要求过她。也有可能是她学习方法不太对，总是死学。我从来没有见过她问问题，好像她都会了似的。她应该多和同学接触，看看别的同学是怎么学习的；也应该多向老师请教，以便我们了解她的学习状况。”

两位老师的谈话让蒋书轮对李梦瑶有了更深的了解。他觉得梦瑶更像小时候的自己，那个孤僻、勤奋、渴望被关心的孩子。他想打开梦瑶的心灵。

“梦瑶，你来给大家背背刘禹锡的《陋室铭》吧！”语文课上，蒋书轮专门提问了她。

梦瑶心中一颤，小心地站了起来。她没有想到老师会提问她。在她的记忆里，老师很少让她站起来回答问题。老师总是提问好学生和差学生，而对于她这样“普通”的学生，老师经常忽视。

这篇课文她已经背得滚瓜烂熟，所以即便紧张，即便有些地方咬字不清楚，她还是十分流利地背了出来。

“背得真好！”蒋书轮夸奖她道，“你看，你多聪明，背得多流利！大家都应该向梦瑶学习。”

梦瑶的脸微微泛红，像春天的花朵那般鲜艳。

“梦瑶，能再给大家介绍一下刘禹锡吗？也就是背一下刘禹锡的简介，文下注释里的内容。”

“刘禹锡，字梦得，河南洛阳人，唐朝文学家。”梦瑶一点儿也不结巴，大方而自然。她认真地看着蒋书轮，说道：“老师，我还知道许多刘禹锡的诗词。”

“你还能背其他刘禹锡的诗词？”蒋书轮惊讶极了，如同哥伦布发现了新大陆。中国的学生课外阅读量少得可怜，他们只会背教材，教材以外的知识则浑然不知。蒋书轮第一次听到学生会背教材外的诗词。

“我会好几首，比如他其中的一首《竹枝词》。”梦瑶背了起来，“杨柳青青江水平，闻郎江上唱歌声。东边日出西边雨，道是无晴却有晴。”

“好一个‘东边日出西边雨，道是无晴却有晴’。这是千古传诵的名句。梦瑶，能解释一下这一句诗的意思吗？让大家也了解一下。”

“这首诗前两句写了一位少女听到了情郎的歌声，后两句则用了双关的手法。‘晴’和‘情’谐音。‘东边日出西边雨’，表面是‘有晴’‘无晴’的说明，实际上是‘有情’‘无情’的比喻。”梦瑶的解释深入浅出，让我们的脑海里浮现出一幅图画来，“情郎对这位少女是有情的，因为句中的‘有’‘无’两字着重的是‘有’。因此我想她应该是喜悦的。这两句既描写江上的阵雨，又把这个少女的疑惑、眷恋和希望描绘了出来。”

“梦瑶，你解释得真好！”梦瑶刚说完，亭亭便赞叹起来，“我也读过这首诗，只觉得这两句好，却总是不知深意。今天听了你的解释，令我茅塞顿开！”

梦瑶泛红的脸上浮出了笑容，像镶嵌在天边彩霞上的落日，温暖而柔和。能在全班同学面前显露出自己的学识，是多么让人自豪的一件事情啊！

蒋书轮鼓起了掌，全班也都响起了热烈的掌声。

“梦瑶真了不起！”“梦瑶懂的真多！”“梦瑶教我背诗吧！”同学们纷纷称赞起梦瑶来。

“既然大家这么想学古诗词，那么梦瑶，你每天都在黑板上的左下角写一首古诗词，然后每天语文课的前十分钟，你带领大家赏析古诗，好不好？”

“这，这可以吗？”梦瑶有些犹豫，眼睛看着蒋书轮。

“怎么不可以？学习课外古诗词是提高语文素养的重要方法，大家都想多学一些古诗词来提高自己的文学素养呢！”

“好，我每天坚持写。”梦瑶点头道。

之后的每天，李梦瑶都会准备一首古诗词，然后在课间的时候写到黑板上。有苏轼的“大江东去，浪淘尽，千古风流人物”，有王勃的“落霞与孤鹜齐飞，秋水共长天一色”，有贺知章的“少小离家老大回，乡音无改鬓毛衰”。上语文课，梦瑶都会认真地给同学们讲解这些诗句的妙处。梦瑶的朋友渐渐多了起来，同学们都喜欢问梦瑶今天准备讲哪首诗。每次在课堂上讲诗，梦瑶总能侃侃而谈，她的口才越来越流利了，她不再总是一和别人讲话就脸红了，性格也开朗了许多。

李梦瑶学习语文的热情越来越高，她更专心地听讲，更用功地背课文，遇到不懂的问题经常问同学。不只是语文，其他科目也渐渐有了起色。

“梦瑶比以前更主动了。”数学老师对蒋书轮说，“她举手的次数越来越多了。课间的时候也总来我这问问题，这次数学测验，她比上次提高了十分！名次提高了五名呢！”

“英语也进步了，上次提问她一个比较复杂的句子，她竟然能背出来，按照以前的程度，她很难答出来啊！我发现她对学英语感兴趣了，昨天还和我探讨英语动名词的几种用法呢！”英语老师的脸上挂满了笑容。

“看来我们的学生不都是‘朽木不可雕’，只要发掘出他们的潜力，他们是可以进步的。”蒋书轮得意地说。

“原来，每个学生都有闪光点，”蒋书轮在他的教学反思中写道，“教师应该发掘出每位学生的特长，并鼓励他们发挥出来，这就是素质教育。素质教育不就是让学生做到‘合格加特长’吗？分数固然重要，但它只是一个标准。我们不能把学生当作工厂里生产出来的产品，凡是低于六十分的，就是次品。学生是活生生的人，人是复杂的，是有思想、有感情、有差异的，每个学生都是独一无二的。只要每个学生都能找到自己的闪光点，他们将来就会成为有用的人。”

国庆节快要到了，学校准备举行迎国庆的活动，要求每个班出一个节目。蒋书轮请来音乐老师，让她出出主意，看四班准备什么节目合适。音乐老师想了想，便提出排练《我和我的祖国》的舞蹈。

“需要几个女生来排练？你看都选谁？”蒋书轮问音乐老师。

“需要十个女生。至于选谁，我还要再考虑考虑。”

过了一日，音乐老师把名单放在了蒋书轮的面前，蒋书轮看了名单上的名字，又数了数人数，总共八个人。

“怎么还差两个？”蒋书轮疑惑地望着音乐老师。

“另外两个你选吧！”

蒋书轮沉思半晌，抬头向音乐老师说道：“王亭亭和李梦瑶怎么样？”

“王亭亭？嗯，她可以！李梦瑶？李梦瑶？”音乐老师仿佛在努力想着这个学生，“她……应该可以吧！”

“好，那就定下了！”

音乐老师便带着这十个女生在操场上排练起来。每天中午和傍晚，都会在操场上看到她们的身影。蒋书轮有时也去操场上观看她们的排练。

“老师，来看我们跳舞了？”李亚凡冲蒋书轮喊道。

蒋书轮微笑着走向她们，说道：“大家辛苦了！”

“不辛苦！不辛苦！”这十个女生叽叽喳喳地回答着蒋书轮。

“大家都安静！”音乐老师拍了一下手掌，大声喊道：“把今天学的动作再排练一下！”

学生们重新抖擞起精神，随着音乐的旋律跳了起来。

蒋书轮不懂舞蹈，然而这群中学生跳起舞来真美！她们拥有着青春的活力，充满了时代的朝气。蒋书轮心底那最柔软的部分似乎被触碰了一下。他多么渴望自己能再回到学生时代啊！他多想重新再过一遍自己的青春时光！

“停！”音乐老师突然关闭了音乐。

同学们立刻停了下来，她们知道肯定又是谁做错动作了。

“梦瑶，你过来！”

梦瑶打了个寒战，低着头，缓缓走到老师身旁。

“这个动作你为什么还做不到位？我再演示一遍，你认真看。”

音乐老师边走边将手和手臂放在背后，手和手臂在背后如波浪般轻轻地摇摆着，身体也随之柔软地摆动。她就像一只张开双翼的天鹅，在波光粼粼的湖面上展翅欲飞。学生们看得入了迷，蒋书轮甚至惊讶得张大了嘴巴。

梦瑶也尽力地学着音乐老师的动作，重新做了一遍。可是，梦瑶的手臂却像两根直直的不会弯曲的竹竿，手和手臂在背后僵硬地摇摆着。梦瑶的动作真像一只老母鸡走路一般啊！同学们看着梦瑶的动作，都忍不住哈哈大笑起来。梦瑶的脸顿时红到了耳朵根，如同傍晚的太阳。

“笑什么！难道你们都做得太好了？”音乐老师只得让梦瑶归队，继续教大家做下一个动作。

这天下晚自习，蒋书轮在办公室里备课。李梦瑶立在办公室门外，踟蹰着不敢进去。她不想再排练了，她觉得自己根本不是这块料，她会拖班级的后腿的，可是她又不敢对老师说，怕老师失望。她不知该如何做，只得立在门外，犹豫不决。蒋书轮看到了梦瑶站在门外，便招呼她进来。梦瑶只好轻轻地走进办公室。

“老师，我不想排练了，您换别人吧！”梦瑶低着头小声说。

“怎么了？是因为今天老师教的那个动作你做不好吗？”蒋书轮轻轻地问。

梦瑶点了点头，说道：“不仅是这个动作我学不会，其他许多动作我都做不好。我净在同学们面前出丑了。”梦瑶似乎滴下了眼泪。

“梦瑶，你不要太在乎别人的看法，她们做得未必就好。谁都不是天生的舞蹈家，跳不好很正常。其实，我和音乐老师交流过，”蒋书轮放下笔，眼睛看着梦瑶，“音乐老师说你身体柔韧，有跳舞的潜质，只是没有发挥出来。只要你用功练习，就会比别人跳得更好呢！”

“真的？音乐老师真的这么说的？”梦瑶忽然抬起头，眼睛里流露出喜悦的神采。

“那可不？音乐老师只夸你一个人呢！梦瑶，千万不要打退堂鼓啊！”

“嗯，老师，我一定会用功练习的！”梦瑶握紧了拳头。

此后的每天早上，当同学们还在熟睡的时候，李梦瑶就站在了操场上，练习着每一个动作。她的身影那么孤单，却又那样的坚强。红日初升，阳光混合着清新的空气，轻轻地洒在她美丽的肢体上。汗珠从皮肤中沁出来，浸湿了衣服，又蒸发在阳光里。蒋书轮看着操场上的梦瑶，既心疼又欣慰，他没想到，老师的一句鼓励会给学生带来这么大的影响！

国庆节的前一天傍晚，全校师生齐聚在操场上。舞台已经搭好，大幕已经拉开，每班表演的学生都已准备就绪。晚霞给整个学校染上了童话般的色彩。

“该四班了！”四班的学生兴奋起来，挥舞着手臂向她们喊“加油”。亭亭、梦瑶、亚凡以及其他几个女生，都摆好了动作，等待着音乐的开始。《我和我的祖国》的旋律响起了，她们舞动了起来！在清凉的月光下，她们的手臂就像凤尾竹，手掌就像竹叶，竹子在轻轻地摇摆，竹叶在风中飘荡。音乐的末尾，舞蹈的最后一刻，她们摆出不同的姿势。亚凡是蹲姿，亭亭是侧姿……只有梦瑶是站立着直面观众。她的手臂缓缓举起，手掌徐徐飘动，轻轻盈盈地，宛如托着一个碧玉盘子。操场上响起了热烈的掌声。

“这个学生的姿势美极了，能看出来她是经过刻苦训练的。”蒋书轮听到评委老师的赞叹。

蒋书轮看着梦瑶，嘴角泛起了笑容……

有一次上作文指导课，蒋书轮训练学生的人物描写能力。他展示出了几句话，每句话都是对一个人物的描写，而且一句比一句描写得详细。他先展示出第一句话，让学生猜猜这个人是谁。

“他在大街上走着。”蒋书轮缓慢地读出了第一句话。

学生们你看看我，我看看你，不知道他是谁。

“身穿黑衣服的他，慢慢地在大街上走着。”蒋书轮又读出了第二句话。

学生依然一头雾水，只有几个学生在底下窃窃私语。“他是个侦探？”“只有侦探才穿黑衣服吗？”“他是个小偷？电视里的小偷都穿着黑衣服。”

“看来有的学生已经想出了自己的答案，只是拿不准答案是否正确。那大家再听第三句话：‘身穿黑衣服的他，慢慢地在大街上走着，眼睛始终盯着行人的行李和背包。’”

“小偷！”这回大家都拿准了答案，异口同声地说。

“大家为什么说他是小偷？”

“因为第三句话描写了他的神态，‘眼睛始终盯着行人的行李和背包’，只有小偷才会做出这种动作。”

“对，”蒋书轮露出满意的神情，“所以，人物描写能够把他和其他人区别出来，好的人物描写能把这个人物刻画得活灵活现，呼之欲出。”

“那，同学们，”蒋书轮顿了顿，说道，“你们一定都有自己的小伙伴，给大家十分钟时间，看看谁把自己的小伙伴描写得最好。”

同学们一听，热情高涨，纷纷拿起笔来描写起了自己的小伙伴。

十分钟后，同学们纷纷举起了手。

“黄明豪，把你写的内容给大家念一下。”

“他长得虎头虎脑的。”明豪一开始念，全班同学都笑了起来，“但是，他的这个虎头虎脑里装满了知识。他小眼睛、小嘴巴，却有着一只大鼻子。但是，他做作业的时候、思考的时候，五官又协调起来：他的眼睛睁大了，目光如炬；他的眉毛舒展了，像一抹山峰；他的嘴角向上弯起，含着笑意。他个子不高，但浓缩的都是精华。他机灵、活泼，他是我们班最最聪明的人！”

“他是，他是，”同学们这时都低下了头，他们都知道明豪描写的是谁，对，是李浩，只不过，李浩已经辍学了。

“同学们，李浩永远是我们班的一员。”蒋书轮有些哽咽，他看到明豪在默默地流泪。蒋书轮不愿在课堂上勾起同学们的伤心往事，便将目光转向了亭亭，他问道，“亭亭，你念一下你的，看大家能不能猜到。”

“她梳着齐耳短发，显出一张苹果形的脸，她的脸总是红红的，就像成熟了的苹果的颜色。脸庞上嵌着一双大大的眼睛，眼睛里散发出知识的光芒。她有时也爱笑，笑的时候嘴角微微翘起，给人以温暖和安静。”

“是谁？”亭亭同桌小声问。

“是亚凡？”“不，应该是王铮。”底下同学窃窃私语起来。

“还有最后一句没念呢！”亭亭笑着对全班同学说。

“快念快念！”同学们催促着。

“她爱读书，她总能出口成章。她特别喜欢背古诗，每天都念古诗给大家听。”

“哦，是梦瑶啊！”大家笑了起来。

梦瑶的脸像傍晚的火烧云那般红。

梦瑶这时站了起来，说道：“老师，我想念念我的描写。”

梦瑶念了起来：“她有着乌黑发亮的长发，就像瀑布一般。长发扎成了马尾辫，瀑布就变成了飞舞的燕子。她天生就是一张鹅蛋脸，再配上那一副银白色的边框眼镜，烘托出了她淑女的气质与修养。透过眼镜，我们依然能看到她那双闪烁着智慧灵光的眼睛：黑亮亮的眼珠，在探寻着黄金般的知识。她常常让我想起李白的一句诗：清水出芙蓉，天然去雕饰。她就是这样一位美丽的女孩儿。”

“是亭亭！描写得真好！”同学们赞叹起来。

“看来你们真是好闺密，心灵相通啊！”蒋书轮笑着夸奖道。

梦瑶看了看亭亭，亭亭看了看梦瑶，她们笑望着对方。这两个女孩的笑容是那般的美好……

李梦瑶和王亭亭的友谊是从小学三年级开始的，那年她们十岁。

她俩被老师调到了一块儿，做起了同桌。亭亭学习好，性格外向，从三年级起就是班干部，课间的时候，总能招来一大群小伙伴和她玩游戏。她就像是太阳，同学们则是太阳系里的行星，行星总是要围绕着太阳转的。梦瑶的家庭环境让小小的梦瑶变得孤僻，小学三年级的她仿佛背了一座山，那山是母亲整日的责骂，是怎么做也做不出来的数学题，是同学们对她的疏远。那天课间，亭亭从书包里拿出皮筋，呼唤小伙伴们跳皮筋，小伙伴们一拥而上，围在亭亭身旁。梦瑶坐在座位上，眼睛出神地看着亭亭，就像一个渔人看着海面。她多想和亭亭一样拥有那么多的小伙伴啊！她多想和她们一起跳皮筋啊！亭亭似乎看出梦瑶的心思，她冲着梦瑶喊："梦瑶，来玩跳皮筋，你先玩！"小梦瑶打了个颤，像渔人看到了一条从未见过的大鱼一般惊讶。她蹦着跳着，加入了她们，和她们玩了起来。

梦瑶和亭亭的友谊越来越深厚，就像秋天的落叶，盖了一层又一层。梦瑶和亭亭放学回家走同一条路，亭亭的家离学校稍近些，梦瑶的家稍远些。放学的路上，两个女孩子总爱踩对方的影子。亭亭猛地踩住了梦瑶的影子，说道："不要动，我踩住你的头了。"梦瑶一转身，脚也踩住了亭亭的影子，说道："你看，我踩住你的手臂了，我们都不能动了。"

"老师今天教我们一个成语叫什么影什么离？"亭亭仰头望着天上的太阳，回忆着上课的内容。

"是形影不离。"梦瑶自豪地说道。

她们真是形影不离了。梦瑶常常做完饭就跑到亭亭家写作业，梦瑶不喜欢自己的家，因为梦瑶的家总是充满父母的吵闹声。亭亭家的家底据说在全村是数一数二的，亭亭家的楼房也是全村最高的。她家在街中心开了一个商店，商店里柴米油盐样样俱全，全村人都要去她家的商店里买东西。

那天，梦瑶在亭亭家写作业，天忽然下起了暴雨，雨哗哗地下，

像爱哭的小孩的眼泪，没完没了。雨打湿了街道上的泥土，硬邦邦的路面变得湿滑起来。整个世界仿佛一个正在受罚的畏畏缩缩的孩子，被暴雨抽打着。

“这该怎么办？”梦瑶急了起来，“我该怎么回家？”

“梦瑶不要急，”亭亭母亲安慰着梦瑶，平静地说道，“下这么大的雨，你妈妈应该知道你回不了家了，刚才邻居有人去村东头看庄稼淹了没有，正好路过你家，我已托他给你妈妈捎口信了，你今天就住在这里吧！”

“这？”梦瑶犹豫了。

“住下吧，住下吧！”亭亭牵住梦瑶的手，直往里屋拉，“今天终于有人和我一起睡了！”

“亭亭别闹！”亭亭母亲嗔怪着亭亭。

灯一盏盏地灭了。亭亭和梦瑶躺在松软的床上，她们都直往对方的怀里钻。她们一会儿痴痴地笑着，一会儿安静得谁都不说话，一会儿又窃窃私语。

“教我背诗吧！”亭亭对梦瑶说。

“教你一首写春雨的诗吧！”梦瑶背了起来，“好雨知时节，当春乃发生。随风潜入夜，润物细无声。”

“你懂的诗真多，这些都是谁教你的？”亭亭问。

“我舅舅，”梦瑶得意地说，“我舅舅特别爱读诗。逢年过节去他家，他都会给我本诗集让我背诵。他说一天背一首，一年就是三百六十五首，到那时候你就是小学问家了。”

“我要是有这样的舅舅多好！”亭亭羡慕地说。

梦瑶不说话了。梦瑶那稚嫩的生命里包裹着一颗早熟的心。梦瑶抚摸着松软的被子，头枕在有着淡淡菊花香的枕头上，被窝温暖舒适，比家里的木板床舒服多了。家里的木板床一摇晃便吱吱呀呀地响，仿佛一会儿就要散架了。梦瑶多么渴望自己是亭亭啊！亭亭学习好、人缘好、楼房好、床被好，最重要的是，亭亭的家里没有吵架的声音。

时间是神奇的魔法师，它让草由黄变绿，又由绿变黄；让上学的道路由土路变成了柏油路；让梦瑶和亭亭的个子长得越来越高；让她们由小学生变成了初中生。梦瑶心底的那份渴望渐渐地变成了羡慕，那份羡慕又渐渐地变成了自卑。

到了初中一年级，梦瑶便渐渐和亭亭疏远了。她们仿佛两条交叉线，相遇过后就要分开。梦瑶觉得自己不配和亭亭做知己，因为亭亭太优秀了。镇上的初中，集结了这个镇里所有优秀的学生，亭亭在初一年级五个班里成绩总是名列前茅。梦瑶发觉初中的知识越来越难，虽然起早贪黑地学，但她的成绩还是一直下滑。她就是那只落群的雁，哀鸣着，又努力地飞着，却依然眼睁睁地看着自己越落越远。

梦瑶和亭亭也不是同桌了，梦瑶去餐厅吃饭也不喊亭亭，总是独来独往。有时在餐厅里彼此碰到，也都只是勉强地寒暄几句。亭亭也结交了新朋友，一下课，她们蹦蹦跳跳地到门口玩耍，亭亭也不主动邀请梦瑶。梦瑶有时盯着窗外，看她们玩耍时高兴的样子。亭亭有时在门口向教室里瞥一眼，看梦瑶独自坐在座位上落寞的神情。她们彼此都知道，她们还在意着对方，还渴望像小学时那般形影不离。可是，她们之间似乎隔着一层窗户纸，只要捅破，彼此就又能心灵相通，可谁都不愿先去捅破。

那层窗户纸注定是要被捅破的。初一上学期的一个星期一，梦瑶宿舍里一个叫丽丽的女生丢了五十块钱。学校的每间宿舍住六个人，梦瑶和亭亭住在同一间宿舍里。那天下午，梦瑶生病了，班主任允许她下午和晚自习在宿舍里休息。梦瑶喝了药便躺在床上，盖着被子，整个人昏昏沉沉的。那名女生每星期都从家带五十块钱生活费，这次由于疏忽，把钱落在了宿舍的床上。平常宿舍是不锁门的，所以学生一般不会把贵重物品放在宿舍里。晚上下晚自习回到宿舍，却发现钱不见了踪影。

“梦瑶，你是不是拿我的钱了？”丽丽猛地推醒了梦瑶，冲着她喊道。

梦瑶睁开惺忪的眼睛，头晕乎乎的，她感到天旋地转。梦瑶勉强坐了起来，小声问道：“发生了什么事？你的钱丢了吗？”

“整个下午和晚上你都在宿舍，你是不是拿我的钱了？”丽丽的声音越来越高，话语里藏着愤怒。

“我没有，我从进宿舍就一直躺在床上，我怎么可能拿你的钱？”

“我下午去上课的时候钱还在，现在怎么不见了？宿舍里就你一个人，难道还有别的人进宿舍拿我的钱？快把钱还给我！”丽丽哭了起来。

学生们陆陆续续地都回来，亭亭最后一个进的宿舍。其他学生听了丽丽的哭诉，认为真是梦瑶拿了钱，都一个个冲着梦瑶喊：“快把钱还给丽丽！你拿丽丽的钱不觉得害臊吗？”

梦瑶变成了一只龟缩在墙角的绵羊，被群狼环伺着。她害怕极了，她看着那些恶狼般的眼光身体直颤抖，她只能发出绝望的“咩咩”的叫声。

“我没有，我没有，我没有偷丽丽的钱。”梦瑶抽泣着。她的泪水滴到了被褥上，染湿了一片。

“我要告老师去！梦瑶你想好了，你要是再不把钱还我，我这就告老师去！让老师在全班同学面前批评你！”

梦瑶由小声的抽泣变成了放声大哭，内向的性格致使她无法替自己辩解，她仿佛掉进了水里，拼命地想抓住一根木头，哪怕一根草绳也行。可是，同学们的误解只能让她溺死在这水里。

亭亭成了那根梦瑶可以抓在手里的木头。亭亭冲上前去，挡在了梦瑶的身前。

“丽丽，你有证据证明梦瑶偷了你的钱吗？”亭亭盯着丽丽，她的脸上写满了愤怒，“没有证据怎能断定是梦瑶偷的钱！”

“今天就她在宿舍，不是她还会有谁？”丽丽一脸不服气的样子。

“宿舍的门没有上锁，外面的学生也有可能进入宿舍偷东西，上次咱班琴琴丢钱，不就是外班学生做的？”

“梦瑶在宿舍，外班学生进入，她怎么可能不知道？”

“梦瑶得了重感冒，在床上睡着，她难道就一定能察觉到别人进入宿舍偷东西吗？上次早自习前，大家都睡醒起床去教室，你还在昏睡，我拽你耳朵都喊不醒你，你那时察觉到同学们都去教室了吗？”

大家听了亭亭上次拽了丽丽的耳朵，全都开始起哄。“啊，丽丽睡得像头猪！”“怪不得上次你迟到了，原来是没睡醒呀！”

丽丽被亭亭讽刺得脸上红一块白一块，顿时哭了起来：“我妈一星期就给我五十元钱生活费，被我弄丢了，我这星期怎么吃饭？”丽丽趴在床上，头埋在被子里。

“我们大家都会帮助你的！”亭亭觉得刚才的话说得有些过分了，便和缓地说道，“每个人都有难处，大家都会互相帮助，可我们也不能冤枉了别人。”

亭亭的话是有分量的，大家似乎觉得错怪了梦瑶，一个个都低下了头，之后便各忙各的去了。

亭亭就是那根木头，载着梦瑶漂到了岸边。梦瑶和亭亭之间隔着的窗户纸就这样被捅破了。梦瑶和亭亭又形影不离了，彼此又成了对方的影子。梦瑶踩着亭亭的影子，亭亭也踩着梦瑶的影子。梦瑶说：“我们的影子似乎都变长了。”亭亭说：“因为我们都长个子了。”是啊，她们似乎快有一年没有踩对方的影子了。

梦瑶依然爱读古诗词，亭亭在旁边静静地听着她读。就像钟子期与俞伯牙，一个弹琴，一个听琴，高山流水，宛转悠扬。梦瑶读的诗词更复杂、更难懂了。

“上邪，我欲与君相知，长命无绝衰。”梦瑶带着感情读着，“山无棱，江水为竭。冬雷震震，夏雨雪，天地合，乃敢与君绝。”

“梦瑶，你读的这首诗我怎么从来没听过？这首诗是什么意思？”

亭亭睁着大大的眼睛问道。

“这首诗是写爱情的，诗中的女主人公为了表达自己的爱情，竟然说除非山平了，江水干了，冬天雷雨阵阵，夏天大雪纷纷，天与地合为一体，我们的感情才能破裂。”

“啊，梦瑶，你竟读这样的爱情诗！你的思想不纯洁了。”亭亭咂了咂嘴，嘲笑地说道。

“这首诗也可以用到友情上。”梦瑶拉住亭亭的手，看着亭亭，那眼光仿佛就像一个人在看她的好友，柔和而温暖。

“梦瑶，我们也可以做到山无棱一直到天地合，乃敢与君绝。”

“不，就算山无棱一直到天地合，我们也不与君绝。”

亭亭听了，觉得这首诗特有意思，便忍不住笑了起来。梦瑶也觉得有意思，也笑了起来。她们的笑声越来越大，树上的鸟儿惊得飞了起来。微风载着这笑声，洒遍了学校的每一个角落。原来，这学校也这么可爱，它不仅有考不完的试、做不完的作业，还有两个女孩纯洁的友情。

亭亭和梦瑶每天一起吃早饭，一起去教室，一起学习，一起玩耍，下晚自习一起在操场上跑步。她们总是在操场上比赛跑步，看谁先跑到终点。其他女生总缠着亭亭，说：“亭亭，我们和你比赛跑步吧！”亭亭转过脸说：“你们要先跑过梦瑶。”于是每天晚上，那群可爱的女生便一起跑步，一个个争先恐后，都想第一个跑到终点。亭亭就是那春天温暖的阳光，抚慰着梦瑶敏感而脆弱的心灵。亭亭让梦瑶渐渐乐观了起来，渐渐融入了这个班级。梦瑶则像一阵春雨，滋润着亭亭的心灵。梦瑶让亭亭更有内涵了。

她们的友谊一直持续到初二，这时蒋书轮已是这个班的班主任。

蒋书轮为自己重新塑造了梦瑶而沾沾自喜。作为老师，学生就是自己的作品。你有化腐朽为神奇的力量，你是匠人，是艺术家，是灵魂工程师。灵魂的工程师？尽管蒋书轮并不赞同这样的称赞，但他实实在在地塑造了一个学生的灵魂。他发现他爱上这个职业了，因为每一天，他的精神世界都是如此丰富，他是痛并快乐着。

梦瑶和亭亭在下晚自习的时候常常能在操场上碰到蒋书轮跑步，她们三个人便一起绕着操场一圈一圈地跑。

“老师，你看我们三个人多像三只鹰！”梦瑶边跑边说。

“梦瑶，我们怎么就像鹰了？”亭亭问道。

“因为我们都像鹰那般，有着搏击长空的志向。”

“对，鹰的精神值得我们学习。你们将来要像鹰那样，搏击长空。但飞翔之初，一定要锻炼好自己的翅膀。”

“老师，我觉得您就是那只鹰！”梦瑶忽然抬起头，用崇拜的眼神看着蒋书轮。

“老师怎么会是鹰呢？”蒋书轮听到学生夸自己，内心微微颤动，但随后又消沉起来，“老师不是鹰，老师没有搏击长空的能力，没有做大事的气魄。”

“不，老师，您就是鹰！”梦瑶斩钉截铁地说。

蒋书轮看着梦瑶，他不明白梦瑶为何坚持说自己是那只鹰。

“你为什么这么说？”蒋书轮迫切地想弄清楚答案，蒋书轮仿佛变成了学生，而梦瑶变成了老师。

“因为您渊博的学识，因为您给我们上的每堂精彩又与众不同的语文课，因为您鼓励每一个学生从小就要树立远大的理想！老师，您是我们所有老师中最有才华的一位，我将永远铭记您的教诲！”

梦瑶的话就像一颗石子，击中了蒋书轮柔软的心灵。他忽然鼻头一酸，泪水差点夺眶而出。但他不能哭，他不能把自己脆弱的一面展示给学生。他轻轻地拍了拍梦瑶的肩膀，他想说话，但嗓子似乎哽咽住了。他顿了顿，仿佛用尽全身力气但依然十分微弱地说道：“老师谢谢你！”

蒋书轮忽然发现，梦瑶是最了解自己的学生。他和梦瑶之间就像亭亭和梦瑶之间一样，心灵是相通的。这也许是师生情的最高境界了，亦师亦友，教学相长。

然而，蒋书轮不知道，亭亭也不知道，梦瑶自己更不知道，一件不幸的事正悄悄地降临梦瑶的头上，就如一条潜伏的毒蛇，正在慢慢靠近它的猎物。

那天，蒋书轮正在讲解课文，一位妇女敲开了教室的门，她是梦瑶的邻居。她神色慌张，要立即带梦瑶回家。梦瑶从教室里走出来，询问原因。那个妇女没有解释，拉起梦瑶就走。梦瑶说还没有写请假条，蒋书轮见那妇女这样匆忙，便没让梦瑶写请假条，他通知门岗让他们出去。蒋书轮只是觉得梦瑶家有什么急事，也没再多想，便继续上课了。

梦瑶回到家中，看见母亲在哭，她见一袭白布蒙着一个人，那布白得刺眼，白布上浸了一大片血。那血鲜红夺目，梦瑶一阵眩晕。梦瑶走上前去，揭开白布，看到了父亲带血的脸和未闭合的眼睛。

梦瑶只感觉浑身的血都向头部涌上来，她眼前的白布，父亲的脸，父亲身下的土地，都在飞快地旋转着。突然的猛烈的眩晕像一颗巨石般砸中了她的脑袋，她只大叫一声“爸”，便瘫倒在地。

梦瑶的父亲是在工地上摔死的。父亲为了挣钱，养活这个家，从来就没有休息过一天。他省吃俭用，不肯多花一分钱，他瘦得皮包骨头，胸上的肋骨根根可见。那天，他太累了，他在脚手架上连续干了十个小时。他看看太阳，阳光温暖地照耀着他。

他忽然感到如此的舒适。他想到了他的女人，想到了他的三个孩子，他忽然感到很知足。虽然穷，虽然常被人欺负，但这个家是如此幸福啊！他眼前仿佛出现了他的家，他看到了他的妻子，看到了梦瑶和另外两个孩子，他欣喜异常。他又感到自己亏欠了梦瑶，便冲梦瑶喊道：“梦瑶，爸爸对不起你，爸爸来看你了！”他的脚不由自主地往前迈着，身体慢慢挪到了脚手架的边缘。“梦瑶，原谅爸爸吧！”他流着泪，向梦瑶一步步走来。他踩空了，身体一斜，便直直地往下掉。他的头猛烈地撞击着地面，他的灵魂从身体里飞了出来，一直向太阳飞去。

梦瑶的泪流干了。她后来不哭也不闹，眼睛无神地看着这个世界。她十五岁的生命里承载着人类最深最沉重的苦痛。她看着父亲被装在棺材里，漆黑的棺材面仿佛映照着梦瑶黑暗的命运。棺材盖一点一点地合上，父亲一点一点地淹没在黑暗里。她看着盛着父亲的棺材被放进巨大的坑里，土一点一点地往下落，棺材也一点一点地被掩埋直至消失。梦瑶忽然发疯地向那土坑跑去，她想跳入坑中，救起父亲。她不相信父亲死了，那个陪伴她十五年，她生命中最亲的人消失了。众人拼命地拦她，把她死死地摁在地上。她使出浑身的力气想要挣脱，就如同一只发疯的狼狗，拼命地挣脱铁锁链，即使勒断脖子也在所不惜。可那只是徒劳，她用完了全身最后一点力气便瘫倒在地。

梦瑶辍学了，因为母亲不愿再让她上学。她的母亲来到了蒋书轮的办公室，准备取走梦瑶的书包。

“我知道家里的难处，”蒋书轮的眼睛湿润了，“可是，可是再怎么困难也得让梦瑶上学啊！梦瑶是个很有潜力很优秀的学生啊！”

“她还有弟弟妹妹，也都上小学了。”她的母亲哽咽着，“梦瑶在学校每星期要有生活费，还有资料费、住宿费，我实在不愿意也掏不起这个钱了，还是不让她上了。”

“那她不上学干啥？她的年龄还这么小啊！”蒋书轮激动地说。

“镇上有家鞋厂，先让她去那儿干活吧！每月挣点钱补贴家用。”

“她这么小就去厂里干活？她还没到十六岁……”

“这么小也得干，谁让她命苦，生在这个穷家。”她的母亲哭了起来。

蒋书轮的眼泪也吧嗒吧嗒地往下掉，他默默地走进教室，拿起了梦瑶的书包。她走到梦瑶母亲跟前，说：“梦瑶在学校门口吧！我送送她。”

蒋书轮和亭亭在门口见到了梦瑶，亭亭递给梦瑶一支笔，鼓励她说：“梦瑶，不要放弃学习，即使不上学了，也要进步！我会永远吟诵你教给我的诗句，我也永远在这里等你回来。”

梦瑶的眼睛里满浸着泪水，她抓着亭亭的手，努力地点了点头。蒋书轮走到梦瑶的身边，把她抱入怀里。梦瑶的眼泪顺着脸颊往下流，她哭着说：“老师……老师，我辜负了您对我的期望。”

蒋书轮擦干了梦瑶的眼泪，坚定地看着她：“记住，梦瑶，你是一只鹰，你无论在什么地方，都是一只鹰。”

梦瑶走了，她的座位空了。蒋书轮上课的时候，望着那空空的座位，一阵悲伤涌上心头。他有时正讲着课，忽然会说：“梦瑶，给大家解释一下这句诗的意思。”班里霎时鸦雀无声，同学们看着蒋书轮，脸上写满了惊讶。蒋书轮这才意识到，梦瑶已经不上学了。“哦，梦瑶同学走了。”蒋书轮低着头，把课本举高，试图掩盖落寞的神情。同学们静静地坐着，眼眶里似乎都湿润了。亭亭趴在桌上，忽然哭了起来，边哭边喊着梦瑶。在梦瑶离开的最初几天里，班里笼罩着淡淡的悲伤，同学们似乎都不敢大声说话，唯恐破坏这安静的氛围，连语文课也变得死气沉沉的。

蒋书轮晚上总是独自在操场上散步，他再也见不到梦瑶的身影了。梦瑶的声音却始终回荡在他的耳畔：“老师，我长大了也要当一名作家，我要把您写进我的小说里。”“老师，我觉得您就是一只鹰！”“您是我们所有老师中最有才华的一位，我将永远铭记您的教诲！”梦瑶是多么崇拜蒋书轮啊！蒋书轮又是多么爱护梦瑶。梦瑶仿佛是蒋书轮雕塑的艺术品，刚刚被雕塑完，正在得意的时候，却被生生地毁了。

“老师，梦瑶还会回来吗？”亭亭在操场上问蒋书轮。

“也许会回来的。”

“那她哪天会回来？”

“也许不久就会回来。”

亭亭不问了，她明白，梦瑶已经不会再回来上学了。亭亭失去了最好的伙伴，她每天总是独来独往。她睡觉的时候，常常梦到梦瑶又回来了，她是多么高兴，拉着梦瑶的手在班里唱啊跳啊，同学们也高兴极了，也在一旁唱歌跳舞，还有蒋老师，在讲台上微笑着。

“梦瑶，你终于回来了！你以后可不能不来上学了！”

“放心吧！我妈让我回来上学了！我不会丢下你一个人上学的。”

“梦瑶，你说过的，我们要一起努力学习，将来还要考高中考大学呢！将来我们还在一个学校一个班级学习！”

“会的，我们是最好的朋友！”

梦瑶和亭亭紧紧地抱在一起，久久不分开……

然而，梦终究是梦，亭亭每次醒来都觉得自己被淹没在无边无际的黑暗里，做着绝望的挣扎。她小声地啜泣着，她多么希望这个梦是真实的，即便这个梦不是真实的，那她又多么想永远不要梦醒啊！

蒋书轮决定再去一次梦瑶的家，做做她母亲的思想工作。之前，梦瑶父亲的丧事，蒋书轮也去封过礼，所以他知道梦瑶的家在哪里。这天傍晚，蒋书轮骑上了电动车，前往梦瑶的家。傍晚的村庄是那样的宁静，时节已过中秋了，凉风习习的，吹在脸上如同冷水浸入皮肤一般。月亮像一把银梭，把地面映照得白花花的，所有的房屋、树木、花草，仿佛是用白色的石料雕刻成的。蒋书轮站在梦瑶家门前，门是半开着的，他准备象征性地敲敲门，然后直接就进去。当他准备敲门的时候，一阵声音从屋内传了出来。

“你爸的丧事办完了，你也不能在家歇了，明天你就去镇上的鞋厂干活吧！”这是梦瑶母亲的声音，这声音里含着悲伤，却也带着不容置辩的口气。

“妈，我不能上学了吗？我还要上学！”梦瑶带着哭腔，声音里有着一丝怨恨。

“你咋这么不听话？唉！”梦瑶母亲叹了口气，“你爸走了，你弟弟、你妹妹都要上学，光凭我一个人干活，很难顾着家里的花销。梦瑶，你是女孩，你也大了，懂事了，该为家里添一份力了。如果你执意上学，那就上完初中吧！上完初中，你是坚决不能再上学了！”

梦瑶再也没有说话，蒋书轮站在门口，最终也只听到屋门被“砰”地一下关上。蒋书轮伫立良久，他默默地骑上电动车，回学校去了。

梦瑶躺在卧室里，几天也不出来。她的眼泪浸湿了床单，眼睛都哭肿了。“为什么！为什么我要生在这样的家庭里！我失去了父亲，现在又要失去学业！为什么要我做出牺牲！难道只因为我是女孩，我是家里的老大，我就要打工养活这个家？我将来还要上大学啊！我的人生难道就要在一家鞋厂里消磨掉吗？唉，命运是多么不公啊！”

梦瑶的眼泪又哗哗地流了下来，整个世界仿佛都被梦瑶的眼泪打湿了。她的眼泪终于哭尽了，只剩下肿胀的眼睛。她知道一切都没法改变了，只能接受现实。她突然想起了《平凡的世界》里的孙少安，他也是因为家里穷，被迫辍了学，少安学习多好啊！他埋怨了吗？梦瑶觉得这个世界上原来还有和她一样不幸的人，心情顿时宽慰了许多，虽然孙少安只是小说中的人物。

经过几天的挣扎，梦瑶终于想通了。她打开了卧室的门，走了出来。她的眼睛依然肿胀着，眼睛里依然噙满了泪水，但是她的神情却是坚毅的，仿佛要与前面的灾难决一死战似的。

母亲整理了一下梦瑶的头发，说道：“来洗把脸吧！”

“妈，”梦瑶顿了顿，说道，“我明天就去鞋厂。”

时间是上帝手中的权杖，它能使一切成就都归于尘埃，又能使一切痛苦都化为平淡。已是冬天了，梦瑶不上学已经两个多月了，班里的同学也慢慢淡忘了她。只有亭亭，还是会经常想起她，但没有以前那样强烈了，至少不会再从梦中惊醒了。蒋书轮每天忙于备课、管理班级、迎接期末考试，早已无暇考虑别的事情。只是，他有时在晚上会想起梦瑶，想起她给同学们讲解的古诗词，想起她说过的也要当作家的梦想。蒋书轮只希望她不要放弃那份理想，即使生活在泥泞中，也要抬头仰望那耀眼的太阳。

那是周五的傍晚，蒋书轮穿着棉袄，骑上电动车回家。蒋书轮的家离学校有二十多里地，一路要穿过好几个村庄，其中也包括梦瑶家的村庄。冬天的风凛冽极了，蒋书轮的脸被风吹得生疼。天下起了小雨，雨滴也结了冰，在路灯的灯光下一看，就像一粒粒的水晶。蒋书轮在路灯下小心翼翼地骑着车，路灯的灯光在无边的黑暗中挣扎着，它只能把这黑暗撕裂一个小口。

“啪”的一声，蒋书轮对面来的一辆自行车突然侧滑，人重重地摔在马路上。蒋书轮赶紧停下车，去扶对面的人。

“梦瑶？”蒋书轮刚扶起她，就认出她来。

“老……老师？”梦瑶打了个寒战，哆哆嗦嗦地说。

“你没事吧？你这是去哪儿？”蒋书轮关切地问道。

“老师，我刚下班，快到家了，没想到下起了小雨，路面太湿，滑倒了。”梦瑶握着车把，眼睛盯着路面。

“家里还好吧？”

“好，我妈也在这家鞋厂干活，她上夜班，弟弟妹妹也挺好的，这会儿应该在家写作业。”梦瑶看了看蒋书轮，又盯着路面，说道：“老师，您平时也要注意身体。”

“谢谢！”蒋书轮的眼睛湿润了，也许是雨水进入了眼睛吧！

梦瑶向蒋书轮告了别，推着车，一步一步向前走着。

“梦瑶，”梦瑶走出十几米远，蒋书轮又叫住了她。

梦瑶回过头，她看见老师站在路灯下，雨滴穿透灯光，打在老师的脸上。

“梦瑶，你还读诗吗？”蒋书轮轻轻地问。

“诗？”梦瑶一脸疑惑，仿佛从来不知道诗是什么。她又渐渐低下头，疑惑变成了迷茫，她机械地念着：“诗，诗，诗。”她念了一小会儿，突然抬起头，望着蒋书轮说：“老师，读诗能挣钱吗？”

蒋书轮霎时怔住了，他没想到梦瑶会问这样的问题，他一时不知怎么回答，几次欲言又止，最终只能尴尬地站着。

“老师，我回家了。”梦瑶转过身，消失在了黑暗里。

一个人，一盏路灯，水晶般的雨，这个世界仿佛就这一小片是有些光亮的。蒋书轮借着这光亮又伫立了好大一会儿，叹了口气，转身也消失在黑暗里……

第四章　蒋书轮与妍珊（一）

学校有集体备课的惯例，同一年级的同一科目的老师，每周都会挑一个上午进行集中备课。这是本学期第一次集体备课，五名语文老师坐在教研室，共同探讨本学期的教学计划。教研组长是一班的语文老师，她虽已人到中年，气质却丝毫未减。她的眼角隐约含着皱纹，但眼睛焕发着光亮，就如同快要凋落的牡丹，花瓣却依旧鲜艳夺目。她的声音圆润洪亮，又透着和蔼可亲的味道。她从练字、摘抄，谈到读书、写日记。蒋书轮认真地做着笔记，将这些一一记下。

“李妍珊，你来谈谈你是如何教学生读名著的？”

李妍珊？蒋书轮抬起头，看了看这个女孩。不知怎么的，李妍珊这个名字就像一滴清水，轻轻地滴落在蒋书轮的心头。

她是如此的美丽，头发梳在背后，泛着黄色的光泽，这使蒋书轮想起了《麦琪的礼物》里的女主人公德拉的美丽的瀑布般的头发。她精致的五官，修长的双臂，仿佛是雕刻家精心雕琢的杰作。她的美丽不是浮夸的，是内敛的，是书香熏陶出来的。这美丽里带着倔强，充满着对困难永不服输的勇气；这美丽里也洋溢着青春的气息，热烈而奔放！

“五班的图书角里总共有一百本书，这些书都是适合初中生阅读的文学名著。每周的语文阅读课，我都会让学生阅读。我要求每个学生一年内读完五十本书。这样初中两年，他们就可以读完一百本书了！”

“一百本书？学生两年后的阅读量将会多么大啊！真值得期待！”蒋书轮望着妍珊，显出既惊讶又赞叹的神情。

“我也很期待啊！”妍珊也望着蒋书轮，脸上藏不住兴奋的表情。

就在两人目光相遇的那一瞬间，他们的心都颤动了一下。妍珊的脸似乎红了起来，她低下了头，仿佛刚才的兴奋是不能流露出来的。蒋书轮也略显尴尬，他只得盯着语文课本，然而心却在扑通扑通跳着，他不知这是怎么了，莫名产生了一种异样的感觉，这种感觉好久都没有来临过了。

妍珊教初一年级五班的语文，兼班主任，蒋书轮则教初二年级四班的语文，兼班主任。妍珊的办公室离蒋书轮的办公室非常近，只有几米远。蒋书轮没有课的时候便常常找她聊天，他们也渐渐熟识起来。

“你高中是在咱县一中上的学吗？”他们第一次聊天，妍珊便问他道。

“是的。”蒋书轮说道，“你也是吗？”

“我怎么说看着你有点面熟，我那时是2001级的高中生。”妍珊答道。

“我是2003级的，那这样说来，我上高一的时候你在上高三呢！”蒋书轮笑着说。

妍珊大学毕业就来这里教学了，她已经教了两年。蒋书轮常常去听她的课。妍珊今天讲的是《丑小鸭》，蒋书轮坐在后面，认真地做着笔记。妍珊讲这堂课用的是合作探究的教学模式，既有小组讨论，又有老师的独语。蒋书轮听着，觉得妍珊就是一个牧羊人啊！她把这群羊赶到水草边，让他们感悟美好。蒋书轮沉浸在这美丽的课堂里。

“你讲得真好，妍珊。”下课了，蒋书轮夸赞她道。

“还有些缺憾！”妍珊端正地坐着，脸上现出一丝不苟的表情。

“有什么缺憾？”

“这篇课文的主旨，学生们探究得还不够！包括我，也没有深刻地去理解。”

“安徒生写丑小鸭，也是在写自己呢！其实我们也不需要对文章过度解读，主旨固然重要，但文本的美感更重要。妍珊，我想问，语文

教学中都有哪些教学技法？”

“教学技法？”妍珊似乎吃了一惊，“教学技法固然重要，但我觉得最好的技法是无技法。”

“无技法？”

“对，技法有很多种，但那只是手段，不能沉溺于这些方法的使用。真正的技法是你的渊博学识，是你和学生的强强联合，是要让学生听到你心灵的呼唤。”

“你说得很对，终极的教法是哲学层面的，是对整个世界的宏观思考。”

“你讲的真哲学！”妍珊笑了起来。她的笑是那般好看，就像那只白天鹅，在水面上展现着自己的倩影。

蒋书轮的精力开始分散了，他发现自己不能一心一意地备课了。他常常看了课文中的一段文字，便想起妍珊来，文章里的文字渐渐地在他眼前模糊了起来，越来越模糊，慢慢变成了她的面容、她的衣服、她衣服上的花朵、她头发的泛黄的光泽。在课堂上，学生们读着课文，他则想着她。“老师，这个字怎么读？”有时学生上讲台问他问题，他才猛地从幻想中惊醒。蒋书轮二十五岁了，没有谈过一次恋爱，没有一个姑娘走进过他的心里。唯有她，彻彻底底地占据了他整个心灵。

蒋书轮对妍珊产生好感，绝不仅仅因为妍珊的美丽，更是在于妍珊的才华。蒋书轮觉得妍珊太像自己了，喜欢读书，热爱文学，不满语文当前的教学模式。然而，男追女是隔层山的。妍珊的内心也曾颤动一下，然而这颤动很快就归于平静。她现在不想恋爱，或者说不敢恋爱了。大学的时候，妍珊喜欢上了一个男孩儿，她是那么爱他啊！她觉得他们可以永远相爱。“君当作磐石，妾当作蒲苇。蒲苇韧如丝，磐石无转移。”这是她对他说的话。他点点头，海誓山盟一番。然而临近毕业，迫于现实，也由于他的摇摆不定，他们分手了。她伤心欲绝，她那时才明白，爱情，只不过是镜中花水中月罢了，是脆弱的、虚幻

的、缥缈的。她回到了家乡教书，她渴望一个人安安静静的，不受世俗的打扰。她多么喜欢教书，多么喜欢孩子们啊！她立下决心，要用知识给予孩子们追求梦想的力量！

蒋书轮傍晚走出校门。这是秋天，玉米秆长得一人多高，饱满的玉米棒裹在叶子里。此时，他的学生李浩刚刚辍学，在工地上打工。而妍珊，他朝思暮想的人，他爱着她，却又不知道该如何向她表达。蒋书轮看着这成片的玉米地，倍感压抑。蒋书轮拿起笛子，对着玉米地吹。可是声音仿佛不愿从笛子里出来似的，蒋书轮就是吹不成样子，他索性不吹了。他走过玉米地，来到镇上。镇上的人们正赶着集，熙熙攘攘的。集市上卖的东西可多了，有衣服，有凉皮，有生活用品，杂七杂八的，什么都有。可这一切都与蒋书轮无关。他汇入这拥挤的人群，任由人流把他往前推。他从未如此地牵挂着一个人啊！原来喜欢一个人的感觉竟是这样！他本觉得来镇上散散心，就能暂时把她忘掉，可这只是徒劳罢了。他看到集市上挂着的粉红色衣服，就想起了妍珊。他看到正在做着的小吃，就想着妍珊这时候应该饿了。他面无表情，机械地往前走着，心里却疼痛万分，就仿佛一个被剑刺伤的人，捂着胸口，一步一个趔趄。

还是回去吧！蒋书轮站在十字路口，他转过身子，悻悻地往回走。摊主的叫卖声、人群的吵闹、远处的音乐，仿佛这一切都是来自另一个世界，他只沉浸在自己的世界里。他低着头走着，也不知走了多久，走到了哪儿，他蓦然抬起头，看到妍珊正朝着他走来。没错，就是妍珊，那一袭白色的印着暗色花朵的裙子，掩映在人群中。蒋书轮紧张极了，他虽然无时无刻不在想着她，但当她真正来到他面前的时候，他又是那般的局促不安、不知所措啊！他甚至想躲避她，想把脸扭到卖衣服的摊位前，假装挑选衣服。可这已经来不及了，她看到了他。

“你来赶集？”妍珊走到了蒋书轮旁边，问他道。

“是……是，你也来赶集？”蒋书轮涨红了脸，结结巴巴地说着。

“是的，我是专门来集市上吃凉皮的。”妍珊笑了起来，说道，“咱们食堂师傅做饭的水平呀，比我还差呢！”

“下次你来吃我做的饭吧，我做的饭保证让你回味三日。”蒋书轮顿时放松下来，觉得找到了话题。

“是吗？那我可等着了！”妍珊的脸上充满了笑容，就像天边的云霞，美丽而温暖。

妍珊回转过身，准备往前走。蒋书轮这时又开了口：

“我能和你一起去吗？我也饿了。”

“好。”妍珊笑着回答。

蒋书轮和妍珊坐在凉皮摊儿前，他们面对面坐着，却又各自低下了头，认真观察着桌面，仿佛这桌子上有字一般。蒋书轮尴尬极了，他后悔跟妍珊来吃饭，还不如刚才自己回去算了。他竭尽所能地搜寻着话题，却又不知道该从哪里说起。过了许久，蒋书轮终于憋出了一句话：

“今天晚上你没有晚自习吧？”

“没有。”妍珊摇了摇头。

之后，便又是沉默。

妍珊明白蒋书轮的心思，她这样聪明的女孩子，怎么可能不明白呢？她欣赏蒋书轮，他是她见过的最有才华的男孩。他们的思想、他们的见解是何其的一致啊！她仿佛能从他的眼睛里看到自己一般。可是，可是，妍珊忽然抬起了头，她的眼睛盯着蒋书轮，眼光犀利而深邃，她仿佛要同他进行一场严肃的对话。

“蒋书轮。”她忽然说，“你，愿意一辈子在乡村教书吗？”

“一辈子在乡村教书？”蒋书轮没想到妍珊会问这个问题，他曾想过，但又怕会说错，他只好支支吾吾地说，“这个问题，我……我还没有仔细地想。”

“我要扎根农村，坚守农村教育！”妍珊斩钉截铁地说，“因为，我

爱这里的孩子们。”

“我也爱他们。无论他们多调皮，我都深深地爱着他们。”蒋书轮抬起头，仰望着星空，脸上露出幸福的微笑。

“可是，你还有更大的志向啊！你不该一辈子埋没在这里！”妍珊依然盯着蒋书轮，她仿佛能透过蒋书轮的眼睛看到他的内心。

“更大的志向？更大的志向？”蒋书轮自言自语着，他仰着的头慢慢低了下来，他神情黯然，眼睛失去了光彩。

“所以，我们不会是同路人。”妍珊也低下了头。

“不会是同路人？不会是同路人？”蒋书轮不断地在心里念叨着。

他们吃完饭，便回去了。天边的红日已完全淹没在地平线以下，连晚霞都褪去了红色的光泽。集市也要散了，摊主们都在准备着收摊。这是一天中黑暗与光明搏斗的时刻，这个世界最终会沦陷在黑暗里。路灯亮了，他们的影子薄薄地映在路面上。妍珊不说话，只是看着自己的影子，由短变长，又由长变短。蒋书轮还在想着妍珊的话语，妍珊的那几句话就如经书一般，需要蒋书轮仔细琢磨。

他们终于走到了学校，妍珊向蒋书轮摆了摆手，准备回宿舍。男教师宿舍和女教师宿舍是相隔很远的。蒋书轮看着妍珊的背影，他忽然充满了勇气，大声向妍珊说道：

“妍珊，我愿意扎根农村，坚守农村教育！”

妍珊回过了头，眼睛里似乎噙满了泪水。她嗫嚅着，想说话，却又哽咽住了。她的白色的印着暗色花朵的裙子在晚上更加明亮了。他们久久凝望着对方，这一刻，他心里只有她，她心里也只有他……

蒋书轮的世界里从此便多了一个人。周末，他们喜欢去县城的公园，公园中心是一大片湖水。他们泛舟湖上。湖里的水多清澈啊！深秋的天空是蔚蓝的，人们坐在船上，一时分不清哪里是湖，哪里是天。他们仰起头，那广阔的天空就是深蓝的湖水，那朵朵白云就是一叶叶小舟，那敏捷的燕子就是一只只海鸥。小舟在海波中缓缓地漂着，一

会儿便从海的这头漂到海的那头，海鸥在小舟之间来回地穿梭，为这新的世界欢呼。他们低下头，湖水里有一轮巨大的白日，这白日把湖水照得更蓝了，把他们的船照得更亮了。小船从这白日上飘过，发出耀眼的光彩。蒋书轮和妍珊陶醉在这似真似幻的美景里。

“妍珊，我是在做梦吗？”蒋书轮认真地问。

“苏轼说，人生如梦呢！”妍珊依偎在蒋书轮的身旁。

“即便是梦也是好梦，因为这梦里有你。”蒋书轮紧紧地抱着妍珊。

“快看，这鱼儿多漂亮！”妍珊挣开蒋书轮的怀抱，手指着那红色的小鱼。

“就像柳宗元《小石潭记》里描写的小鱼，‘潭中鱼可百许头，皆若空游无所依’。”

“相比之下，我更喜欢那首乐府民歌，‘江南可采莲，莲叶何田田……’”

“鱼戏莲叶间，鱼戏莲叶东，鱼戏莲叶西，鱼戏莲叶南，鱼戏莲叶北。”蒋书轮接着背道。

“我多么想做莲叶间的鱼儿，它们多自由多可爱。”妍珊看着湖里的小鱼，不自觉地说道。

“其实，做那个采莲的女子最好了，她也许在边看着这自由可爱的小鱼，边思念着她的心上人呢！”

“书轮，”妍珊蓦然回头看着他，深情地说，“这首诗做我们的定情诗可好？”

“定情诗？”蒋书轮起先有些疑惑，随后高兴地抱着妍珊，深深吻着她，说道，“那太好了，就这首！”

这时蒋书轮从口袋中取出了他的那支杏红色的笛子，笛子在阳光的照耀下发出温柔的光。蒋书轮吹响笛子，笛声如一只只精灵奔涌而出，在水面上跳动。

“书轮，你一直都随身携带着你的笛子吗？”妍珊问道。

书轮吹完了一曲，把笛子放在胸前，正襟危坐说道："是的，这是我十五岁的时候，爷爷给我的。后来爷爷去世了，我就一直把它视作我最宝贵的东西，从不离身。"

"那我和它比起来，谁更宝贵呢？"妍珊调皮地问道。

蒋书轮怔了一下，他随后便抱住妍珊，他亲吻她，深情地说道："妍珊，没有什么能和你相比。就算是十支笛子，也抵不上你这一个人。"

妍珊趴在书轮的肩膀上，笑着说道："傻瓜，我是开玩笑的。它是爷爷送给你的礼物，你要像爱护我一样好好爱护它。"

妍珊和蒋书轮的爱情不是温室里的花朵，它不是摆在台面上让人观看的。他们的爱情就像在沙漠里倔强生长的植物，注定要经历风吹和日晒的。两个人在乡村的学校里坚守教育又是何其辛苦。妍珊是五班的班主任，她关心和爱护班里的每一位学生。哪个学生感冒了，家长又不在家，她便骑上电动车送学生到镇上的医院看病；哪个学生最近又调皮捣乱了，她就及时地批评教育；哪个学生心理出现问题了，她会耐心地倾听并及时疏导。她就像一位母亲，无时无刻不在操心着子女。她的班里有个叫马小东的孩子，自幼身患残疾。在他十二岁的某一天，他忽然感觉左腿疼痛，小东的妈妈赶紧带小东去了医院，诊断结果却如晴天霹雳，击在了母亲头上：左腿关节处骨肉瘤，医生建议截肢。可是这么大点儿的孩子，谁愿意眼睁睁看着孩子被截肢啊！母亲带着他去了许多大医院，不断地放疗、化疗，钱花光了，可是病情非但没有减轻，反而愈加严重。截肢是必然的选择了。小东母亲哭干了眼泪，她是多么心疼自己的孩子啊！从此之后，小东便只有一条腿了。他的母亲一直想给他安装一个假肢，可是看病花光了家里的钱，他们暂时没有这个能力。小东再也不能像其他孩子那样奔跑、玩耍了。他活在孤独和自卑之中。每次上体育课，他都要待在教室里，隔着窗户看操场上的同学上课，他们多开心、多活泼啊！他多想和他们一起玩耍啊！可是，他看着只有一条腿的自己，看着那冰冷的拐杖，他的

眼泪夺眶而出。是啊！一个孩子，在这样的年龄，他能承受得了如此巨大的痛苦吗？他开始自暴自弃，他觉得自己是个残疾人，长大了也不会有大用处，他不想上学了，他甚至想轻生。有好几次，他站在清凌凌的河边，望着水中丑陋的自己，他愤怒，他埋怨，他要跳入水中与水中的自己同归于尽！可是，他始终都没有这个勇气，虽然同学们都很关心他，也乐于和他交往，但他长期压抑的心理使他始终都融入不了这个班集体。而这一切，妍珊都看在眼里。

一次，马小东一连几天都没有来学校。妍珊给他母亲打电话，母亲在电话那头哭泣，小东不想上学了，躺在家里不起床。到了周四，马小东终于还是回到了学校，他拄着拐杖，一步步地走进了教室。

“小东，这几天怎么不来学校了？”中午的时候，妍珊关切地问他。

“老师，我不想上学了。这个学期熬到头，我就不来了。”小东低着头。

“为什么不想上学了？”妍珊盯着小东问道。

“因为……因为我是残疾人。我就是上学了，以后也不会有什么出息的。”

“小东，”妍珊忽然提高了腔调，严肃地说道，“你不该自暴自弃，你只是比别人少了一条腿而已！仅此而已！”

“我只是比别人少了一条腿？”小东抬起头，问自己的老师。

“是的，孩子，你没有什么可自卑的，你虽然比我们少了一条腿，可是你却比我们经历了更丰富的人生，这也是一笔巨大的精神财富。你其实比我们得到的都多。”

小东迷茫的眼神顿时充满了光彩，妍珊教会了他用另一种角度看人生。

“我们刚学过海伦·凯勒的《假如给我三天光明》这篇课文，海伦·凯勒在老师的引导下，逐渐对生活充满了希望，后来进入哈佛大学学习。你难道不被她超乎常人的毅力所感动吗？她经受的苦难比我比你都要大得多。”妍珊激昂地说道，“小东，老师相信你，有勇气像海伦·凯勒那样，活出精彩的人生。”

妍珊的一番话拨云见日，驱散了小东人生路途上的迷雾。小东紧握着拳头，仿佛要同命运作战一般，他大声向老师说道：“老师，我要做生活的强者。”

妍珊看着小东慢慢走出办公室，心里既高兴又心疼。她刚才的一番话是在鼓励小东，让他不要如此年轻就失去了对生活的希望。可是她也明白，缺少一条腿，对小东的生活有很大的影响。她想给他安装一个假肢，这是她很长时间以来的想法了。她把这个想法告诉了蒋书轮。

“你真的要攒钱给他安装假肢吗？”蒋书轮惊讶地问。

“怎么？不行吗？”

“一个假肢的价格需要花去你一年的工资啊！”

“一年就一年吧！我省吃俭用总能省下来的。”妍珊咬着嘴唇说道。

“他家里没钱给他安假肢吗？”

“他父母在他得病前就离婚了，他跟着他母亲过的，他家里哪还有钱。”

“都是命苦的孩子。”蒋书轮叹了口气，他随后紧紧拉着妍珊的手，坚定地说道，“妍珊，我们一起攒钱，我们共同为他安装一个假肢。”

妍珊看着蒋书轮，眼泪在眼眶里打转，她坚定地点了点头。

后来，小东终于可以自由自在地行走了，他跑到妍珊面前，兴奋地让老师看他的腿。当初就在妍珊攒钱为他安装假肢的期间，中心校和假肢厂领导都听说了此事，假肢厂免费为小东安装了一个高级假肢。妍珊看着活泼的小东，笑着说道：“现在你可和我们没有一点差别了吧！”小东的眼泪流了出来，他向老师深深地鞠了一躬，深情地说道：“老师，谢谢您。”妍珊像孩子般开心，她的笑脸在阳光下是那般美丽……

妍珊和蒋书轮是不希望别人知道他们谈恋爱的。周末的时候，他们会一起去县城玩；而平时，他们则靠写信交流。虽然他们只相隔几

米，但他们喜欢写信，喜欢那一行行的文字，喜欢把感情倾泻在纸上，让对方从字里行间感受温暖。

蒋书轮总是坐在宿舍的桌前，桌前的墙壁上挂着一个灯泡，昏黄的灯光把白纸染成了黄色。他提起笔，黑色的墨迹在纸上流淌着。

“妍珊，当我在桌前给你写信的时候，我想起了鲁迅和许广平、巴金和萧珊、沈从文和张兆和，我想起他们寄给对方的书信，书信里的文字是那般美丽、那般纯粹。在这里，我也多么愿意和他们一样，用最质朴的文字与你交流文学、语文和教育。

“妍珊，我这一生最大的理想是成为一名像托尔斯泰那样的作家，我要用笔来书写出二十一世纪的中国历史。可惜，我总是耽于幻想，缺少行动。我连第一步都还没有迈出去。我对写作充满了恐惧，总害怕会写坏，因此迟迟不肯动笔。现在我想明白了，阅读起点要高，但写作起点要低，写作是一个慢慢提高的过程。我先从最基本的写作开始吧，这一年，我计划写两个短篇小说，一个是关于流浪狗的故事，另一个是关于农村学校的故事。我始终认为，写作的最高技巧是无技巧，文学的力量要大于文学的技巧。而这文学的力量，就是作品所揭示的深刻思想和所蕴含的深沉情感。托尔斯泰也好，陀思妥耶夫斯基也好，鲁迅也好，这些作家都是具有文学力量的作家，他们有着悲天悯人的情怀，关注着人类的苦难。我崇敬他们，并要向他们学习，正所谓‘高山仰止，景行行止’，虽不能至，然心向往之。

“妍珊，杂七杂八地写了这么多，我把自己对文学的基本看法表达了出来。我特别想听听你的观点，期盼你的回信。”

蒋书轮放下笔，把纸工工整整地装在信封里，仿佛这封信要寄到很远很远的地方一般。他整理好，放在语文课本里，明天要把它放入妍珊办公桌的抽屉里，这是他们俩约定好了的。蒋书轮抬头望了望昏黄的灯泡，他在这光亮里仿佛看到了妍珊在桌前正在给自己写回信。妍珊扎着马尾辫，神情专注，笔在纸上沙沙地响。蒋书轮幸福极了，他没想到上帝如此眷顾他，让他找到了灵魂伴侣。蒋书轮在心中暗暗发誓，要一辈子对她好。他也下定了决心，在合适的时间向她求婚。

在蒋书轮写完信的第三天，他收到了妍珊的回信。这天上午大课间，妍珊走入蒋书轮的办公室，将信放入他的抽屉里的。蒋书轮看到回信，迫不及待地想抽出看，但转念一想，看妍珊的信是需要正襟危坐的，是只能晚上在宿舍里一个人静静地看的。他克制住好奇心，小心翼翼地将信重新放入抽屉里，就仿佛得了一件稀世珍宝，要放在一个安全的地方，不能随便拿出一般。到了晚上，蒋书轮从信封里抽出了写着密密麻麻小字的白纸。

“书轮，看到你的信，我十分高兴，我们都深爱着文学，文学是我们的精神家园。当我们失意之时，我们可以读读苏轼的词，心情会宽慰许多；当我们迷茫之时，我们不妨读读《老子》《庄子》，心中会顿时豁然开朗；当我们心浮气躁之时，也许史铁生的《我与地坛》会让你感受到生命的沉重。书轮，文学是永恒的，它永远都不会消亡，因为文学是人学，人性的变化是很慢的，就像两千年前有爱情，两千年后依然有爱情。科技会过时，文学，永远都不会过时。

“你想成为作家的理想是极好的，但想法终究只是想法，文学创作的道路是极其艰难的。你需要忍得住孤独守得住清贫，而且也可能写了一辈子也只会像卡夫卡那样生前籍籍无名，可那又有什么关系呢？当写作成为一种精神生活的时候，所有的苦都是甜的。路遥就是如此，他拼命地写作，一天十八个小时的写作，他的早晨是从中午开始的，他二十几天就写完了《人生》。你要问他：‘路遥，你苦吗？’我想他会说：‘不写作才苦哩！’真正的作家是不以写作为苦的，因为写作就是他生命的全部，没有文学，他的生命就会干涸。书轮，我写这些，不是让你学路遥，其实路遥这种写作方式不值得提倡，我是要让你明白，文学是纯粹的，你不要一开始写就想着赚钱出名迎合读者，写作是自己的精神表达，与别人无关。未来总会有那么一天，你的作品被人赏

识，甚至记录在文学史里。

“谈到文学史，你认为从五四时期以来的中国现代作家的写作水平都很普通，我觉得你的看法是对的。可是你有没有想过，那个时代是文言文和白话文交锋的时代，那一代的作家开天辟地，已经是很了不起的啊！就像一个孩子刚生下来，你怎能要求他立刻就会走路呢？其实，他们那一代的作家依然是一座思想宝库，他们的成就是巨大的，我们今天并没有超越他们，相反，我们还要认认真真地向他们学习，从他们身上汲取宝贵的精神资源。鲁迅对人性的洞察，对社会的批判，对中国人“哀其不幸，怒其不争”的感情，这些难道不值得我们学习吗？巴金热情的文字，老舍醇厚的语言，张爱玲笔下塑造的人物，我们不该多加借鉴吗？其实，我们离五四很近，我们并未走远。

“书轮，文学的火炬不会在我们这一代手中熄灭，它反而会燃烧得更加旺盛。努力吧！我们都还年轻！”

妍珊本来是要把这封信写得更长的，她想把自己对文学的许多看法说出来，她迫不及待地想告诉蒋书轮她心中的文学观。可是，她的眼睛越来越模糊，眼前总是晃着“水波纹”，有无数层不同颜色的光圈。最近一段时间她的眼前总是出现这些东西，她不知道这是怎么了，她以前是有夜盲症的，因此晚上一般很少出门，现在夜盲症更加严重了，一到晚上，那月光倾泻的白花花的地面，在她眼里，是一团漆黑。她害怕极了，她躲在屋里不敢出门，仿佛门外有一只噬人的怪兽，一出门便要被吞掉一般，而这些她都未告诉蒋书轮，她还是坚持认为是自己休息不好，晚上睡得晚，又老是失眠，累着眼睛了。

妍珊并不知道，病魔在悄悄地向她靠近。她依然热情地教书，认真地批改作业，高兴地给蒋书轮写信。在信中，他们谈论的话题越来越广泛，他们都惊讶地发现，对方的思想和自己是如此一致。妍珊这天晚上又坐在桌前，给蒋书轮写信，她今天谈的是语文和阅读。

“学生学习语文的根本目的是什么？在我看来，学生学习语文的根本目的是能正确地理解和运用母语，其他任何附着在语文上的东西都是我们应该抛弃的，背离这个目的的教学都是我们应该反对的。然而，我们该如何教学生正确理解和运用母语呢？这个问题曾困惑我很长时间。直到最近，我才想明白了许多问题。实事求是地说，学生的语文素养不是老师教出来的，而是学生自己读出来的。语文老师要想使学生能正确地理解和运用母语，首要任务便是激发学生的阅读兴趣，培养学生爱读书的习惯。可是，我们面对的是初中生，他们的阅读能力比较差，他们即使爱上了读书也常常不会读书。因此，除了首要任务，语文老师最重要的任务便是教会学生读书。

如何教会学生读书？这恐怕是五四文学革命以来一直争论不休的问题。最基本的方法，无非是老师通过对一篇篇课文（也就是叶圣陶所说的例子）的解读，教会学生读书。而最关键的便是老师如何解读课文。讲读法也许是最无用的方法，老师滔滔不绝，学生毫无反应，老师代替学生思考，可能一堂课下来，学生真的懂了这篇文章，他们理解得很深入，甚至超过了写文章的人，可是我依然认为这不是在教学生读书。叶圣陶说：‘教是为了不教。’我们这样细致入微地讲解，使学生产生了依赖感，他们可能只懂了这篇文章，碰到下一篇文章，他们依然不会自己阅读。教师应该做的是引导，学生是学习的主体，当然这些理论谁都会说。最重要的是教师如何‘导’，学生如何‘学’。教师的导当然要讲究艺术，它要促进学生的学，激发学生的阅读兴趣，提高学生的读写能力，这些要在实践中探索。然而教师不纯粹是引导者，他还是传授者，所以在关键处要适当点拨，以此把对课文的解读提高到更高的境界。有时发现教师快变成一个提问机器了，频繁地提问题，只让学生回答，教师没有一点解答，这样做真的对吗？”

妍珊写着写着，文字又在纸上模糊起来，她写的每一行文字都是倾斜的，有几个字甚至都写一块儿去了，而妍珊竟毫不知情。她写完，抬起头，发现灯泡不亮了，周围顿时黑暗起来。难道是停电了？妍珊

迟疑了几秒钟，慢慢地，她又看到了一丝丝光亮，她的眼前依然晃着“水波纹”，无数光圈在屋子里飘荡着。她不能不去看医生了，她明天上午要去县医院检查，镇上的医院是没有眼科的。

第二天上午，妍珊没有课，她想让蒋书轮陪她去，但路过教室，看到蒋书轮正在上早自习，学生们在大声地背书，她不忍心打扰到他，便自己坐公交车去了。

妍珊昨天晚上还打算，如果蒋书轮没有时间陪她去，她就回家让母亲和她一起去。可是早上醒来，她觉得眼睛还是那般明亮，也没有什么不舒服的地方，也许真的是眼睛累了吧。妍珊是没有把眼睛的异常当回事的。她自己来到县医院，找到眼科门诊，向医生说出了自己的病症。

“医生，我原本就有点夜盲，现在更严重了，而且眼前总是晃着许多颜色的光圈，看东西就像隔着鱼缸一般。医生，你帮我看看眼睛，是不是累着了？”

医生是个中年男子，目光冷峻，脸庞的棱角分明。他听完妍珊的描述后，身体不禁一颤，冷峻的目光忽然迷茫起来，棱角分明的脸庞写满了担忧和惊恐。他让妍珊坐在仪器旁边，他通过仪器仔细查看了妍珊的眼睛。

“就你一个人来？你家人没来？”医生看完，倒吸了一口凉气，瘫坐在板凳上。

“是的，医生，我一个人来的。医生，我的眼睛怎么了？”妍珊看到医生反常的举动，顿时紧张起来。

“还是把你家人叫来吧！”医生坐直了身体，手颤抖地在便签上写着字。

“医生，我家离县城很远，我是坐公交车来的，我再去叫我的家人恐怕今天就赶不回来了，您还是告诉我得了什么病吧！”妍珊更紧张了，她迫切地想知道自己到底得了什么病，为什么医生还要喊家人过来。

“你多大了？”医生问。

“二十七岁。”

“你得的是视网膜色素变性。”

“什么是视网膜色素变性？”妍珊疑惑地问。

“就是一种视网膜病变，可导致失明，而且无法治愈，不可逆转。”

“失明？无法治愈？”妍珊忽觉天旋地转，她猛然坐在板凳上，瑟瑟发抖。她仿佛置身于荒野之中，周围一片漆黑，四野无人，而她的身体陷入泥沼之中，泥沼不断地向上淹没她。

“现在唯一的方法也只是延缓病情发展，我给你开半个月的药，你每半个月来医院复查一次。”医生边写边说，他把真实病情告诉了妍珊，自己也仿佛卸掉了千斤重担，他恢复了镇定。

妍珊颤巍巍地接过药单，取了药，走出医院。刚才的一切仿佛是做梦一般，妍珊根本不相信这是真的。她迷离地走着，脚下一块石头绊倒了她，头和胳膊撞到了地面。她清醒了过来。她看着周围的人，神色匆匆的样子，谁会去关注路上这个不幸的人呢？她感到疼痛，坐在路边，哽咽着。

“小姑娘，你怎么了？刚才摔了一跤？还疼吗？”医院看大门的保安问道。

“没事。”妍珊摇了摇头，她擦了擦眼泪，站了起来。

“没事就好，”保安说道，“唉，在医院当保安，经常看到别人哭，前两天有个人夜晚出车祸，在医院没抢救过来，家属哭得惨，吵了我一夜。小姑娘，摔一跤可不值当哭啊！”

“谢谢你！”妍珊点了点头。

妍珊不知道自己是如何走到车站，又是如何坐上公交车回到学校的。她只记得她坐在车窗边，车窗外是广阔无垠的绿油油的小麦，它们旺盛地生长着。就是到了冬天，严寒肆虐之时，当所有树木都凋零了，唯有小麦，依然呈现着绿色，为这大地增添一丝生机，它们是何

其伟大啊！

妍珊踉跄地走进宿舍，坐在床边，她听到下课铃响了，学校里一片沸腾，孩子们在嬉闹、玩耍。妍珊想到，在不久的某天，她再也看不见孩子们了，他们天真的笑容、幸福的脸庞，都将化为永恒的记忆。她的悲伤又涌上来了。她把脸埋在被子里，呜呜咽咽着。还有父母，父母，她想着，他们省吃俭用供我上大学，我还未来得及报答他们啊！他们如果知道了我的病，那该多伤心！到那一天，我的眼睛看不见的时候，我不能当老师的时候，难道又要拖累父母吗？我该怎么办？我将来该怎么办？她忽然想到了蒋书轮，书轮，她的男朋友。男朋友？她摇了摇头，书轮如果知道我失明了，还会要我吗？不会的，不会的，谁会愿意娶一个盲人呢？况且，况且，我是那样地爱书轮，即使他愿意照顾我一生，我也不愿意拖累他。

妍珊决定和蒋书轮分手。此后的每天，妍珊都刻意躲着蒋书轮。上午大课间，妍珊总是待在教室里，和学生们谈心；下午放学后，妍珊早早地走出办公室，回到宿舍。她不愿见任何人，她不想见任何人，她把全部身心都扑在学生身上，她试图忘掉蒋书轮。“书轮，对不起，不要怪我，我也是没办法。”她有时想着想着，掉下眼泪来，晶莹的泪珠落在手上，每滴泪珠里都住着一个蒋书轮。她赶紧把泪珠拭掉，她走向窗边，却常常会看见蒋书轮在宿舍外踱步。蒋书轮低着头，向前走了两百米，折回来又向后走了两百米，他显然是在等她，却又装出不是在等她的样子，他想“碰巧”遇到她，和她说话。可是她不能给他机会，一旦给他机会，就永远分不了手了。她狠下心，尽管她的心早已千疮百孔。她比谁都爱蒋书轮，她爱他胜过爱自己，她的生命快要凋零了，她不能使蒋书轮跟着自己痛苦一生。

可是，两个人相爱，不就是已经做好了为彼此牺牲的准备吗？爱一个人，就是为他承担痛苦，分担忧愁。妍珊是没有悟到这一层道理的。蒋书轮刚开始为妍珊写了好几封信，妍珊一封都没有回。蒋书轮那时便觉得奇怪，他每次下课都走到妍珊的办公室，可是妍珊课间不是在给学生辅导功课，就是待在教室。有时妍珊刚有空闲，他急忙上前说道：“妍珊……”妍珊似乎没听到，转过脸便和别的老师谈话了。蒋书轮不好意思再说下去，垂头丧气地走了。可是他没有气馁，他想可能是自己什么地方做错了，妍珊是一时生他的气了，虽然他不知道到底哪里做错了，但女人心，是海底针，是不容易被琢磨透的。蒋书轮寻找着机会向妍珊道歉。他下午放学便徘徊在女教师宿舍的门口，他不能做出等人的样子，便来回地踱着步，仿佛在学校里闲逛。他踱啊踱，等啊等，一直到月亮出来，妍珊都没有出来。他站在学校的路灯下，深秋的飞虫还在灯底下来回地盘旋着。天空是那么高，那么高，树枝直刺向天空。蒋书轮忽然想到了鲁迅的《秋夜》，他感到胸口沉闷，他踉踉跄跄地走了。妍珊站在窗边一直看着蒋书轮，看到天黑、看到月亮升起，看着飞虫盘旋、看着蒋书轮的背影，她的眼泪打湿了灰白的粗布窗帘。

蒋书轮又给她写了一封信，信上只有一句话：“为什么你不愿见我？”他在中午趁妍珊办公室没有人，把这张叠好的信纸颤抖地放在她的抽屉里。他想问个明白，他想知道原因，他不想就这么稀里糊涂地痛苦下去。他也期望着，期望着妍珊只是因为生他的气而故意向他撒娇，那样他会好受些，他的心不会像现在这样七上八下，他会一直等到她消气的那一天。

妍珊的泪打湿了“为什么你不愿见我”这几个字，她不知道该写什么。难道她要写她将来有一天会失明，他们是不可能在一起的吗？不，不可能，那样书轮更不会和她分手了。她擦干眼泪，用笔在那信的下端狠狠地写道：“我已经不爱你了，我们分手吧！”那字真是“力透纸背”，仿佛要雕刻在这纸上一般。妍珊写完，把纸深深地折了几折。她知道，写完这句话，他们的爱情从此就彻底结束了。

无法想象，蒋书轮看到妍珊的回信，心里会有多难受！他晚上在

学校的操场上疯狂地奔跑，他跑了一圈又一圈，汗湿透了他的衣服，他一直跑到学生下晚自习。明豪看到了蒋书轮，向他喊道：“老师，别跑了，从我看见您到现在，您已经跑了十五圈了。”蒋书轮似乎没有听到，还是不停地跑着。明豪困惑极了，不知道他的老师今天怎么了，为什么一直在跑步。难道是晚饭吃多了，在操场上运动运动？可是又不能一直不停啊！唉，孩子怎么能猜透大人的心呢？蒋书轮一直跑到深夜，四周已经寂静无人，只有蟋蟀在草地里歌唱，飞虫在夜空中飞舞，凉风在空气里飘荡。蒋书轮躺到草地上，一轮圆如玉盘的明月高高地挂在空中。“明明如月，何时可掇。忧从中来，不可断绝。”蒋书轮默默地吟着这两句，眼泪轻轻地滴在草叶上。“爱情啊！你是多么脆弱！”蒋书轮叹了口气，沉沉地闭上了双眼。他做了一个梦，梦到他在一条船上，四周是碧波无垠的大海。他躺在船上，白日温柔地洒下光芒，他昏昏欲睡。忽然，一片黑云遮住了白日，天顿时暗下来，碧波瞬间变成了恶浪，凶狠地向他扑来。他惊恐至极，连忙划动小船，向岸上划去。恶浪追赶着他，终于，浪把小船掀翻了，蒋书轮淹入了水里。他看到了海岸，离他只有五十米远。他拼命地游着，却怎么也游不到岸边。他精疲力竭，他看到又一浪向他袭来，即将吞没他。就在这时，蒋书轮被吓醒了。他感觉身上、草地上湿湿的，原来是夜晚下起了小雨，他看看表，已经是早上五点钟了，他在草地上睡了一夜。黎明快要来了，远方的天边有了一丝光亮。蒋书轮从草地上爬了起来，歪歪扭扭地走向宿舍……

第五章　周新杰、崔一航、李梦坤

妍珊从蒋书轮的世界里消失了。就像两个小伙伴，天天上学放学都在一起，现在突然其中一个不再陪他了，只剩他一个人，留在这路上踽踽独行。蒋书轮就是那个没了伙伴的孩子，落寞而孤独。他有时去县城，站在他们曾经划船的湖边，默默地看着小舟在湖里飘荡。船上的人多快乐啊！船桨在碧水中轻轻地划动着，白日在湖中被船桨击得粉碎，溅出一粒粒晶莹的水珠。蒋书轮想起了和妍珊在船上吟诗的情景，如今早已物是人非了。“江南可采莲，莲叶何田田。鱼戏莲叶东，鱼戏莲叶西，鱼戏莲叶北，鱼戏莲叶南。”蒋书轮轻轻吟诵着，曾经的定情诗却变成了绝情诗。他从口袋中取出笛子，呜呜咽咽地吹着，惹得划船的人都抬头望他，甚至凭空增添出一丝忧愁来。如今，笛子是他最好的伙伴了。每当他苦闷的时候，他就取出笛子吹奏。他的苦闷实在是太多了，他吹笛子的次数也实在是太多了。夜晚，他站在宿舍门口，深秋的风凉丝丝的，树叶一片一片地掉落，积了厚厚的一层。蒋书轮站在树叶之中，笛声悠扬，正在上晚自习的学生们听到了笛声，纷纷向窗外看，外面黑洞洞的，什么也看不到。只有四班的学生知道，这是他们班主任的笛声。可惜他们不知道为什么老师现在会这么喜欢吹笛子。笛声也飘到了妍珊的房间里，妍珊站在窗户边，听着那一首首熟悉的旋律，这些旋律蒋书轮也曾为她吹过。她的眼睛是真的模糊了，尤其是在晚上，很难看得清路。如果没有她的晚自习，她是很少出来的。

蒋书轮晚上吹笛子的事情，受到了校领导的批评，其实不光是因

为他晚上吹笛子，还因为他最近一段时间工作热情低落，语文期中考试成绩排到了倒数，而且，作为四班班主任，四班纪律涣散，学习氛围不浓厚。前段时间，校组织听评课，重点听年轻老师的课。学校提前通知年轻老师，再三叮嘱要认真准备，钻研教材，展现出年轻老师精湛的教学技艺。蒋书轮把学校的叮嘱当成了耳旁风，当学校的年轻教师都牺牲业余时间认真准备的时候，只有他，依然吹着那支笛子，在学校门口的麦田边，在校园里的大树下，笛声悠悠扬扬地飘荡着。

“蒋书轮，你吹笛子的本事是跟谁学的？”王伟拍了拍蒋书轮的肩膀，挤眉弄眼地朝蒋书轮说道，“最近看上哪家姑娘了？怎么一直在卖弄风情？”

蒋书轮不理他，仍旧吹他的笛子。王伟自讨没趣，嘻嘻哈哈地走了。

“老师，你能教我吹笛子吗？我也想学。”明豪站在大树下，仰头望着蒋书轮。

蒋书轮停了下来，他左手拿笛子，右手抚摸了一下明豪的头，笑道：“你还小，等大了教你。”

明豪有些不情愿，央求着蒋书轮教他，但最终只好作罢，垂头丧气地走了。

到中心校听年轻教师课的时候了。这一节轮到了蒋书轮，他拿着教案和书本，紧张地走入教室。教室后面黑压压地坐着一堆人，有中心校的领导，有本校的校长、年级长，他们都盯着蒋书轮看。蒋书轮更紧张了。蒋书轮讲的是都德的《最后一课》，他明显备课不足。在课堂中，有好几次，他讲着讲着，下面就没词儿了，学生们看着老师，领导们看着蒋书轮，蒋书轮不得不低下头看教案。校长的眉头皱成了一团，这个蒋书轮，让他提前准备，怎么还讲成这样！其实，蒋书轮在课堂上犯的最严重的错误是他的课堂从始至终都没有小组活动。这还了得！学校领导再三强调，要采用新的教学理念，要以教师为主导，学生为主体，一堂课必须要有小组活动，而且越多越好，教师在课堂上的讲解不得超过15分钟，尤其是语文老师，更得遵守这一规则，因为上级领导就喜欢听语文课，语文是他们唯一一门能听懂的课，他们就喜欢课堂上“花招”多，小组活动多，他们是不在乎学生在一堂课里学了多少知识的。蒋书轮因为没有进行小组活动，在听课后的评课中，受到了中心校领导的批评，他们最后认为该学校的年轻老师还未深入贯彻新教学理念，仍存在较多的薄弱环节，学校需要鼓励和帮带年轻老师。

听评课活动结束后，校长把蒋书轮叫进了办公室。校长依旧抽着烟，胖胖的脸上油光发亮。他背靠在转椅上，哇啦哇啦地说了一大堆。蒋书轮从校长的一堆话中寻找到了关键语句，那就是以后不能吹笛子了。当天晚上，蒋书轮小心翼翼地把笛子装入袋子里，放进了箱子的最底下。其实，在很长一段时间里，蒋书轮都把笛子当作妍珊，如今，他把“妍珊”正式地放入箱子里，锁住了，这一切也就该真的结束了。蒋书轮锁好箱子，站了起来，他的目光盯着教学楼，盯着四班的窗户，他做好了准备。他要整顿班风，塑造一个学习氛围浓厚、班级纪律严明的四班；他要深钻教学，严格要求学生，迅速提高班级的语文成绩。

蒋书轮给班里制定了一个班级规章，规章的主要内容为：

为了给同学们营造一个安静愉快的学习环境，培养同学们的学习和生活习惯，使班级各项工作能够顺利开展，特制定本规章。

一、纪律方面

1. 早上6：40前，所有学生必须到教室，若有迟到，去操场罚跑三圈，并扫教室地面三天。

2. 中午1：00—2：00为午休时间，所有学生在此时间段不准说话，若有违反，中午站到旗杆边，直到午休结束，并罚扫教室地面一天。

3. 晚上7：00—9：00为晚自习时间，所有学生在晚自习中

不得出现交头接耳、不认真学习等现象，若有发现，立即停止学习，站到教室门外，并写一份自我反思，交到班主任处。

二、学习方面

1. 上课期间，不得出现走神、交头接耳甚至趴在桌上睡觉等现象，一经发现，当天停止上课，去操场跑十圈，若情节严重，通知家长来学校处理。

2. 各科老师布置的作业必须不折不扣地按时完成，若有老师反映未完成作业，次数超过三次，立即通知家长，回家反思。

三、卫生方面

1. 任何学生在任何时间段都不得在教室内乱扔垃圾，一经发现，罚打扫教室卫生一天。

2. 教室卫生、清洁区卫生实行小组轮流打扫制，若学生会部门在当天的检查中扣我班卫生的分数，当天的教室卫生、清洁区卫生仍由该小组打扫。

四、机制方面

1. 实行小组负责制，每四人设一个小组，推举一名小组长，小组长起到在纪律、学习、卫生方面监督、教育组员的作用。若组员中违背上述任何一条，小组长可以直接报告给班主任。

2. 班级设一名班长，两名副班长，对所有学生（包括小组长、组员）实施监督，若发现有学生违反班级规章，在班主任未在的情况下，可以直接行使处罚权。

蒋书轮起草完，又仔细检查了一番，改了改其中一些不通顺的语句，便张贴在了教室的墙上。

“从今天开始，全班所有学生必须严格遵守班级规章！”蒋书轮拿起了教鞭，在桌子上猛敲了两下，大声说道，“若有违反，将严格执行班级规章中的处罚措施！”

教室里安静极了，同学们仿佛能听到蒋书轮咚咚的心跳声和呼呼的喘气声。蒋书轮太激动了，他想立即改变班风；同学们也紧张起来，他们再也不能像以前那样肆意妄为，在自习课上大声说话，在教室里随意丢弃垃圾了，他们的好日子快到头了。

然而第二天早上，周新杰、崔一航、李梦坤三个学生早自习便迟到了，蒋书轮很早就站在了教室门口，他倚着栏杆，等待着迟到的学生。他让他们三个人在教室门口站成一排。

“昨天刚制定的班规，今天就违反！现在去操场上跑圈！”

崔一航和李梦坤低着头，准备向操场走去。只有周新杰不走，仰着头，高傲地靠着墙站着。

“周新杰，为什么不走？快点去操场！”蒋书轮一脸的严肃。

“今天早上餐厅水管没水了，我洗不了饭缸，一直等到餐厅放水。等我洗完饭缸，走到这儿，早自习铃儿响了。”周新杰辩解道。

“对，对，我们都是在等水。”崔一航听到周新杰的辩解，急忙回过头，冲蒋书轮说道。

“我们……我们都是在等……等水啊，老师！”李梦坤好像没睡醒，也跟着说道。

“我不听解释，我只看结果！”蒋书轮冲他们喝道，“快去跑圈！一圈也不能少！”

他们三个迈着沉重的步伐，一级一级地走下楼梯，穿过教学楼，走到这被泥土夯实的操场上，他们不情愿地迈开双腿，三个身影在操场上跑着。

蒋书轮望着他们的身影，心中五味杂陈，他制定的班规能否起到作用？他们三个人能否在班里安安生生地学习？蒋书轮想到他们的家庭状况，又不禁可怜起他们来。

周新杰的父亲是个杀人犯，后来被枪毙了。在他杀人前，他就是村里有名的酒鬼和赌徒。他整日地赌博，输了就去喝酒，喝完便回家

耍酒疯、打老婆。在周新杰记事的时候，他的家便天天晚上响着吵闹声。周新杰亲眼看到父亲抓着母亲的头，使劲地朝门上撞，母亲的鲜血顺着额头往下流，染红了大片地面。周新杰扑到母亲怀里，大声哭喊着。“你这兔崽子，哭什么哭！”父亲听着心烦，顺手抓住周新杰的脖子，将他抛向空中，重重地摔在地上。周新杰惨叫着，他的头疼得要裂开，他昏了过去。

周新杰上到了小学三年级，父亲把家里所有的财产都赌光了，他的家一贫如洗。周新杰每天穿着带补丁的衣服上学，连个像样的书包也没有。他面黄肌瘦，皮肤里裹着一具骨头架子，就像行走的骷髅一般。小伙伴们都嘲笑他，“周新杰，你的衣服真破，像大街上要饭的！”他们个个装出乞丐的模样，右手攥着一根棍子，左手拿着一只破碗，哈着腰，嘴里嘟嘟囔囔着：“给我饭吃吧！给我饭吃吧！”小伙伴们又爆发出笑声来。周新杰脱下衣服，朝他们打过去，他们见状，急忙往前跑，边跑边喊：“小乞丐！小乞丐！”周新杰又气又恼，他拿起地上的石头就朝他们扔过去。“你们才是小乞丐！”周新杰恨恨地喊。

周新杰有时候就这样垂头丧气地回家，其实大多时候，他也是和班里的小伙伴们玩得挺开心的，只是偶尔，他们嘲笑他，打击了他的自尊心。他回到家，看到的是黑暗的房子，墙壁上的土一块一块地脱落了，破旧的家具缺胳膊掉腿，这都是父母打架之后留下的。母亲常年生病，终日躺在屋里的床上；奶奶坐在屋前的院子里，发着呆，口中不住地念叨着什么；父亲很晚才醉醺醺地回家，回来的时候若是心情不好，便少不了一番打骂。周新杰恨透了这个家，恨透了父亲这个恶魔，他巴不得他早点死掉。

他的父亲是周新杰上小学四年级的时候死的。父亲那天晚上和同村的流氓跑到县城赌博，他前半夜便把带来的三千块钱输得一干二净。他气恼极了，跑到县城的街道上，边喝着酒边大声骂咧着：“他娘的，要再给老子五百块钱，老子肯定会把本儿赚回来！”可惜他已经一分不剩了，连坐车回家的钱都没有了。突然，一个邪恶的念头随着酒精翻涌了上来。“抢钱！”他咕咚咕咚又喝了几口酒，酒精下肚，这个念头便更加强烈。抢钱得有工具，他从口袋里摸出了一把尖刀，这是他和老婆打架的时候，吓唬他老婆用的。后半夜的街道，只剩出租车在路上奔驰。他要抢出租车！他满含酒精的大脑思索着该如何实施抢劫，首先得拦一辆出租车，让他行驶到荒僻路段，然后用尖刀顶向他的脖子，逼他交出财物，最后将他打晕，拿钱逃跑。他按着他的计划实施着，他坐上了一辆出租车，出租车行驶到了荒僻路段，他掏出了尖刀威胁司机，然而唯一背离他计划的是，他遭到了出租车司机的强烈反抗。司机拒不交钱，并大声呼喊，他急了，怕引起别人的注意，索性一不做二不休，直接用尖刀刺向了司机的心脏。司机再也无法反抗，鲜红的血从尖刀处冒出，比他老婆额头上冒出的血还要多。他清醒了，他害怕了，他打开车门疯狂地逃跑，仿佛他后面有一个厉鬼在追杀他似的。可是，他再怎么逃也逃不过法律，他被判了死刑。周新杰见到他的最后一面是他即将被执行死刑的时候，父亲是那般的苍老，他的脸上写满了羞愧和懊悔，这个四十岁的男人在临死前终于想明白了所有的事情。可惜，已经太晚了。他将要被带走的那一刻，忽然转身跪到了妻子面前，号啕痛哭。他又摸了摸新杰的脸，哭着说道：“儿子，千万别学你爸！”

周新杰的父亲是杀人犯！其他同学的家长叮嘱自己的孩子：“别跟周新杰玩！他是杀人犯的儿子！”杀人犯的儿子，周新杰从此被贴上了这样的标签。他再也没有朋友了！他走入同学们的中间，乞求着能和他们一块儿玩，可是谁也不想和他玩，他沮丧地离开了，他分明听到背后的同学在喊：“杀人犯的儿子！”他的眼泪流了出来，“杀人犯的儿子！”“杀人犯！”“杀人犯！”声音在他的耳朵边号叫着，他捂住耳朵不敢听，他把头往墙上撞，仿佛要把这可怕的声音撞死一般，可是，这声音依然如影随形。他觉得老师看他的目光变了，对他的成见越来

越深。那天上语文自习课，周新杰的同桌和后排的同学在叽里咕噜地说话，忽然语文老师推门而入，他的脸紧绷着。“刚才谁在说话？站起来！”周新杰的同桌吓得一言不发，不敢站起来承认。“班长，刚才谁在说话？”班长抬起了头，他也不知道刚才谁在说话，只觉得声音是从周新杰那边传出来的。那就是周新杰了。“老师，是周新杰！”班长斩钉截铁地说。“周新杰，站起来！”老师严肃地说道。周新杰愣了一下，他怎么也没想到班长会冤枉到他的头上。“老师，不是我说的话！”周新杰站了起来，无辜地说。“不是你还会有谁？我看就是你！”老师的目光如炬，似乎要穿透周新杰的心。“就是你！就是你！”老师的话在周新杰的头脑中翻涌着，“就是你！因为你是杀人犯的儿子，所以就是你！”周新杰的眼泪在眼眶里打转，他握紧了拳头，不让眼泪流出来。“难道我爸杀了人，我就也是杀人犯吗？难道我真的像杀人犯吗？像杀人犯又怎么样？有些人不该杀吗？”他的心里忽然种下了一颗邪恶的种子，这颗种子在生根，在发芽，有一天，它会占据周新杰整个心，走到和他父亲同样的路上。

他真的开始以杀人犯的儿子自居。别人一说他是杀人犯的儿子，他就拉起对方的衣裳，猛地给他一拳，咬着牙恶狠狠地说：“老子就是杀人犯的儿子！你服不服？”从此再也没有同学敢说他是杀人犯的儿子了。他尝到了暴力给自己带来的快感。他五年级就开始拉帮结派，纠结一帮坏孩子，破坏公物，与外班同学打架。他染上了抽烟、喝酒的恶习。他的斑斑劣迹终于使老师和学生认为，有其父必有其子，杀人犯的儿子骨子里就是坏！校长和老师多次家访，希望他母亲管管周新杰，然而他母亲一直卧病在床，在周新杰上六年级的时候，他母亲就死了。母亲死了，周新杰便辍学了。一个十三岁的孩子，这么早就辍学，他会干什么呢？他奶奶的儿子和儿媳死了，只有这一个孙子，她不想眼睁睁地看着自己的孙子也走上邪路。周新杰是个孝顺的孩子，冬天的一个晚上，奶奶让新杰端盆热水来给自己泡脚，新杰烧了热水，

端到奶奶脚前，奶奶却并没有将脚泡到热水里。“奶奶，你怎么不泡脚？你的脚这么冰凉，泡一会儿脚就热了。”周新杰望着奶奶说道。“奶奶的脚凉了能用热水泡热，可是心凉了，是用什么都泡不热的啊！”奶奶忽然流下眼泪，泪水在皱纹间流淌着。“你爷爷死得早，死的时候交代我，咱儿子不走正路，把这个家败光了，咱这个小孙子，千万不能重走他爸的路啊！他千叮嘱万交代，一定要把你教育好，可是我年纪大了，没有能力教育好你。”奶奶的眼泪流得更多了，淹没了她那深深的皱纹，掉落在周新杰的手上。周新杰也哭了，他跪在奶奶跟前，哽咽地说道：“奶奶，我去上学！”

周新杰是上了两个六年级的。到了初一，他的奶奶也死了。是村里的本家人把奶奶埋葬的。周新杰没有了家，姑姑便收留了他。他的姑姑早年嫁到了离镇上不远的村。周新杰每个周末都去姑姑家。寄人篱下的感觉是痛苦的，即便是在自己的姑姑家。失去了父母和奶奶的周新杰，觉得这个世界对他太不公平了，整个世界都抛弃了他，他心中的愤恨伴随着青春期的躁动如一团火焰熊熊燃烧起来。他要反抗！而他唯一的反抗方式，就是公然和学校、和老师、和班级作对！他忘掉了奶奶的教诲，他上课睡觉，并且扰乱课堂；他经常打架，同一帮社会青年为伍；他动不动就逃课不上学。他成了学校臭名昭著的人物。初一上了半截，学校就依据校规勒令他退学。他又不上学了。辍学了半年，姑姑找了教育局的熟人，又把他送回了学校。校长实在不想收他，但又没办法，只好又让他从初一开始上。从那开始，周新杰便收敛了很多，至少他不再公然违反学校纪律了。他是个无父无母的孩子，他的内心是敏感的，只有在母亲怀抱里的孩子才是最有可能肆意妄为的，而在外人面前即便是姑姑面前，他还能不收敛自己的锋芒吗？他所有的叛逆与反抗在别人看来只不过是装腔作势罢了。就这样一直上到了初二，也就是蒋书轮当他班主任的这一年，周新杰已经十六岁了。

周新杰是在他上第二个初一的时候认识的崔一航和李梦坤。崔一

航的父母是在他上小学四年级的时候离婚的，他从小跟着母亲长大。那时候崔一航还小，不知道父母离婚是什么概念，他只是长久地见不到父亲。他问母亲："父亲去哪儿了？""死了！"母亲冷冷地说。"死了？"崔一航怔住了，但他突然像醒悟了似的，拿头就往墙上撞。母亲吓了一跳，赶紧拉住他。在崔一航以后的生命里，他便很少再见到自己的父亲。母亲在村头开了家理发店，每天理发的人倒不少，她也挣了不少钱。母亲觉得挺对不起孩子，让孩子这么小就失去了父爱，便从小娇惯他，尽量满足他的要求，所以崔一航的童年也过得挺幸福，没有短缺过什么。可是他上到初中，开始产生厌学情绪，并且越来越严重，他的母亲被叫到学校的次数也越来越多。不写作业、上课睡觉、违反自习纪律、学习成绩直线下滑，班主任罗列了一大堆崔一航的问题。母亲在老师面前唯唯诺诺，连连点头，称一定要回家好好教育他。母亲星期天不再理发了，她关上理发店的门，在家监督着崔一航写作业；她也时不时到学校，坐在教室的后面，陪崔一航上课；她整天在崔一航耳边唠叨着，给他讲道理，逼他好好学习。可是母亲的这些做法却激起了崔一航更严重的反感。"妈，你别说了，我听烦了！"他腾的从沙发上站起来，砰的关上了卧室的门，只留下母亲在客厅木然地发呆。母亲难过极了，她百般呵护的孩子，到了初中，竟变得如此不听话。然而，母亲更没想到，崔一航自从"结识"了周新杰以后，甚至连学都不想上了。他成了和周新杰一样臭名昭著的人物，老师们提起周新杰，必然会说到崔一航，他们就是老师们经常说的坏了一锅粥的两只黑苍蝇，不过，到了初一下学期，两只变成了三只，因为李梦坤也加入了这"黑苍蝇"的团体。

李梦坤长着胖乎乎的脸，锅盖似的头发罩在脑门上，一副傻里傻气的样子。李梦坤的父母常年在南方打工，一年才回家一次。他是跟奶奶一起长大的。小时候的李梦坤特别想父母，他巴望着过年，因为一到过年，父母就回来了。每次放寒假，他都天天跑到村口，傻傻地站在那儿。他问奶奶，爸妈什么时候回来，奶奶总说快了，快了，你爸昨天打电话了，这两天就回来。过了两天，父母终于回来了。他们给李梦坤带了许多南方新奇的玩意儿，李梦坤觉得一年中只有这几天是幸福快乐的。过了年，父母又该走了，李梦坤哭着追父母坐的车，一直追到村口，他呜呜咽咽地哭着，连哭声都带着傻气。“快回去，在家听奶奶的话，好好学习！”母亲在车上向他喊道。李梦坤终于看不清父母的脸了，他只能看到那一团模糊的影子，直至最后消失。李梦坤揉了揉眼睛，这一年，再看到母亲已是不可能的了，他便低着头，悻悻地回家了。后来，李梦坤大了，他就没那样想父母了，他也不会跑到村口去等父母回来。奶奶岁数大了，已经没有能力照顾李梦坤，更没有能力去管他的学习了。李梦坤便越来越不爱学习。老师批评他，他总是憨厚地傻笑着。老师上课提问，他便睁开惺忪的眼睛，擦干鼻涕，结结巴巴地说：“老……老师，我……我不会做……做这道题。”全班立刻哄堂大笑，大家都笑李梦坤的傻气。“不会还睡觉！到后面去！”李梦坤听到老师的批评，傻傻地笑了一下，就摆动着肩膀站到了教室后面。渐渐地，李梦坤几乎每堂课都到后面站着。老师本想让他站到后面认真听课，可没想到，他却和坐在最后一排的周新杰、崔一航混熟了。周新杰和崔一航发现，李梦坤虽然透着傻气，但很听话，只要他们两个提议干什么事，他都会积极响应，跟在他们屁股后面干坏事。他就是跟班的小喽啰。

他们三个在升入初二的前两个月里，并没有掀起多大的波澜，无非就是上课睡觉、上自习说话、早自习迟到。蒋书轮在接手这个班的时候，对他们早有耳闻，因此一直在提防他们。蒋书轮死死地看守着这个班，就像一个在外旅行的人，手中紧握着他的包，生怕丢失一般。他早上天不亮就来到办公室，早自习站在教室门口，查看学生的背书情况；晚上下晚自习，他还要去宿舍看看他的学生们熄灯后是否睡得安稳，这已经远远超出了他的工作时间。日未出就劳作，日已落还未

休息。蒋书轮就像一个保姆一样，日夜辛苦地照看着这群学生。四班的学习、纪律、卫生各个方面都会良性运转，至少应该不会乱。

然而，靠蒋书轮一个人严防死守，靠贴在墙上的班级规章来约束学生，这样的方法并不能从根本上扭转一个班级的班风。四班就像平静的湖面，表面平静，却暗潮汹涌。最先打破这平静湖面的就是周新杰、崔一航、李梦坤三人。

已是快入冬了，老师和学生们都穿上了厚衣服，准备迎接冬天的肆虐。夜晚是凄冷的，它是冬天的先遣队，在迫不及待地向人们宣告冬天即将来临。蒋书轮拿着手电筒，把男生宿舍照了一遍，见学生们都盖上了厚被子，呼呼地沉睡着。他心满意足地走出了宿舍，尽管外面一阵寒风袭来，但他却如沐春风，没有比学生们听话更让蒋书轮觉得温暖了。

在这凄冷的夜中，有三个人却在宿舍的窗外紧紧盯着蒋书轮，直到蒋书轮消失在夜的尽头。

“他走了！”崔一航压低了声音，向周新杰说道。

“再等十分钟，十分钟过后，我们就行动！”周新杰在黑暗中命令道。

熄灯前，他们并没有脱衣服，今天晚上的行动是他们计划好的。过了十分钟，他们蹑手蹑脚地下床，生怕弄出声响。崔一航在黑暗中摸索到了门上的插销，小心翼翼地抽出，推开了宿舍的门。

“快点！”周新杰催促着李梦坤。

李梦坤笨拙地穿上鞋子，跟在周新杰、崔一航的后面，走出门外，随手关上了门。

“轻点关门！笨蛋！会把宿管招来的！”周新杰骂着李梦坤。

这时的宿管正在巡视二楼，按照惯例，他会把一楼二楼都检查完，再锁上宿舍楼的大门，然后伸伸懒腰，大声打个哈欠，就躺到宿舍楼入口的小屋子里睡觉。没睡着的学生都会听到这声哈欠，这哈欠如此的悠长，又如此的诱人犯困，以至于听到这声哈欠的学生骂骂咧咧几句之后，自己便翻个身，睡着了。

周新杰他们三个正是趁宿管巡视二楼的时候跑出来的。他们推开门，一阵寒风袭来，不禁打了个冷战。尽管如此，他们却如沐春风，因为他们闻到了自由的味道！在这三个孩子的心中，哪里没有老师和家长的管教，哪里就是自由！

他们现在离自由只有一步之遥了，只要翻过学校的围墙，翻到校外，才算真正实现了自由。他们就像越狱的囚犯，对外面的世界充满了向往，虽然每周末都会离开学校，但是周一至周五这五天真的是度日如年啊！他们仿佛真的已在学校的“监狱”里待了五年！他们要出去！一定要出去！

他们早已勘查好了学校的地形，学校东南角落的围墙上缺了一个口，只要在脚下垫几块砖，就会爬出去。这个缺口也许是曾经也在这里上过学的学生砸开的，不大也不小，刚好能容得下一个初中生爬出去。周新杰是个瘦高个，他的胳膊抓住缺口上的砖，脚蹬住砖缝，手脚一起用力，站到了缺口上。他站到上面，对崔一航、李梦坤说道：“我先跳出去了，你们快上来！”接着，崔一航、李梦坤一个个爬了上来，又跳了下去。李梦坤由于身体胖，折腾了五分钟，摔了两次，才终于到达了自由的彼岸。

他们欢呼着，雀跃着，终于解脱了！哪怕只是短短一个晚上！他们如脱缰的野马，在自由的原野上奔跑着。“真想把这个学校炸了！”崔一航拿起地上的一个大石子，猛地朝学校扔去。李梦坤也跟着崔一航，拿起石子，边扔边喊：“这个……这个学校，我……我非炸了不可！”站在旁边的周新杰，双手插在口袋里，骂着他们俩：“你们俩真是个傻蛋！拿几个破石子有什么用！明天我买几个响炮，趁校长值夜班，扔他办公室几个，吓死他！”崔一航和李梦坤一听，这个办法好，便哈哈大笑起来。他们的笑声在这凄冷的夜中显得格外响亮，就如同

一个小石子轻轻掉落在平静的湖面之中，湖水荡起了层层涟漪。附近家里的狗叫了起来。

“走！上网去！现在快十一点了，明早六点前要赶回学校，中间只有六个多小时，我们要抓紧时间玩！”周新杰看了看表，带他们向网吧跑去。

镇上网吧的老板才不管他们是不是从学校里偷跑出来的，只要给钱就让进，他只认钱。晚上上网是便宜的，他们交了钱，一人一台电脑，就玩起联机游戏来。

他们玩起游戏是多么专注啊！在这里，时间是度年如日的，这正好和在学校里度日如年形成反差。我们的学生啊！如果能把打游戏的专注力转移到学习上去，那老师岂不是每天都会笑着讲课？班级里岂不是没了捣乱的学生？每个学生的成绩岂不都是优异的？

可惜，人是有缺点的动物，人类的本性就是喜欢享受，厌恶劳动。成年人都是如此，何况未成年人！教育是有差异的，每个学生的能力是不一样的，就如五根手指，伸出来是不一般长的，他们各具特色，这特色，就形成了缤纷多样的教育。既然，我们承认了多样性、有差异性的教育，那我们又怎能强迫每个学生都要有打游戏那般的专注力呢？

时间在游戏画面上悄悄地流走，东方的黎明微微显露出来，它接下来要一点点吞噬黑暗。这已是五点半了，周新杰伸了伸懒腰，僵硬了几个小时的身体又迅速舒展了。他们玩得还不尽兴，这六个小时就如白驹过隙，嗖的一下就没了。他们恋恋不舍地离开了网吧，走在空旷的大街上。街上没有行人，只有扫地的清洁工在辛苦地清理着昨天人们丢下的垃圾。这个时节的早晨是寒冷的，他们两手交叉着，身体直打着哆嗦。

“老子差点赢了！都怨你，李梦坤！”周新杰说着，拍了一下李梦坤的脑袋。

“咋……咋能怨我？谁让……让崔一航不掩护我哩！”李梦坤的话语里带着无辜的腔调。

“掩护你顶什么用啊！你还不是被敌人打死了！”崔一航生气地说。

“那个人是谁？快躲起来！”周新杰忽然拉着他们两个，躲到了电线杆旁边。

远远地，一个中年女人骑着电动车，不紧不慢地向这边赶来。他们定睛一看，是英语老师！她穿着厚厚的上衣，戴着黑色的口罩，脸部只露出两只小眼睛。虽然她全身武装，但那又怎样，就算她化成了灰，周新杰他们也能认出她来。每次上英语课，她都让他们仨把凳子搬到讲台上，然后让他们站到教室后面听课，一节课下来，他们早已双腿打战，哪还顾得上上课捣乱？他们恨她恨得咬牙切齿。

今天是英语早读，她早早来学校看学生上早读。她骑着电动车慢慢地从电线杆旁经过，这时的天还未完全亮，她并没有看到他们。她走远了，只留下模糊的背影。崔一航拿起石子，朝那背影扔去。“来得还怪早！让你上课老罚我！”石子在空中飞翔了一阵，渐渐地向下落，掉在水泥地上，发出砰的声响。“行了，有种刚才扔她呀！该走了！否则跳墙的时候会被别人看见的！”周新杰催促着他。

他们一路小跑，到了学校围墙的缺口下。此时已是六点钟了，虽然太阳还未跃出地平线，但无数的光芒已从那里透射过来。镇上的人们大都从沉睡中醒来了，街道上已有了行人，卖早餐的铺子开张了，浓郁的胡辣汤的香味飘到了早起的人的鼻子里。唯有这初中的校园还是寂静的，起床的铃声刚刚敲响，学生们还沉醉在浓浓的睡意之中，他们仿佛是依偎在母亲怀里的婴儿，久久不愿离开这怀抱。周新杰这三个人悄悄地跳过围墙，又悄悄地穿过操场，跑到宿舍门口。宿舍门早已开了，宿管每天五点半打开宿舍门，以方便那些早起的同学。他们大摇大摆地推开大门，走进了宿舍，他们悬着的心掉了下来。没有任何人发现！就像犯罪分子作了案，没有在犯罪现场留下任何证据一

样。他们扬扬得意、沾沾自喜。更重要的是，对他们来说，这次摸熟了路，以后就能一直这样出去了。

是啊！有了第一次，怎会没有第二次？有了第二次，就肯定会有第三次！有时他们一周竟会有四次之多，几乎是天天晚上跳墙出去上网。晚上不睡觉，白天肯定是要困的，教室便成了他们睡觉的场所。老师在讲台上讲着课，他们三个人则趴在桌上呼呼大睡。以前，他们白天只睡一两节课，趴在桌子上睡多了也难受，现在，他们几乎全天趴在桌子上了，蒋书轮给他们三人定下了规矩，每天的语文、数学、英语课，他们必须要站着听课，可是，他们现在站着也能睡着了。那天上午的语文课，蒋书轮正激情昂扬地讲着《岳阳楼记》，忽然，一阵呼噜声从后面传过来，直冲进蒋书轮的耳朵里。同学们哄堂大笑。蒋书轮甩下课本，走到教室后面，把他们三个人揪到讲台上。

“你们三个，现在越来越变本加厉了，想睡觉回家睡去！”

“老……老师，我……我们不睡了！”李梦坤结结巴巴地说。

“按照班规，现在去操场跑十圈！如果再发现你们三个人上课睡觉，直接叫家长！”蒋书轮严肃地命令道。

周新杰还未等蒋书轮说完，扭过头，拉开门，径直朝操场走去。崔一航、李梦坤也跟着出去了。蒋书轮的火气噌地冲了上来，但他还是强忍住怒火，继续讲课了。

蒋书轮不知道他们现在为何整天趴在桌上睡觉，他一直在想办法，该如何管教他们。他严厉批评过，他们无动于衷；他苦口婆心过，晓之以理动之以情，他们毫无反应。他们根本不听蒋书轮的教导。蒋书轮想叫他们家长来，可又一想，他们几个人的家庭背景，叫家长又有什么用？周新杰的姑姑管得住周新杰吗？崔一航听他母亲的话吗？李梦坤已经糊涂了的奶奶来学校又有何用？蒋书轮在办公室踱着步，他思来想去，头脑里忽然冒出一个主意：让他们仨当纪律委员，管理班级纪律。这也许真是一个好办法呢！像他们这样的学生，虽然自己不好好学习，天天闯祸，但是有很强的责任心，老师交给的任务他们定会不折不扣地完成，而且，他们管理别人，自己首先要以身作则，这样一来，既把班级管理好了，他们仨又不会上课睡觉了，这岂不是一箭双雕？其实，“坏学生”比“好学生”更会管理班级。“好学生”不擅长管班，因为他们更注重自己的学习，况且，那些调皮捣蛋的学生，“好学生”也是管不住的。

蒋书轮把他们叫到了办公室，他翻看着语文课本，在书本上圈圈点点。周新杰他们站在蒋书轮的旁边，你看看我，我看看你，他们不知道老师喊他们到办公室是干什么的，老师的葫芦里究竟卖了什么药，兴许还是批评他们上课睡觉吧！

“咱班现在班风怎么样？”停了约莫五分钟，蒋书轮忽然抬头问道。

“老师，咱班的班风现在差得很呀！大多数同学都不学习，上自习捣乱，上课不听讲，卫生不打扫，打架斗殴，他们都快上天了！”崔一航兴致勃勃地说。

“这么严重？”蒋书轮带着嘲笑的语气说道，“这其中还包括你们几个人吧？”

他们笑了笑，不好意思地低下了头。

“你们说说，该怎么管理这个班？周新杰，你先说！”

“我？”周新杰惊讶地抬起头，他没想到蒋书轮会问他，“老师，管理班级很简单，只要硬起铁腕就行！谁捣乱打谁！”

“光用暴力解决不了问题，如果真打出了事，家长来学校闹怎么办？”

“谁不听话就让他滚蛋！”周新杰背着手，一副傲气凛然的样子。

“崔一航、李梦坤，说说你们的看法。”

“老师，依我看，”崔一航神定气闲，如果他再拿个羽毛扇，那就仿佛是诸葛亮了，“你要在班里多安插几个暗探，他们负责课堂、自习的监督，谁要是上课、上自习捣乱，就把谁的名字记下来。每天早上

把纸条交到你这里，按照班规，该怎么惩罚就怎么惩罚。”

“你说的有道理。”蒋书轮点了点头。

“老……老师，俺的看法和崔一航一样，也……也认为班里需要几个暗探。”李梦坤一看老师很同意崔一航的看法，就急忙附和着。

“那谁适合当暗探？”蒋书轮又问道。

“老……老师，俺就行！”李梦坤举起了手。

崔一航狠狠地踩了一下李梦坤的脚，李梦坤疼得差点叫起来。

“好，崔一航、李梦坤，你们负责在早自习、午自习、晚自习以及课堂上，监督每个学生的学习状态，一旦发现有说话、睡觉、打闹的学生，立即记录其姓名，每天早上报到我这儿。周新杰负责晚自习的纪律，你需要在晚自习时坐在讲台上，若发现有学生捣乱，要及时制止，但一定要记住，切不能采取暴力手段。当然，你们三个谁有睡觉现象的，也要记录，不能光监督别人，放松自己，我会不定时地在教室外观察你们！”

至此，他们才明白，原来老师名为让他们管班，实则是想管他们啊！但缰绳已经套上，野马再也不能横冲直撞了吧！

以后每天的晚自习，周新杰就坐在讲台上，监督着每位同学。同学们有的在奋笔疾书，写着老师布置的作业；有的在静静地思考，攻克着书本上的数学难题；有的在默默地发呆，思绪早就跑到了九霄云外。周新杰呢，在讲台上也从来不看书，他左歪歪，右晃晃，抖着腿，眼睛不停地左右观望。他还时不时地咳嗽几声，以证明他的存在。他觉得自己仿佛就是岸边的渔夫，手里拿着钢叉，望着这片大海里游动的小鱼，在寻找机会捕鱼。终于他盯上了一条“鱼”。

“李二罐，你在干啥！”周新杰忽然大声呵斥道，惊得全班同学浑身一颤。

“我……我在向同桌借橡皮。”李二罐哆哆嗦嗦地说。李二罐长得瘦小，他的脸和耳朵又长又尖，活像一只大老鼠，因此同学们给他起了个绰号，叫“老鼠精”。他的个子是最矮的，身体是最弱的，同学们也就常常欺负他。

“上自习不准借橡皮！出来！站到那个角落里！”周新杰命令道。

李二罐不敢不听，他拿着数学课本，鞋底摩擦着地面，双脚拖沓着走到教室前的角落里。

周新杰顿时产生了一种高高在上的感觉，仿佛自己就是站在云层之上的天神，俯瞰着芸芸众生。他甚至觉得，这比和别人打架所带来的快感更强烈。打架是用拳头让别人屈服，使他们再也不敢骂自己是杀人犯的儿子，而现在是用权力让别人屈服，这权力能让他们乖乖地听自己的话，自己可以随便发号施令，为所欲为。权力真是好东西啊！他们三个都没有正确运用蒋老师交给他们的权力，反而滥用职权，最终集体堕落。

崔一航和李梦坤一开始还能严格要求自己，上课期间不再趴桌上睡觉，还细心观察每一个同学，发现有捣乱的，就记下他的姓名，第二天早上交到蒋书轮那儿。蒋书轮看到他们的进步，心里着实替他们高兴，也觉得自己想出的这个办法还挺管用。蒋书轮也渐渐变得懒惰了，他白天也不经常在教室外面巡视，晚自习也很放心地把班级交给了周新杰。可是，过了些天，他们就坚持不下去了。那天晚上，他们又去上网了。第二天白天，他们的大脑一片混沌，睡意像汹涌的海浪，一浪高过一浪。老师的声音仿佛是在梦境中发出来一般。崔一航的眼睛早就眯成了一条缝，他的头不时地上下摆动着。终于，欲望战胜了理智，崔一航一头栽到了桌上，呼呼大睡起来。紧跟着，周新杰、李梦坤也趴在桌上睡起来。渐渐地，他们发现，其实他们还是可以睡觉的，班里没人有权力管他们，也不敢管他们。崔一航和李梦坤每天照例记下几个同学的名字，有时他们睡了一整天，也不知道谁违反了纪律，就胡乱写几个和他们关系不好的同学，反正不写他们三个人的名字就行了。周新杰在晚自习上也从来不管崔一航和李梦坤，任由他们

捣乱、睡觉，他只管像李二罐这种好欺负的同学。

周新杰似乎就只管李二罐一个人。每次上晚自习，他总是紧紧盯着李二罐，一见他乱动，就立马呵斥道："李二罐，站到角落里！"李二罐沮丧地站起来，耷拉着脑袋，双脚拖沓着，走到他每天都要站的地方。由于晚自习他两节课都站着，李二罐的作业越来越难完成，语文、数学、英语，各科作业都写得很潦草，那字迹就如同一条条蚯蚓在作业本上爬。

"你看你今天写的作业，李二罐！"英语老师呲的一声，撕了李二罐的作业本，"你都写成什么了！你写的这叫英文字母吗？"

李二罐哭了起来，他用手擦着泪，哽咽着说道："晚自习我写作业，周新杰老是让我站教室前面，我没有桌子，只能左手拿着本，右手在本上写单词。"

"你晚自习都干啥了？为什么周新杰老是让你站前面？"

"我没干啥。"

"没干啥周新杰会处罚你？班上那么多人他为什么不处罚别人？作业写不好别找那么多理由！"

李二罐低下头，沉默不语。

李二罐想把晚自习的事情告诉蒋书轮，但是他怕周新杰报复他，也怕蒋书轮不相信，反批评他一顿，但是兔子急了也是会咬人的，李二罐恨得把牙咬得咯吱响，他下定了决心，以后的晚自习，周新杰休想让他再站到角落里。

这是晚上的七点半，月光下的校园静悄悄的，每间教室都灯火通明。从教室窗户外望进去，学生们都在埋头苦读。

但每个班也总是有那么一小撮学生，他们不关心分数，更不想考高中、考大学，他们视学习如弃履、视分数如粪土，他们就是在混日子，他们在班里为所欲为，他们是老师们眼中的坏学生，是同学们眼中的小混混。

周新杰作为那一小撮学生的代表，依然坐在灯火通明的教室的讲台上。他望着屋顶明亮的日光灯，手里拿着一颗石子，做出扔向日光灯的姿态。他真想把这灯都砸碎了，制造出一场惊天动地的大事来。同学们都看着他，以为他真要扔石子。

“周新杰，扔啊！使点劲儿扔啊！”崔一航起哄道。

“滚，你来扔！”周新杰不扔了，把石子收拾起来，他也怕巡班的老师看到。

班级里出现了骚动，同学们借此机会，和同桌、邻桌说几句闲话，以发泄积存已久的沉默。嗡嗡声越来越大，声音已透过教室的窗户，向四周散去。

“李二罐，站起来！”周新杰忽然又大声叫道。那嗡嗡声也被惊得四处逃散，消失得无影无踪。

李二罐愣了一下，他本能地想站起来，但他又横下心，板起脸，两手握着拳头，坚决不站起来。

“李二罐，你没听见吗？站起来！”周新杰更大声了，语气更严厉了！

“难道只有我一个人说话了吗？凭什么只罚我站？况且我是在问别人问题！”李二罐不服地说，他说得虽算不上铿锵有力，但也掷地有声，同学们纷纷把目光转向了他。

“你还敢狡辩？”周新杰“砰”的一声拍了一下桌子，声音穿透门窗，直冲向校园中间的国旗台，“你站不站？”

“不站！”李二罐咬紧牙关，他誓与周新杰抗争到底。

周新杰忽地站起来，推开板凳，直冲向李二罐。其实，周新杰并未真的怒不可遏，他只是想维护他的面子，在众人面前，竟有人不听他的摆布，那多丢面子啊！他冲到李二罐面前，抓起他的胳膊就往外拖，李二罐用尽全力，死死地站在原地。周新杰人高马大的，他的力气可要比李二罐大得多。他猛一用力，李二罐的身体就被甩到空中，

他的头重重地磕在了桌角上。李二罐捂着头，身体瘫在地上，鲜血顺着手指流了出来，这是被桌角的边沿划破的。周新杰愣住了，同学们也都愣住了。许久，黄明豪跑了出去，叫道："我去喊老师！"

蒋书轮坐在宿舍的桌前，他在静静地发呆。今天下午，他又碰到了妍珊。她还是那般柔弱，那般漂亮，长长的头发，泛红的脸庞，都深深地印在蒋书轮的眼中。只是，她似乎有些憔悴了，脸上甚至添了皱纹，她的眼睛空洞洞的，就像一眼干涸了的井，里面没有一滴水。她走路有些摇晃，好像一碰她就会摔倒似的。他们是在学校去往食堂的路上碰到的。

他们俩都默不作声，妍珊的脸庞更红了，她低下头，眼睛无神地看着地面。

"你……你吃过饭了吧？"蒋书轮说道，他的声音有些颤抖。

"吃过了。"妍珊回答道，她的声音是微弱的，她的眼睛依旧无神地盯着地面。

又是一阵沉默，他俩都尴尬地站在那儿。蒋书轮看着妍珊，妍珊现在为何这般憔悴啊！他忽然心疼起妍珊来。

"最近生病了吗？你的脸色怎么看起来不太好？"蒋书轮关切地问。

"没……没有！"妍珊忽然紧张起来，她抬起了头，眼睛无神又慌乱地打量着周围。

"我还有事，我先走了！"妍珊说着便迈开步伐，随后竟跑了起来，向教师宿舍跑去。

蒋书轮站在原地，看着妍珊的背影，直到她跑进宿舍。蒋书轮的心还在隐隐作痛，为什么我关切地问两句，她就会有这么大的反应？难道她现在竟如此讨厌我吗？蒋书轮从下午吃完饭便一直待在宿舍，他静静地坐在桌前，不知道该做什么，又不知道该想什么，他只是坐在那儿，发着呆。妍珊依然住在蒋书轮的心里，他始终没有彻底埋掉对她的感情啊！他想从箱底拿出笛子去吹，他甚至期望有一天妍珊能回心转意，她还能深情地倾听他的笛声。可是，这一切都是妄想罢了！蒋书轮望见了天上的月亮，它孤零零地挂在那儿，它就如蒋书轮般孤独，或者说，蒋书轮就如这月亮般孤独。

就在蒋书轮感受孤独之际，黄明豪推门而入，他气喘吁吁地看着蒋书轮。

“明豪，怎么了？”蒋书轮的伤感瞬间消散。

“老……老师，老……老师。”黄明豪断断续续地说。

“到底怎么了？”蒋书轮这时预感到班里有事发生，他未等黄明豪再说话，就急切地往门外走去。

“老……老师，周新杰打了李二罐，李二罐的头撞到了桌角上，流了很多血。”黄明豪追上蒋书轮，把班里发生的事情告诉了蒋书轮。

蒋书轮忽然停下了脚步，他震惊地看着黄明豪，身体颤抖了一下，继而又加快脚步，甚至跑了起来，他蹬蹬地爬上楼梯，一个箭步就冲进了四班。

此时的李二罐正坐在讲台边，手捂着伤口，手指间流出血来。他呜呜咽咽地哭着。周新杰在旁边手足无措地站着。蒋书轮迅速扶起李二罐，带他下楼，骑上电动车载他去镇上的卫生所，他也给李二罐的家人打了电话。

李二罐的家就在这镇上，离学校不远。李二罐是家里的独生子。他的父亲常年在外地打工，他从小是被母亲养大的。他的母亲过分宠爱他，使他养成了软弱的性格。李二罐的母亲是这镇上远近闻名的蛮缠人，一旦自己的利益被侵犯，就会暴跳如雷，这也许是因为自己的男人常年不在家，怕被别人欺负就不得不如此。

医生把李二罐的头小心地包扎好，给他开了点药，这时他的母亲赶到了医院。她一见到李二罐的被白布包扎的头，就痛哭流涕。她一把抱住李二罐，就像抱着一个毛绒玩具一般。

“小罐，你头上的伤是怎么回事？是自己摔倒碰的还是别人欺负

的？”母亲语气坚硬地问，她的脸上流露出既严肃又心疼的表情。

“我……我，我是。”李二罐这时把目光移到了老师的身上。

“是这样的，李二罐和另外一名同学可能在班里玩耍，由于不小心，李二罐的头碰到了桌子上。具体情况我现在回学校询问学生，有什么事明天再说。李二罐，你现在跟你母亲回家吧！记住医生的话，要按时吃药！”

李二罐点了点头，他的母亲明显表现出急躁的样子，她想回顶蒋书轮几句，但蒋书轮已走出了医务室。她便带李二罐回了家。

蒋书轮骑上电动车，返回学校。初冬的晚上寒风已刺骨，可蒋书轮丝毫没有感受到疼痛。他心中忐忑不安，李二罐的母亲断然不会善罢甘休，她明天早上肯定会来学校，要求赔偿医药费，最重要的是，这件事学校领导也肯定会知道，受领导的批评是在所难免了，唉，这多有损一个新教师在校长心目中的形象啊！蒋书轮又望了望月亮，月亮暗淡了，它的颜色在蒋书轮的眼中似乎也变了，变成了血红色。

蒋书轮走进办公室，学生此时已经下晚自习了，周新杰依然坐在座位上，他靠着墙，一动不动，他也许是在等蒋书轮吧！蒋书轮把他叫到了办公室。

“周新杰，我把你提成纪律委员，让你管晚自习纪律，可你，非但没有管好，反而捅了这么大的篓子！你说，你为何要打李二罐！谁给你的权力！”蒋书轮拿起语文课本，猛地朝桌上一摔，砰的一声，课本被反弹到地上，周新杰吓了一跳。

“周新杰，你难道就只有欺负弱小这点本事吗？”蒋书轮顿了顿，声音却变得异常平静，“周新杰，你不也是有过弱小的时候吗？你忘了吗？自尊被别人践踏的感觉，我想没有谁比你体验得更深了。那为什么你还要反过来去践踏别人的自尊呢？”

“老……老师，”周新杰抬起了头，老师的一席话直刺向他的软肋，他面带愧疚，却又坚定着说道，“老师，是我做错了，李二罐的医药费我来承担。”

“你承担？你承担得起吗？你知不知道，你打李二罐，辜负了老师对你的信任，是老师让你管班的，老师的责任更大。你回去好好反思反思自己的行为，等李二罐回来，你要当面向他道歉。”

周新杰点了点头，他虽然顽劣，但这些坏学生的身上都有一个特点，那就是特别讲所谓的义气，他们总是把“一人做事一人当”这句话放到嘴边，当自己是英雄豪杰。

“你去睡吧！以后晚自习也别坐在讲台上了。”蒋书轮默默地拾起语文课本，把折角压平，之后便翻起语文课本来。

第二天，李二罐的母亲找到了校长，校长又叫来了蒋书轮。校长当着李二罐母亲的面狠狠地批评了蒋书轮一顿。作为一名老师，蒋书轮实在是难以承受校长的这番批评，他真恨不得在地上找个缝钻进去。李二罐的母亲向学校索赔了五百元钱后，心满意足地离开了。

蒋书轮在后来的许多天里都是一副垂头丧气的样子，他能不垂头丧气吗？他没日没夜地工作，他把全部身心都放在了工作上，他领着每月一千多元的工资，最后他还要受领导的批评。

周新杰后来向李二罐当面道了歉，但晚自习他再也不能坐在讲台上了，实际上他也不稀罕坐在讲台上，只是他觉得自己有些丢人。同学们都亲眼看他打伤了李二罐，又因这事下了台，他们会认为周新杰也就会狐假虎威，他其实外强中干，他再怎么牛，最终也难逃被撤职的下场。同学们似乎都低看了他许多，不再那么畏惧他。不过，“无官可做”的周新杰也摆脱了束缚，他继续带领崔一航、李梦坤，晚上跳出墙外疯狂地上网。他们又回到了从前的日子，白天趴在桌上呼呼大睡，晚上在网吧里彻夜打游戏。

任课教师们都拿他们三个人没办法，语文、英语、数学课上他们站起来依然能睡着，他们三个闭着眼睛站立着一动不动，就像三个雕像一般，只是雕刻家把这三个雕像雕成了站着睡觉的样子，蒋书轮到

后来也束手无策，权当他们就是雕像吧！

他们整天晚上这样上网，时间久了，自然是会被发现的。这天晚上，他们听到宿管蹬蹬的上楼声，便照例爬下床，小心翼翼地打开门，蹑手蹑脚地走到宿舍楼门口，准备溜出去。忽然，巨大的吼声从背后传来，他们顿时打了个寒战。崔一航拉门把手的手僵在了半空。

“你们是哪个班的！”宿管忽然出现在楼梯中间，他缓缓地走下楼梯，拿着手电筒，直照着他们的脸。他们用手掌挡住手电筒的光，头扭向一边。

“问你们话呢，你们几班的！”宿管走到他们面前，铁青着脸，他摆起监狱长的姿态，居高临下地像在审问越狱的犯人。

“四班的！”周新杰漫不经心地说道。

“你们拉宿舍的门准备去干什么！”

“我们三个起来去上厕所，上完厕所听到宿舍门被风吹响了，就好奇来这儿看看是不是门被吹开了。刚到这儿，就被你看见了。”周新杰继续漫不经心地说。

“宿舍门响？我怎么没听到！”宿管有些不相信，他依然铁青着脸，但他也无法从他们口中得出真相。停了半晌，他从牙缝里蹦出几个字：“站在这儿！直到十二点再回宿舍睡觉！”

他们三个就这样一动不动地站在那儿，渐渐地，他们听到了宿舍里传来的呼噜声，他们也瞌睡了，李梦坤甚至打起了长长的哈欠。他们的腿早软了，意识被睡意淹没了，他们真想坐到地上靠着墙呼呼大睡一场。可是，宿管的灯还亮着，这家伙趴在桌前，眼睛直勾勾地盯着他们，周新杰也直勾勾地盯着他，他们的目光在空中交锋，就如两只凶恶的野狼，瞪着血红的双眼，在丛林中准备开始厮杀。宿管偶尔也看看墙上的钟表，这时离十二点只剩半个小时了，他收起血红的双眼，问他们：“你们瞌睡没有？”周新杰不答话，李梦坤结结巴巴地说：“老……老师，瞌睡了。”“以后晚上再敢来宿舍门口，让你们一夜都站在这儿！去睡吧！”话音刚落，李梦坤、崔一航便立刻向宿舍跑去，他们太困了。周新杰也挪走了目光，高傲地走了。

到了白天，宿管把这件事告诉了蒋书轮，并提醒他一定要管好周新杰，这个孩子可不是个省油的灯。蒋书轮把这件事和他们白天上课的精神状态联系到了一起，他似乎明白了什么，他要查出真相。

当天晚上，学校的熄灯铃声响后，蒋书轮站在离宿舍不远的大树下，他默默地站在那儿，眼睛直直地盯着宿舍门口。他要等他们出来，他要看看他们晚上到底干了什么。第一天，他毫无所获，他看到宿管锁上了门，熄灭了门口的灯，他一直站到十一点，呼呼的凉风直吹着他的脸，落叶一片一片地从他的头顶落下。第二天，他依然站在那儿，宿管又锁上了门，熄灭了灯，蒋书轮看着四班的宿舍，觉得他们也许都熟睡了，心里便觉得十分踏实。第三天，第四天，一连一个星期，蒋书轮都没有发现他们三个人晚上有什么举动。也许是自己多想了吧！蒋书轮望着满地的落叶，心里不觉有些落寞，他想到自己的年纪，虽然只有二十五岁，人生才刚刚开始，但他总有迟暮之感。他就是这初冬的叶子，叶片已经黄透，孤零零地挂在树上，凉风一吹，便不情愿地颤巍巍地从树上落下，落到这泥泞的土地上，任由路人百般踩踏，身躯化为泥土，与这大地融合在一起。

第二个星期的周一晚上，蒋书轮依然站在大树底下，他背靠着大树，手里拿着一片落叶，不断摆弄着，他正看着这片落叶发呆，忽然余光看到了宿舍门口闪现出三个人的身影，那正是周新杰、崔一航、李梦坤。只见周新杰轻手轻脚地推开门，崔一航、李梦坤则左顾右盼，看周围有没有人。他们溜出大门，就踮起脚尖，飞快地向学校的西南角奔去。

蒋书轮并不作声，他远远地跟了过去，他看到他们的身影消失在角落里，等到他走近时，早已寻找不到踪迹，他只看到墙上的缺口和墙边垫着的几块砖。蒋书轮全明白了，他们这是去跳墙上网了！蒋书

轮真后悔刚才没有逮住他们，让他们给跑了。他在墙边踱来踱去，他最终决定，明晚要来个守株待兔。

周二的晚上，蒋书轮在下晚自习之后，拿着手电筒，站在那段缺了口的墙边，他静静地等着他们的到来。他有充足的把握，今晚他们三个人肯定还会再跑到这儿来跳墙，他要抓个现形，他甚至都在考虑着抓到他们以后该怎么处理这三个家伙。宿舍的灯熄了，整个学校都黑了，周围静悄悄的，只有草丛里的蟋蟀在鸣叫。蒋书轮望着黑暗的远方，听着蟋蟀聒噪的叫声，自己忽然苦笑起来。一年前的冬天，蒋书轮还是个大学生，他正坐在灯火通明的图书馆里，翻阅着古代的典籍。那时的自己，又何曾想过，一年后的今天，他会为了逮几个调皮的学生，大半夜的站在草丛里与昆虫为伍呢？人生真是如梦啊！蒋书轮忽然悲从中来，他望了望天上的明月，快农历十五了，皎洁的圆月在行走的云彩中忽隐忽现，可惜这美丽的月亮丝毫不能带给他喜悦，反而增添了几分愁绪。“明明如月，何时可掇？忧从中来，不可断绝。”蒋书轮多想沽上一壶酒，独坐在地上，与明月对饮，浇心中之仇。

蒋书轮正独自伤感，忽听到一阵纷乱的脚步声，紧接着便响起周新杰的声音。“又差点被宿管逮到，幸好我跑得快，你们这两个家伙，就知道自己跑，也不等我。”“谁知道他正下楼呢！俺俩也慌了！”这是崔一航的声音。

他们离蒋书轮越来越近了，一百米，五十米，三十米，他们丝毫没有察觉到蒋书轮就在前面。就在他们走到离蒋书轮十五米远的地方，一束光瞬间照住了他们，他们又像上次那样，用手掌挡住了光，头扭向一边。他们虽然不知道是谁在拿手电筒照他们，但他们已然明白，这次是逃不了了。

“周新杰、崔一航、李梦坤！你们三人这是准备去哪儿？”蒋书轮把手电筒的光转向一边，走近他们，质问道。

他们低着头，一声不吭。

蒋书轮假装朝他们的屁股上一人踢了一脚，凶恶地说道："都给我回宿舍去！"

周三的白天，蒋书轮打电话叫来了周新杰、崔一航、李梦坤的家长。崔一航的母亲是最早赶到办公室的。她是那种看起来有些臃肿的女人，一副心宽体胖的样子。因为她是理发师的缘故，她的头发被修成了向上耸立的姿态。她进门就问："崔一航又在学校闯祸了？"

"他昨天晚上，不，是许多天晚上，都和另外两名同学跳出去上网！"蒋书轮说道。

"这还了得，这孩子是越来越胆大了！"崔一航的母亲双手揉搓着手提包，她仿佛要把这包揉烂一般，她刚坐在椅子上，又猛然站起来，说道，"我把一航叫出来！"

过了片刻，她把崔一航揪进了办公室，她的眼泪涌出眼眶，潸潸而下。她又坐在椅子上，双手继续揉搓她的手提包。

"一航，妈一个人养你容易吗？我理发从早理到晚，我舍了命地挣钱，不都是为了你？不都是为了让你将来有出息，不再走我的老路？可是，你做过哪一件让妈高兴的事情？你在学校都干了些什么？你考试考过一次前几名吗？你跳墙上网，你伤妈的心，你对得起妈这么多年的付出吗？一航，你什么时候能让妈为你骄傲一次？让妈觉得我一个人养出的孩子并不比别人家的差！"

她擦了擦眼泪，似乎说完了，开始小声地抽噎。崔一航的眼眶也湿了，一滴眼泪顺着眼角滑到了脸颊，又从脸颊滑落到了水泥地上，一道湿湿的印痕挂在崔一航的脸上。崔一航站在那儿，含着泪的双眼朦胧地望着前方窗户外的树叶，树叶在轻轻地飘落。他一句话也不说，除了滴落了几滴眼泪，就再没什么反应了。他的母亲依然抽抽搭搭的，她不时从包里翻出几张纸巾，擦拭着泪水。就在这时，又一个女人进来了。她就是周新杰的姑姑。

他的姑姑看上去挺年轻，三十多岁的样子，但皮肤黑了一点儿，

衣服也有些土气，这和她姣好的面容有些不搭。蒋书轮忙招呼她坐了下来。

“周新杰上到初二怎么还是这样子。”她的脸上露出无奈，额头的皱纹也显露了出来，挤到了一块儿。“这孩子，父母死得早，缺乏管教，从上小学五年级开始，就一直不让人省心。唉，我每个学期都要被叫到学校好几次，我都快住进学校了。老师，周新杰这次又怎么捣乱了？”

“跟班里两名同学晚上跳墙出去上网，这不，这是其中一名。”蒋书轮指了指崔一航，崔一航的母亲停止了抽泣，朝周新杰的姑姑苦笑了一下。

周新杰的姑姑正准备向崔一航的母亲寒暄几句，一个男人走了进来。他像是刚从工地来，穿着脏兮兮的工装，工装上沾满了泥巴，他的头发乱蓬蓬的，像一堆肆意生长的植物。他面色黝黑，脸上满是深深的印痕，就像一片黑土地，土地上尽是一条条水沟。

“我是李梦坤他叔，我刚从工地上赶来。”他黝黑的脸笑了一下，脸上的印痕更深了。

“让你从忙碌的工地中赶来，也辛苦你了！”蒋书轮忙招呼他坐下来。

“不辛苦！不辛苦！”他忙说，“李梦坤是不是又在学校捣乱了？唉，这孩子，我这个当叔的太了解他了，他就是没啥主意，跟在别人屁股后面生事。我跟他说过多少回了，你这年龄就应该好好读书，将来别像叔这样，累死累活的，一辈子在工地上打工。可是，他哪听得进去？还是跟着别人闯祸！”

这时周新杰和李梦坤走了进来，他们拖沓着，发出嚓嚓的声响。

“腿就不会抬起来？”周新杰的姑姑冲着周新杰嚷道，“你就不会让姑省心！”

周新杰背着手，两眼也盯着前面窗户外的树叶，这时的落叶更多了。

“今天把你们叫过来，是想让你们好好管管他们。这段时间，他们三个人在学校的表现特别差，他们晚上不睡觉，趁宿管上楼的间隙跳墙出去上网，如果让学校领导知道了，光这一条，就得开除他们。他们晚上上网，白天上课睡觉，根本没听老师讲课，这会学到知识？这不是在学校里混日子吗？老师们已经是管不了他们了，甚至放弃了他们，但作为班主任，还是希望他们能学好，更希望家长能积极配合，好好管管孩子，只有家学联合，才会起到作用。所以，”蒋书轮清了清喉咙，他这才说到了重点，“你们先把孩子领走，让他们在家好好反思反思，反思好了，写一份保证书，保证以后好好学习，不违反纪律，如果违反，该接受怎样的处置……周新杰、崔一航、李梦坤，听清楚没有？”蒋书轮忽然把目光转向他们身上。

“听清楚了。”他们的声音停留在喉咙里。

“大点声！”

“听清楚了！”声音回荡在办公室里。

他们终于走了，蒋书轮长长地舒了一口气，他甚至希望他们永远都不要再回来。其实，对于像他们这样的学生，哪个老师都不想教，他们每次考试都拉低班里的平均分数不说，还从来都不让老师们省心，今天打架，明天逃课，他们就是老师们口中的老鼠屎，真是坏了一锅好粥。在老师们的心目中，仿佛要是没有了这几颗老鼠屎，这锅粥就真的会甘甜可口、营养丰富一般，而就是多了这几颗老鼠屎，这一锅好粥才成了比洗脚水还恶心的东西，这个班才变成班风败坏、纪律松懈的班级。

“可别让他们再来了，就是他们写了保证书，家长把他们送来，咱也不收他们了，这样的学生教他干啥！当初就应该让学校直接开除他们，还让他们回家反思做什么！”数学老师哗哗地翻着数学课本，仿佛要把这书翻烂一般。

“反思一点用都没有，写保证书更是没用，”英语老师刚批完英语

作业，她放下笔，一本正经地说道，“坏学生就是坏学生，说得好听点，就是江山易改本性难移，说得不好听点，就是狗改不了吃屎。这次没撵他们走，是给他们一次机会，如果下次再犯，一定不能再纵容他们，直接让他们搬板凳回家！”

蒋书轮听了两位老师的话，心里比谁都巴望着他们不要再来了，说不定他们在家待了几天之后，就不想再来学校了，最后就真的不想上学了。没有了他们，蒋书轮可真的能减轻一半的工作量。这段时间，他天天看晚自习、查宿舍，不都是因为他们？他受领导批评，遭家长羞辱，不也是因为他们？蒋书轮，作为一个老师，每天一大半时间都不是在从事备课、上课等教学活动，而是在处理着一堆又一堆的学生问题。他感到精疲力竭，他似乎在入职这几个月来已经把精力全耗尽了，之前他可是精力十足的啊！

可是，他上课的时候，看到三个空空的座位，心里不免有一种空落落的感觉。就像当初李浩、梦瑶走了之后，他望着那空空的座位，心里也是这感觉。原来，每位学生在老师的心中都占据着一席之地啊！无论他优秀与否，无论他是好学生还是所谓的“坏学生”。这就像每一个子女，都是父母的心头肉，子女的生活牵挂着父母的心。蒋书轮既不想让他们来，以免给自己再增添烦恼，但又盼望着他们能重来学校，好好学习。蒋书轮深知，他们这么小就不上学，在社会上是没有出路的。蒋书轮在他们走后就一直处在这种矛盾纠结的心理中……

第六章　王亭亭与周新杰

已经过了大半个月了，那是个周一的上午，李梦坤和他的奶奶竟出现在了办公室的门口，他的奶奶拄着拐杖，蹒跚地走到蒋书轮跟前，她像费了好大力气似的说道："老师，我在家唠叨了他两星期，我说，'小坤啊，你爸妈一年四季在外打工挣钱不容易，奶奶在家做饭洗衣照顾你也不容易，可不能再让我和你爸妈为你操心了啊！你得在学校好好学习，不然过年的时候如何向你爸妈交代？你要是在学校里安安稳稳的，听老师的话，好好学习，过年的时候考个好成绩，你爸妈回家那得多高兴啊！他们会觉得这一年在外干活干得值！'小坤也可懂事，他说，'奶奶，我啥都懂，我就是在教室有些坐不住，我从今往后再也不会不听老师的话，再也不会在学校里捣乱，我会让爸妈为我感到骄傲！'你看，老师，俺家小坤他说得多好，我的孙子，我会不了解？他其实是个很懂事很听话的孩子，小时候让他去小卖店打酱油，他蹬蹬地就跑出去打酱油了！他小时候很会说大人话，五岁的时候他就对我说，'奶奶，等我长大挣钱了，带你去各地旅游，住很大的房子……'"

"老奶奶，"蒋书轮打断了她的话，也许是不愿再听她讲了，"梦坤这孩子我也了解，是个诚实懂事的孩子。只要他在家认真地反思了，并保证以后不再违反纪律，认真学习，我当然欢迎他能继续做这个班级里的一员。"

"他认真反思了，认真反思了，小坤，把你的保证书给老师。"奶奶忙拉着李梦坤的胳膊，把梦坤手里的保证书递给蒋书轮。

蒋书轮摊开纸，一行行歪扭的文字，就如一个个喝醉了酒从而东

倒西歪的人一般。纸的正中间是保证书三个大字，下一行的顶格写着尊敬的老师，后面的内容便是：

> 作为一名初中学生，我不应该夜晚跳墙上网，白天上课睡觉，我知道错了，我有损班级的形象，也给老师带来了负担，我保证以后遵守纪律，再也不会有类似的事情发生！
>
> 您的学生：李梦坤

“李梦坤，你跳墙上网，上课睡觉，损害了班级形象，给老师造成了负担，这些影响都是次要的，最主要的，是影响了你的学习，这你要明白！学习是自己的事情，与他人无关。”

“老……老师，我记住了，我……我以后一定不捣乱，好好学习。”李梦坤结结巴巴地说。

“回你的座位上上课吧！”

隔了一天，也就是星期三的上午，崔一航和他的母亲也出现在了办公室门口，他的母亲似乎刚哭完，眼睛还有些肿，她的话语微弱，声音也有些沙哑。

“老师，我把崔一航带来了，这两周，我关了理发店的门，在家认认真真教育了他一番，他终于答应重来学校，保证不再违反纪律了。”

“崔一航，你过来，把你的保证书念念。”蒋书轮没有接他母亲的话茬，而是喊崔一航过来。

崔一航一直都站在办公室门口，他紧绷着脸，眼睛看着办公室白花花的墙壁，露出一副沮丧的样子，也许是他母亲在路上又骂了他吧！

崔一航张开纸，右手的两根指头夹着纸张，他小声念道：“尊敬的老师，我保证以后不再违反纪律，若有违反，我主动不上学。学生：崔一航。”

“就这么多？”蒋书轮有些生气，他朝崔一航问道，“你在家真的认真反省了？”

“反省了，反省了，”他母亲连忙说道，她转过身朝崔一航喝道，“小航，我在家给你说的话你可都给我记住了，今天当着老师的面，你刚才立下的保证可都是一字不能更改的。快，给老师承认错误！”

“不用给我承认错误，崔一航，”蒋书轮一只手搭在板凳上，一只手搭在桌上，他语重心长地说，“就像前天我给李梦坤说的，学习是自己的事情，与他人无关。老师只是管你这一年，你的母亲也只是管你到十八岁，你的人生是你自己走出来的，将来你是出人头地还是沦落为底层，也都是你的事情。希望你今后能自我约束，不再让老师和家人操心。……你回去上课吧！”

崔一航连忙转身，往教室走去。他的母亲在他走到门口时还不忘再叮嘱一句：“小航，以后可不能再违反纪律了，让妈少操心。”

崔一航的母亲一直目送着崔一航走进教室，心才安定下来。蒋书轮说道：“孩子是不能娇惯的，尤其是这个年龄段，要让他懂得生活的不易，培养他吃苦耐劳的精神。”

“是啊，我真后悔以前娇惯了他，”她的脸上露出悔恨的神色，“那时我和他爸离婚了，觉得孩子挺可怜，就想在物质上弥补他一些，唉，谁知现在他竟成了这个样子！管也管不住了！”

“孩子从小得不到父爱，也确实可怜，但是给孩子补偿却不等于娇惯。不过，他现在正处于青春期，厌学是正常的，叛逆也是正常的，这个时期孩子的性格、心理都是可塑造的，管教还来得及。苦口婆心的教导有时并不能起多大作用，老师们不知已经教导过多少次了，”蒋书轮苦笑了一下，“要让他切身体会到，学习是世界上最轻松的事情。周末，应该让他跟着你去地里干活，到了寒暑假，让他去店里扫地擦桌子，只有让他切身体会到生活的艰难，他才会自动转向学习。”

“还是你懂得他们的心理，真没想到，现在的孩子会这么难教育！

时代变了，咱们小时候，谁管过咱，谁教育过咱。家里穷得叮当响，弟兄姐妹五六个，能吃饱饭活下来就不错了。”

蒋书轮又苦笑了一下，他忽然又想起了小时候的自己，点着煤油灯去学校上晚自习，那时候家里穷，母亲终日在田地里劳作，一年到头也挣不了多少钱，他和姐姐几乎承担了所有的家务，他刷锅、做饭、扫地，他从小就尝过劳动的艰辛。他常常趴在路边卖零食的摊前，眼巴巴地望着零食，他的口水流了出来，只是他的口袋不像其他同学的口袋一样，里面会经常装着一毛、两毛钱。他多想吃一颗那花花绿绿的袋子里装着的甜豆，抑或喝上一口泡沫箱里的甜甜的饮料，可那只是奢望罢了。蒋书轮现在想来，那时候虽然经历了太多的苦难，但是那些苦难却成了一笔宝贵的财富，并且是取之不尽用之不竭的。

李梦坤和崔一航回到学校后，蒋书轮便一直在等周新杰。他有时特别希望周新杰能早点来学校上课，耽误了两个多星期的课程，补是不好补上的，虽然他知道周新杰即便在学校也没听过课。他有时又不想让周新杰再来了，他甚至已经想好了搪塞周新杰姑姑的话，坚决不再收周新杰。蒋书轮就处在这矛盾之中。随着时间的流逝，三个星期过去了，周新杰还是没有来，蒋书轮觉得这样也好，省得自己纠结应不应该再收他。他主动放弃学业，与蒋书轮是无关的。

然而，就在第四个星期的一天上午，蒋书轮、英语老师、数学老师都在办公室静静地备课，学生们都在认真地聆听着老师们的话语，校园里静悄悄的，泛黄的秋叶也早已经悄无声息地落光了。冬日的阳光透过窗户，直射在学生的课桌上，仿佛这光线也想钻入教室听老师讲课一般，学生们沐浴在冬日的柔和的阳光里。

“报告！”洪亮的声音倏然在办公室门口响起，它四散开去，和阳光一起穿透窗户，钻入了各个班级学生的耳朵里。

“周新杰，你生怕别人不知道你来学校了是不！”英语老师被周新杰的声音吓了一跳，半天才缓过神来。

“周新杰，你是来上课的还是来收拾东西搬板凳回家的？”蒋书轮严肃地问道。

“报告老师，我是来上课的。我今后要好好学习，成为有用的人！”周新杰慷慨激昂地说道。

老师们面面相觑，数学老师甚至取下了她的深度近视眼镜，她想认真瞅瞅这是不是周新杰，怎么他和过去判若两人？英语老师先被一吓后被一惊，她把批改作业的日期都写错了，她抬头望了望窗外的太阳，它依然挂在东方的天空。而最吃惊的还算是蒋书轮了，他的大脑还未想明白眼前的状况。

“就你一个人来了？你的姑姑呢？”蒋书轮问道。

“我没让她来。我在家想好了，我今后要认真学习，我主动来学校，是想向老师承认错误，希望能让我继续上课。”周新杰的话语透着诚恳。

“周新杰，这几个星期发生了什么？”蒋书轮的脸上露出了笑容，他打趣道，“‘好好学习’这四个字能从你的嘴里说出，真是石破天惊啊！”

“老师，我回去之后，姑姑就让我去我姑夫干活的工地上搬砖，那真是热啊！”周新杰抹了抹脸，仿佛这脸上还流着汗一样，“不仅热，还累，一天八个小时都在搬砖，两天下来，我浑身疼痛，下不了床了。我咬着牙，硬是坚持了三个星期。姑姑问我‘是上学舒服还是打工舒服？’我说‘上学舒服’，姑姑又问我‘那还上学不上了？’，我说‘上学’，姑姑让我保证以后上学不捣乱，我就写下了这个保证书。”周新杰说着拿出他的保证书来。

“周新杰，现在知道上学才是最轻松的事情了吧！”数学老师确信这是周新杰，就又带上了眼镜，她端正地坐在板凳上，手里拿着笔，脸侧向周新杰，一板一眼地讲道，“上学是人生的捷径，是你走向成功最近的路。不要以为自己现在打架、上网、逃课，没人管你，就觉得自己有多么了不起，其实在老师们看来，你的这些行为是多么的幼稚。人生的路长着呢！最后能取得一番成就的，往往是那些在学校里认真

读书的学生。千万不要荒废了青春，否则追悔莫及！”

“老师，我明白了！”周新杰低下了头。

其实，周新杰之所以“改过”，还有一个最主要的原因，是他不想再给姑姑添麻烦了。姑姑虽然对他很亲，把他当作自己的孩子一般看待，但姑姑毕竟是姑姑，她不是自己的母亲。周新杰始终觉得自己是个外人，一个外人怎能一直给别人家添麻烦呢？周新杰已经上到初二了，他的心智趋于成熟，他的自尊心早已建立起来。他计划着，熬到初中毕业，等自己十八岁了，就去当兵，他从小的理想就是希望有一天能扛上枪，保家卫国。他心里还藏着一件事，他想挣钱把自己的家修修。他每个周末都会回家看看，院子里长满了杂草，连下脚的地方都没有。房子不住人，是很容易坏的。屋内的墙壁已经剥落了，地上积了厚厚的一层尘土，破旧的家具笼罩在细微的尘埃之中。周新杰在屋内来回地走着，他仿佛看到母亲就站在厨房，铁锅架在炉子上，呼呼地冒着烟，母亲把切好的土豆丢在锅里，油便噼里啪啦地响，那个瘦小、孱弱、苍老的母亲的背影，深深地刻在他的脑海里。母亲啊，你在哪儿啊！儿子想你！周新杰流下了眼泪，泪水滴在了地上的尘土之中。

周新杰果然不再给蒋书轮找麻烦了，他上课摆出一副认真听课的样子，虽然老师们也不清楚他到底有没有在听课，但至少从表面上来看，他是规规矩矩的，没有再捣乱或者睡觉。上晚自习，周新杰手里拿着笔，面前摊着课本，眼睛却在灯光下迷离，谁也不知道他在想着什么。崔一航和李梦坤也收敛了许多，没有了周新杰这个“核心”，他们两个是翻不起什么浪的。半个多学期都没有学习了，哦，不，是自从上初中以来，他们都没有再学习过，他们的课本都是干干净净的，课本里的内容他们一个都看不懂，什么三角形全等，什么现在进行时，什么岳阳楼记，什么压强压力，什么经度纬度，这些东西在他们眼里就是天方夜谭，学这些东西能当饭吃吗？能当游戏玩吗？不能，那学习有什么用?

这是中国的学生常常想弄明白的问题，学习有什么用?可是，老师们也是讲不清楚的。老师们从来不会正面回答这个问题，他们只会拿遥远的将来作为期许，告诫学生，如果不好好学习，你将来的人生就会很悲惨，如果好好学习了，人生就一片光明。他们也会拿明天的考试作为目标，激励学生考得第一。于是，一个班里，大多数学生都会努力学习，拼命争第一，只有极少数像周新杰、崔一航、李梦坤那样的学生，从来都是不屑于考试，懒得学习。这些天来，蒋书轮一直在思索着，他们已经乖乖地服从班级纪律，下一步，该如何激发他们的学习动力，促使他们学习?

蒋书轮最终还是想出了一个办法。他打算把他们三个分散在教室不同的角落，而且再配一个品学兼优的同桌，分散他们的目的是使他们不再沆瀣一气，从而各个击破；和好学生坐同桌，是为他们树立榜样，带动他们学习。不过，这个办法是有不确定性的，如果他们不仅没有被带动起来，反而扰乱了好学生的学习该怎么办?这正是蒋书轮的担心之处。他需要认真挑选三个拔尖生，这三个人不仅自己爱学习，还要拥有感染别人学习的气场，他们要像磁石，能深深地把你吸引到知识的海洋里。蒋书轮思来想去，也就这三个学生比较适合，即王亭亭、董世昌、李亚凡。

这天，蒋书轮借调座位的机会，把周新杰和王亭亭、崔一航和李亚凡、李梦坤和董世昌调成了同桌，这可算一个“创举”了，因为还从来没有谁会把班级里最“坏”的学生和最好的学生调到一块儿。一般来说，好学生是坐在前几排的，他们占据着班里最好的位置；“坏学生”统统坐在后两排，他们不学习爱捣乱，坐在后面也不惹老师们心烦。好学生有好学生的圈子，他们的圈子里都是爱学习守纪律的伙伴，他们每天谈论的也大都是学习上的问题，哪道题解不出来了，他们会相互讨论；课文没背会，他们会相互督促；考试没考好，他们会相互

鼓励，总之，他们是家长和老师的骄傲，是所有金子里发出最亮的光的那几颗。“坏学生”有“坏学生”的圈子，他们的圈子里都是些不爱学习不守纪律到处惹是生非的狐朋狗友，这个圈子的范围不限于本班，还拓展到外班、外年级甚至社会上。他们从来不谈论学习，他们谈的是电脑游戏、打架斗殴以及如何与老师斗智斗勇。他们是让老师头疼的那一群，是被老师骂为“老鼠屎”的那几颗。是的，他们不是金子，连石头都算不上，他们就是老鼠屎，他们不仅不发光，还恶心了一锅粥。因此，好学生和“坏学生”是隶属不同的圈子，他们是泾渭分明的，虽然同出一个班级，但仿佛就是两个世界的人。他们是“老死不相往来”的。而蒋书轮打破了这个界限，把周新杰、崔一航、李梦坤融入好学生里，这不能不招致反对。

“你怎么能这样排座位？”数学老师几乎要拍桌子，“周新杰是啥人？他怎么能和咱班第一名做同桌？他要是扰乱王亭亭学习怎么办？还有崔一航、李梦坤，他们配和咱班的拔尖生坐一块儿吗？”

“先试试再说，”蒋书轮倒是心平气和，坐在椅子上望着数学老师，慢吞吞地说道：“周新杰不是答应要好好学习了吗？他们也都写了保证书，我是给他们创造些条件，看看他们究竟有没有好好学习的可能。咱们先看看他们的表现，如果真影响到了王亭亭这些拔尖生，再调他们到后面坐也不迟。”

“保证书顶啥用？我可不相信一个坏学生能变成一个好学生。人的本性是很难改变的，坏孩子就是坏孩子，他们只能被管束被压制。要是坏人都会通过说服教育变成好人，那要监狱有何用？”数学老师把眼镜取下来，揉了揉眼睛说道，“这个月要是王亭亭、董世昌、李亚凡的成绩下降了，我建议，就必须把周新杰他们调走。”

“行，我就只试验这一个月，如果周新杰他们三个人真影响到了王亭亭那些拔尖生，我就立刻再调座位。”蒋书轮回答道。

蒋书轮并没有想到老师们会这样强烈反对这件事，不过他们的反对不是没有道理的。我们的教育本来就是重点培养拔尖生，选择性地淘汰后进生，以此来提高学校的升学率，总之就是一句话，教育的全部就是升学率。蒋书轮打算在这一个月里每天观察他们的表现，如果他们表现不好，就立刻做出调整。

周新杰和王亭亭做同桌肯定一开始是不适应的。周新杰人生当中第一次坐这么靠前的位置，他觉得黑板离自己真近，老师离自己真近。前排是好学生，后排是好学生，同桌更是好学生，他仿佛置身在好学生的汪洋大海之中，他异常孤独。周围的好学生们都埋着头，刻苦地钻研着每一道题，只有他，来回地拿着不同的课本，好不容易选定了一本书，翻开书又什么也看不懂，只能哗哗地翻着。他把书从第一页翻到最后一页，又从最后一页翻到第一页，他越翻越着急，越翻声音越大，最后“砰”的一声把书扔到了桌上。他把身体往后一靠，靠到后桌的桌沿，长吁短叹起来。他看了看同桌王亭亭，王亭亭正在作业本上写数学题，那复杂的数学公式，那带根号的数字，他一个也看不懂。他真想不明白，这些学习好的学生到底是什么物种，能整整一节课动也不动，陶醉在这枯燥的书本中。他总感觉自己缺乏定力，做一件事虎头蛇尾，他也想静下心来，学习些知识，但总是静不下心，他也感到十分苦恼。

王亭亭被周新杰的扔书声着实吓了一跳，不过她也只是侧着头看了一眼周新杰，见他在那儿长吁短叹，就又把目光转向书本了。她想不通，为何老师会把周新杰调成她的同桌，从小到大，她的同桌可都是勤奋刻苦、遵守纪律的好学生啊！她又想起了梦瑶，啊，梦瑶已经走了两个月了，这两个月，亭亭真不知道是怎么过来的。在这个十四五岁的少女心中，失去一个知己会是怎样的伤痛！她变得越来越孤独，不跟任何同学玩。下课的时候，同学们喊她：“亭亭，来，出来跳绳了！”亭亭总是摇摇头。她看着窗外玩耍的同学，自言自语着：“要是梦瑶还在这儿该多好啊！我们就可以像树枝上的小鸟，自由地玩

要了。”渐渐地，亭亭这个太阳黯淡了下来，它再也发不出耀眼的光芒来，同学们也都有些疏远她。那个活泼的亭亭再也找不到了！那个在众人面前有着莫大影响力的亭亭渐渐远离了，虽然她的成绩依然是那样的优秀。

亭亭想着、想着，书上的文字忽然地模糊起来，x、y、根号、方程，一切的一切都在远离她，她伸手去抓它们，但怎么也抓不到。她索性就不抓了。她想走，想离开学校，想远离书本，想去找梦瑶，想与她周游世界，或者什么地方都可以，只要不再待在这所谓的知识的海洋里。优等生也厌学？是啊，他们也是普通人，他们之所以优秀，是因为他们在学习上比别人付出了更多，他们能不厌学吗？只是，他们是乖孩子，他们不能把这种想法表露出来，他们装出很爱学习的样子，其实只是装给父母、老师看看而已，他们战战兢兢、规规矩矩，不敢越雷池半步。他们承受的压力又会有谁知道？

王亭亭又看了看周新杰，周新杰玩着笔，时而翻翻书，时而翻翻作业本，他反正是看不懂，也就只能在作业本上胡写乱画起来。王亭亭有时也挺羡慕像周新杰这样的同学，他们可以肆意妄为、胡作非为，他们想学就学不想学就不学，不用担心成绩下滑，不用害怕父母责骂。他们就像电视剧里的古代的刺客啊，按照自己喜欢的方式生活，这样的生活又多么令人羡慕啊！

在最初的几天里，周新杰和王亭亭是一直没有说过话的。每次下课，亭亭总是坐在座位上，要么认真看书，要么趴在桌上休息，而周新杰，因为蒋书轮要求他不能和崔一航、李梦坤“掺和”在一起，所以周新杰下课也只能待在座位上，手里转着笔，像看马戏表演一样看着班里的同学在教室里打闹。其实，除了崔一航、李梦坤，周新杰在这个班里就没有“志同道合”的朋友了。他已是快十六岁的孩子了，他总觉得其他同学都很幼稚，学习好的同学和他不是一个世界的人，学习差的同学又被他认为缺乏“梁山好汉”的气概。在这热闹的教室里，只有王亭亭和周新杰两个人在静静地坐着，他们就如在波涛的大海中漂浮着的两根木头。

他们第一次说话，是在周三的大课间。这个课间，周新杰被数学老师叫到了办公室。数学老师撕掉了周新杰周二的数学作业，把他的作业本扔在地上，指着周新杰的鼻子说道："周新杰，这就是你口口声声说的要好好学习了？你看你的作业，哪个是对的！这还不说，你看看你作业本上的字体，有多潦草！简直就是王八在上面爬！你看看，周新杰，你把作业本拾起来看看，你写的数字谁能认得清！今天中午再给我写一遍！"

周新杰等数学老师说完，默默地捡起地上的作业本，扭头离开了办公室。回到班里后，他把作业本往课桌上一扔，破口大骂起来。王亭亭被他的骂声吓住了，她惊恐地看着他，她觉得他就是一只愤怒的野兽，毛发直立，要咬人一般。

周新杰骂完，还是不得不翻开作业本，把数学作业重写一遍，他竭尽全力地把文字写工整，把数字写清楚，可是这落在本上的字迹依然那么潦草，他心浮气躁，刺啦又撕了一张。

"你的作业没做对吗？"王亭亭看到他在撕作业本，便小声地问道。

"作业没一道题做对的！"周新杰又把身体靠在后面的桌沿上，把笔往桌上一扔，"不写了！"

"我教你！"王亭亭喜欢教人的热情被激发了出来，她拿起周新杰的作业本，仔细检查了起来。

"你看看我这几道题哪里做错了？"周新杰将身体前倾，眼睛看着他的作业本。

"你的第一道证明题是如何证明出来这两个三角形全等的？"王亭亭疑惑地盯着作业本上的图形。

"这不是？"周新杰指着本上的两个三角形，"它们的这两个边和这一个角相等，不就全等了？"

“可这个角不是这两个边的夹角啊！”

“还得是夹角？”

“你翻翻课本上的定理，边角边，即SAS，这个角必须是夹角。”

“哦！”周新杰恍然大悟，这两天他边玩边听了两节数学课，自以为什么都懂了，没想到还是一知半解。

“应该这么做，”王亭亭说着就在演草纸上画了起来，她边画边对周新杰说，“你看，我们用不了边角边，但能用角角边，即AAS，只要证明出来它们的这两个角度数相等即可！我们可以这样写……”

“我会了！”周新杰的确是一点就透的学生，他已经有了证明这两个角度度数相等的思路了。

周新杰在这个大课间终于解出了这道题，他忽然有了一丝成就感，啊，原来自己也能做题了，他甚至对数学都增添了一丝喜爱，原来数学还这么有趣！以前的自己可是对学习嗤之以鼻的。

周新杰只能在课间补作业，到了中午放学，他还有一道题没有做完，他看到数学老师已经早早吃完了午饭在办公室等他交作业，因此周新杰就必须做完作业才能去吃饭。学生们如潮水般地向餐厅涌去，这是学校每天最为壮观的景象了，一个个学生拿着饭缸，如离弦的箭一般，你追我赶，他们就是一群群饥饿的豺狼，向着美味的食物狂奔。此时的教室，就只剩下了周新杰和王亭亭。

“你去吃饭吧！”周新杰对王亭亭说。

“我把这道题给你讲完。”王亭亭依然盯着作业本，手里拿着笔在演草纸上画着。

一分钟，三分钟，五分钟，已经十二点十五了，周新杰终于把这最后一道题证明了出来。教室里的表针滴滴答答地转着，它仿佛在催促他们两个赶快吃饭。周新杰拿起作业本就往办公室冲去，数学老师远远的就听到他的脚步声，摆出了再次批评他的架势。她拿着周新杰的作业本，一道题一道题地看，她那高度近视的眼睛此时炯炯有神，非要找出错误不可。然而，过了一会儿，她那怨妇般的脸渐渐舒展开来，甚至有一丝喜悦流露在眉梢之间。

“周新杰，这次你把作业写得又工整又正确！这就对了嘛！”数学老师拿起红笔，在本子上批了一个大大的“优”字，然后继续说道，“看来，不撕你的作业，你就不会写得这么认真啊！以后你的作业必须达到这个标准，否则我还会再撕！”

“老师，这个标准很难达到啊！这是我费了好大的工夫才写完的！”周新杰的话语里透着调皮，他可不想每天都这么认真地做作业。

“学习就必须费很大工夫，你以为学习是件很轻松很容易的事情？”数学老师又坐直了身子，上起政治课来，她可不管周新杰有没有吃饭，“学习就要吃苦，学海无涯苦作舟，吃得苦中苦方为人上人啊！周新杰，你是个聪明的学生，就是缺乏吃苦精神，没有把智慧用到正地方。班主任让你和王亭亭这样的优秀学生做同桌，就是要你向王亭亭看齐，从她身上汲取刻苦学习的精神！你可不能失去这宝贵的机会啊！你想想，你从小学上到初中，什么时候和全班第一名做过同桌？哪个老师能这么重视你？不要辜负了老师们对你的期望！”

周新杰默不作声，只是偶尔点点头，他现在好像意识到，老师们谈起周新杰，就必定会提到王亭亭；谈起王亭亭，就必定会提到周新杰。周新杰和王亭亭的名字似乎被绑在了一起，一个好到了天上，一个坏到了地下，一个是美丽的云朵，一个是土地上的烂泥，这简直就是天壤之别和云泥之别了。周新杰和王亭亭，这两个完全不在同一个世界的人，却用着同一张桌子，甚至这天中午竟要一起去餐厅吃午饭。他们一声不吭地向餐厅走着，路上没有一个人，同学们都在餐厅吃饭，冬日的阳光轻轻地洒在他们行走的那一段土路上，仿佛这条道路闪着光，通往幸福的远方。他们的影子映在地面，一个影子如一棵大树般挺拔，一个影子如一株木棉般柔美。这条路很短，他们却觉得很长。王亭亭担心同学们吃完饭返回，会看到自己和周新杰走在一起，

那该多尴尬啊！于是，那株木棉般柔美的影子变得缓慢了，甚至想要停留在原地。周新杰明白王亭亭的心思，那棵大树般挺拔的影子加快了脚步，几乎要在这冬日的光辉中奔跑。两个影子相距得越来越远，可这两个影子中间的道路却依然洒满了金色的阳光，充满着冬日的欢乐……

就在这周的周末，周新杰又去了老屋，他在老屋没待多久，打扫打扫屋里的卫生，就自己跑到了镇上的文具店。这个对文具从不感兴趣的男孩子，却独自站在柜台前安静地看着柜台玻璃下的钢笔。钢笔的样式还真是多，笔身、笔帽上都镶着金边，在灯光下熠熠夺目。周新杰睁大了眼睛，嘴巴不由自主地张开，发出“哇”的惊叹声。这么好的钢笔，是他从小到大摸都没摸过的。他用中指紧贴着玻璃，在玻璃上来回地移动，他想挑选最好的一支。“哪只钢笔最好看？”他自言自语着。在他的眼中，仿佛每支闪着光彩的钢笔都在冲他眨眼睛，也都在向他呼喊：“选我！选我！”周新杰最终看上了一支红色的，它静静地躺在柜台的角落，没有做出一副想要被人买走的姿态。它通体红色，只有两端镶嵌着一轮黄色的金边，虽然朴素，但朴素得庄重，朴素得淡雅。周新杰的中指长久地停留在这支红色钢笔上方的玻璃上。他看了良久，便对售货员说：“我要这支！”当他接过这支笔的时候，他感觉手都在颤抖，他不知道该怎么拿这支笔，便只好小心翼翼地用两手端着，仿佛这个东西是一件宝物一般。这可不就是件宝物吗？因为，是的，他要把它送给同桌王亭亭。他要郑重其事地把它交到她的手中，以表达她教他写作业的谢意。仅此而已？只有谢意吗？或许是，又或许不是。这些处于青春期的孩子们，他们的心底埋藏着多少故事？他们对异性有着怎样的好奇？这些都是成年人所参悟不透的。周新杰这个经常违反纪律的“举世公认”的坏孩子，在那朦胧的感情中，在面对女孩子的时候，竟也会犹犹豫豫、迟疑不决。他该什么时候把钢笔交给她？课间的时候？做操的时候？晚上下晚自习的时候？他交给她钢笔的时候该说些什么？难道要说，我送给你一支钢笔，谢谢你帮我补作业？可是……可是，这太难说出口了。万一,万一，她不要怎么办？她说："不，我不要，这太贵重了，帮你补作业是我应该做的。"她要是说了这些话，他又该如何做呢？他该怎么得体地把这支钢笔送出去呢？周新杰想了一个白天、一个晚上，可他依然毫无头绪，他既热切地盼望着周一，又不想让周一早点来，这种矛盾的心理缠绕着他，使他心乱如麻。

我们是不知道周新杰做了多么激烈的思想斗争。但是当周一中午放学，同学们都冲向餐厅的时候，周新杰颤抖地从口袋中拿出了被干净的纸小心包着的钢笔，他把钢笔递到了王亭亭的面前。

"谢谢你帮我补作业，送……送给你一支钢笔。"周新杰这个带着痞子气的男孩却流露出腼腆的神情，他的脸红到了脖子根，钢笔在他的手中颤抖着。

王亭亭愣住了，周新杰竟会送自己钢笔？她看到了那只红色的钢笔，多漂亮啊！她忽然感动起来，从小到大几乎没有人送过自己礼物，而现在，竟会有这么一个男孩，羞涩地站在自己面前，把礼物送给她。可……可是，我又怎么能要呢？我只是帮他补补作业而已，我哪能接受这么贵重的礼物？

"不……我不能要。"王亭亭的声音有些颤抖，"老师把你调到这里，就是让我带动你学习的，教你数学题是老师交给我的任务。这支钢笔，还是你留着用吧！"

"老……老师让你帮助我学习，和我送你钢笔是两回事，你收下吧！"说着，周新杰就将钢笔放在了王亭亭的桌上。王亭亭还未来得及说话，周新杰拿起饭缸，扭头就冲出了教室。

王亭亭又看了看这支红色的钢笔，笔帽上的金边泛着光泽。她的手小心翼翼地拿起笔，抽开笔帽，露出崭新的银白色的笔尖。她仿佛在笔尖里看到了自己，拿着这支笔，在洁白的纸上，写出不同的字体

来。王亭亭是多么的喜欢书法，小学的时候，她在书店里第一次看到字帖，有楷书、有行书、有隶书，她央求母亲给她买一本，买来之后，她就照着字帖一笔一画练了起来。可惜，她就缺一支钢笔。四年级的时候，她的叔叔从远方的部队里归家探亲，他带亭亭去县城玩，在一家文具店里，亭亭看上了一支钢笔，钢笔的颜色是银白的，笔尖闪着金色的光芒。亭亭直勾勾地盯着它，眼睛久久不曾挪开。叔叔看出了她的心思，就把这支钢笔买了下来。亭亭高兴极了，在回家的路上，她紧紧地握着钢笔，仿佛它会趁亭亭不注意消失了一般。她爱若至宝，她每天最高兴的事情就是拿着这支钢笔，在白纸上练字。也正是得益于这支钢笔，她的字写得越来越好看，她经常受到老师和同学们的称赞，也曾在书法比赛中屡获奖项。后来，这支钢笔老了，它的笔尖也钝了，有时写着写着，笔就不下水了。她最终极其珍惜又恋恋不舍地把这支钢笔放在了她卧室床下的箱子里。它终于退役了。虽然亭亭现在和其他同学一样，都是在用圆珠笔写字，但她的内心深处，依然渴望着拥有一支钢笔，在她忧愁、苦闷想要练字的时候，拿起它，在洁白的纸上写出优美的字来。她要写唐人的诗、宋人的词，她要写朱自清的春、老舍的济南，她要用她美丽的字体写出一切一切优美的文字。而周新杰，恰好送给了她这样一支钢笔。这支钢笔丝毫不逊于原先那支。她怎么能要呢？可是，周新杰又是如此地诚心实意。周新杰，他到底是一个怎样的学生？王亭亭的内心有些困惑。王亭亭并不了解以前的周新杰，她只知道，周新杰和自己是同村，周新杰一直都坐在最后一排，时常干扰课堂纪律，是个不好好学习，专干坏事的学生。她还不止一次地听母亲说过，周新杰的父亲是个杀人犯，被枪毙了，他是杀人犯的儿子，血液里流淌着杀人犯的血，所以要离他远点。也许吧，周新杰就是坏吧，以前虽然他们坐在同一个教室，但他们是两个世界的人，他再怎么坏，也是影响不到她的。现在，他们是同桌了，他们被迫同处一个世界，可这些天王亭亭觉得，周新杰也并不是一个多么坏的学生。他聪明，教他数学题，他一点就会，其实，他爱学习，只是老师从来不把他当成爱学习的学生来看待罢了；他善良，懂得感激别人，他以前的坏，只是因为别人都对他有成见而已。他一点都不像杀人犯的儿子，其实，即便他的父亲是杀人犯又怎样？难道父亲是杀人犯，儿子就一定不是好人吗？亭亭对周新杰似乎产生了一点同情，而在这同情之外，又夹杂着朦朦胧胧的、说不清道不明的情感，周新杰也同样有着这样的感觉，这种情感使他们互相吸引，彼此都愿意把自己最好的一面展示给对方。

自从送给王亭亭钢笔以后，周新杰就变得比以前更努力了。他上课的时候，再也没有懒懒地把身子靠在后桌的桌沿上，而是坐得笔直，胳膊规规矩矩地放在桌上，他表现出全神贯注听老师讲课的样子。有时老师在课堂上提的问题，他倒还能答上几句。老师们觉得太阳打西边出来了，周新杰都能正确地回答问题了。

“你看，我的方法奏效了吧！自从和王亭亭坐了同桌，周新杰比以前进步多了。”蒋书轮得意扬扬地对数学老师和英语老师说道。

“那也只能说明王亭亭带动得好！”数学老师边写教案边说。

“希望周新杰能坚持下去，别学两天又不学了！”英语老师担忧地说。

其实，老师们，或者说任何一个知道周新杰的人，对周新杰的成见都是根深蒂固的，是难以在短时间消除的。人的成见是一座大山，你很努力地想搬动它，但你发现你怎么也搬不动。那就索性不搬吧！至少在周新杰看来，他并不想搬大山，因为他并不在乎别人如何看他，他唯一在乎的，依旧是王亭亭。

他时常请教她问题，无论是语文、数学、英语，还是物理、地理、历史，他不会的知识太多太多了，那是因为他以前欠账太多，过去的课程他一点儿都没听过，即便是天才也会手足无措的。他问她的问题对于王亭亭来说太过于简单，但亭亭从来没有急躁、生气过。她耐心

地给他讲解一个文言虚词的用法、一个单词的意思、一道证明题的解题思路、一个物理定义的概念，她虽不是老师却胜似老师，她比老师讲得更明白更易懂。老师讲课是面向全体学生的，他要照顾到班里的大多数同学；而王亭亭则只针对周新杰，她要根据周新杰的学习基础来辅导。

“谢谢你，王亭亭，我现在基本上能跟上老师的讲课进度了！”周新杰诚恳地说。

“这没什么，你能学到知识就好。通过给你讲解，我学的知识也得到了强化呢！”王亭亭微笑着说。

亭亭的笑是那样的迷人，周新杰在那一刻似乎呆住了，感情的浪潮在心底汹涌。他晚上躺在宿舍的床上，眼前仿佛出现了亭亭微笑的样子：她的马尾辫，她鹅蛋形的脸，她精致的眼镜，她一切的一切，都激荡着他的心。他现在越来越不想和别人说话，甚至对崔一航、李梦坤也爱搭不理。

“周新杰，你现在可是变了！”躺在上铺的崔一航翻了个身，整个床便吱吱呀呀地响，“现在你不仅不和我们玩了，你竟然还上课学习！这真是奇闻啊！唉，我们这个三人团算是彻底解散了！”

“解……解散了。俺两个天天……天天憋在学校里，真没……没意思。”李梦坤躺在旁边的床上，结结巴巴地说。

“没意思就回家种地去！别在这烦人！”周新杰朝李梦坤嚷道。

“周新杰，”崔一航忽然将头伸出床外，直往下探，他压低了声音，极其神秘地问道，“你和王亭亭是什么关系？我看你俩挺相好的。”

“滚！”周新杰拿起枕头向崔一航扔去，崔一航赶紧将头缩回去。

“我和王亭亭只是同桌，啥关系都没有！”周新杰生气地说。

“没有就没有，有了也没事。”崔一航笑眯眯地说。

周新杰不再搭理崔一航，他蒙上被子，想着心事。他这是喜欢上亭亭了？不，不，这怎么可能？这就叫喜欢？周新杰忽然握紧了拳头，他又使劲地扯着被罩。我才不喜欢王亭亭呢，他想，我和她就是同桌关系，我堂堂七尺男儿，以后要当兵，要打仗，怎能喜欢一个将来要上高中上大学的女生呢？然而，这是初中生们单纯的情感，他们其实是不懂得恋爱的，他们就是单纯的喜欢，那喜欢就像蝴蝶喜欢花朵，就像鸟儿喜欢树枝，就像植物喜欢阳光一样，是自然而然的，是合乎情理的。周新杰渐渐地沉入了梦乡之中，这梦依然是有亭亭的，他多么希望他永远都沉浸在这梦中，永远不要醒来……

离学期结束只剩下两周了，同学们都在极其认真地但又带着些烦躁地复习着功课，那些枯燥的知识点，就像加热剩饭一样，被一遍一遍地加热。天气越来越寒冷了，教室的窗外是凶恶的西北风，它龇着牙，发出呼呼的声响，并猛烈地撞击着窗户。教室里是六十个“小火炉”在散发着热量，他们让教室变成了温室。蒋书轮的办公室里生起了煤炉，虽然煤炉烧得旺，但依然带不来足够的温暖。数学老师冷得直跺脚，她向手心哈着热气，双手搓来搓去。英语老师索性把板凳搬到炉火旁，边烤着手边批改作业。蒋书轮把办公室的门帘换成了棉质的，以抵挡门外的寒冷。

凶恶的西北风是大雪的前兆，纷纷扬扬的大雪一夜之间染白了整个大地。即便到了白天，它依然没有要停歇的意思。这群调皮的初中生，偏偏爱在这雪地里嬉闹，他们咯吱咯吱地踩着雪，又用手掌团出一个雪球，偷偷地放在同伴的脖子里，之后撒腿就跑，忽然，只听扑通一声，他没跑多远就滑倒在了雪地上。雪，是万物的精灵啊！雪，也如这群初中生，纯洁又烂漫！

这场大雪一直持续到周五，周五下午，雪停了，地面的雪有一尺多深。孩子们下午放学是要回家的，路远的学生一般都是骑自行车，路近的同学则是步行，还有些学生是家长来接。亭亭是骑自行车上学的，但这场大雪使路面冰滑，车是骑不成了，她只好推着车走。她在路上碰到了周新杰。周新杰这周没有骑车，姑姑家有一辆破旧的自行

车，但周新杰不经常骑，或许他是嫌这车太破了，骑出去怕被同学们笑话；又或者他就是爱走路，这样可以多在路上玩儿会。周新杰看到王亭亭费力地推着车，就跑去帮她。

“我来帮你推吧！”

“我能推得动！”

“还是我来推吧！你歇会儿！”

王亭亭点了点头，周新杰接过了车把，推着车往前走。雪地上留下了他们两个人的足迹，也留下了自行车的浅浅的印痕。这足迹和印痕一直往前延伸，延伸到他们的村庄。

“周新杰，你现在一直住在你姑家吗？”王亭亭问道。

“嗯，这两年一直都在我姑家住。但我每个周末都会回我家一趟，打扫打扫我家的卫生。”

“不是没人住了吗？还用每周都打扫吗？”

“用。”周新杰的神情显露出悲伤，他低头去看脚下的雪，说道：“那一直是我的家。”

王亭亭意识到刚才的话刺到了周新杰的心，她想换个话题，周新杰却又继续说下去。

“放暑假的时候，我从姑姑家拿了个铁锹，一边用手薅草，一边用铁锹铲草。家里不住人，那草长得真快，不等几天就长一人多高。家里的蚊子也多，还都是个头挺大的花蚊子，夏天我只穿了个短袖和裤衩，它就往我胳膊和腿上咬，每次回家，我的身上就会多几个痒疙瘩，真是痒，好几天都消退不了。还有，我学会了种菜。”周新杰忽然将头抬起来，看着王亭亭，颇为自豪地说道，“是姑姑教我的。”

“种菜？”王亭亭颇为惊讶。

“我也是去年才懂得什么时节种什么菜的。比如，你知道西红柿是几月播种几月收获吗？”

“西红柿，呃，”王亭亭抬起头望向天空，天空依然零零碎碎地飘下雪花，她想了半天，说道，“我记得好像夏天那会儿吃西红柿比较多。”

“嗯，春天的时候我播下种子，夏天的时候就能吃了。还有白菜，初秋的时候，我在院子里种了好多白菜呢，种的时候只需把一小棵白菜放入土中，慢慢地就长成了一棵大白菜来。我把白菜都搬到了姑姑家，我们现在还没有吃完呢！”

“你真会干活啊！”王亭亭向周新杰竖起了大拇指。

其实，不仅是城里的学生，就连农村的孩子都是很少干农活的。他们的“使命”是学习，他们被禁锢在教室里，或者沉迷于电脑游戏中，不与大自然接触，不参加田间劳动。更可悲的是，孩子们都活在网络这样的虚拟世界里，他们不再是大自然的孩子，而是现代文明所培育出来的花朵。

王亭亭和周新杰当然不会想到这些。听到亭亭的赞叹，周新杰的心里一阵温暖，这温暖足以抵挡得住冬雪的寒冷。他继续说道：“我明天回家要打扫院子里和门前的雪，雪估计已经积到脚踝了！”

“得用铁锨铲雪吧！”

“是的，我用铁锨把过道上的雪铲到门前的水沟里，再用扫帚扫干净。我还得回屋子里看看房顶有没有漏水的地方。暑假时下大雨，我家的房顶就漏水了，是姑夫帮我补了补房顶。我怕明天房顶上的积雪化了，又会渗出水来。”周新杰盯着路边的积雪，他一边说一边计划着明天要做的事。

“我明天去你家帮你铲雪吧！”亭亭也盯着路边的积雪，小声说道。她觉得周新杰挺不容易的，便想去帮助他。

“你？”周新杰吃了一惊，目光离开了积雪，转到亭亭身上。他半天没反应过来，过了半天，他结结巴巴地说：“好……好。”

“那一言为定！”

“一言为定！”

第二天早上，周新杰带着铁锹和扫帚走进了他的家。他打开了大门的锁，用力推开了门，门吱吱呀呀地响着。院子里积满了厚厚的雪，屋顶上每一层瓦片，都被雪覆盖着，厚重的雪仿佛要把这房子压塌一般。周新杰看着已经变成了雪的世界的院子，思绪又回到了许多年前，他上小学三年级的时候，每次下雪，他都会在院子里堆雪人，那时他还有许多小伙伴，他们都聚集在这院子里，你堆雪人的身体，他堆雪人的胳膊，然后做雪人的眼睛、鼻子，不一会儿，一个雪人就堆好了。大家还是觉得雪人少点什么，就给他戴上了红色的围巾，这雪人似乎就活了，仿佛朝大家笑了起来。那时的周新杰多开心啊！多无忧无虑啊！如今，小伙伴们都远离了，父母和奶奶也都不在了，只剩下周新杰在这雪的世界里踽踽独行。他忽然感觉这雪白得刺眼，他拿起铁锹，要把雪统统铲掉，一点也不留。他一趟一趟地将雪倒入门前的水沟中，不一会儿，他的身体暖和了起来，身上的热气甚至透过厚厚的毛衣蒸发到空气中。周新杰脱下了外套，只穿一件厚毛衣。

这时，王亭亭出现在了门前，她进入院子，拿起扫帚就扫起雪来，周新杰忙走上前说道："你别干，让我来。"

亭亭依旧拿着扫帚，她边扫雪边说："让我扫会儿吧！我就爱扫雪。"

亭亭仔仔细细扫起雪来，扫帚扫过的地方留下了一道道残雪的痕迹，亭亭又将那残雪扫去。不一会儿，一条过道就干干净净地延伸到大门外。亭亭看着他们两个人的劳动成果，开心地笑了起来，她对周新杰说道："其他的雪就不要管了，雪化了就会融入土中。"她说完，兴高采烈地在院子里的雪地上咯吱咯吱走了起来。她来到一片干净的雪地旁，用一根细细的树枝，画起画儿来。她画了一只鸟，头向天空，翅膀张开，一副展翅欲飞的样子。周新杰赞叹道："你画的这只鸟矫健极了，你看它多精神多快乐！"

"你怎么知道它快乐呢？如果在它的周围加一道铁丝网呢？"王亭

亭忽然低沉地说道。

周新杰一时半会儿理解不了她的话，他愣住了，不知道该说什么。王亭亭又拿起细枝，端端正正地在雪地上写了“王亭亭”三个字，字漂亮极了，就像工匠们在白壁上雕刻出来的一般。周新杰也想用细枝在雪地上写下自己的名字，他拿起细枝，手臂颤抖着，仿佛用了千钧之力一般，他一笔一画地但又歪歪扭扭地写下“周新杰”三个大字。这三个字就像三条小蛇，在雪地上胡乱地蜷曲着，周新杰觉得他写的字太丑了。

“字要遒劲有力，棱角分明，撇是撇，捺是捺。你看一下我怎么写。”亭亭又拿起细枝，这细枝仿佛就是她的钢笔，这雪地就是一张白纸，她笔走龙蛇，转眼间就将“周新杰”三个大字“刻”在了雪地上。

“王亭亭……周新杰”周新杰慢慢念着这两个名字。

亭亭忽然两腮红了起来，她不知想到了什么，只是用树枝在名字上画了许多道道，这六个字很快就隐没在道道中，她边划边说：“写得不好看！不好看！”

“这字挺好看的。”周新杰小声嘟囔着，他不知道亭亭为何要画掉这些字。周新杰又忽然像是明白了什么，他有些尴尬，便急忙转移话题，他说道：“看看俺家屋里吧！”

周新杰推开了门，亭亭走进屋里。屋里空荡荡的，没有多少家具，就是有，也是破旧的。但所有陈设都干干净净，一看便知是周新杰细细打扫过了。亭亭说道：“你把屋子收拾得真规矩。”周新杰听了心里特别欢喜，有些羞涩地笑了笑。他招呼亭亭坐在门边的椅子上，自己转身去厨房烧起水来。

亭亭环顾四周，她看见墙壁上的墙皮剥落了，露出了青褐色的水泥，她抬起头，看见高高的房梁已经弯了，厚厚的尘土积在木头之上。她想起她很小的时候，她家也是这样的房子，房梁的木头上还刻着字，她时常站在屋子中间，仰望着那根木头，她好奇地问父亲：“爸爸，那

根高高的木头上写着什么字？”父亲说：“等你再长大些就认识这些字了。”后来，有一天，当亭亭无意中又望见那根木头上的字的时候，她居然都认识了。那根木头上写着建这座房子的日期，还有这座房子的主人。只是，在她认识这些字后的不久，父亲就拆了这座房子，他要盖一座更大的房子。老房子不见了，那根刻了字的木头也被卖掉了，取而代之的，是一座两层的嵌着瓷砖的金碧辉煌的楼房。这座房子大极了，也气派极了。亭亭常常爬到楼顶，从这里她能望到很远很远的地方，整个村子都尽收眼底。她想象着自己就是武侠剧里的女侠，能飞檐走壁，在每家屋子的房檐上穿梭。她躺在楼顶，头枕着胳膊，眼睛望着湛蓝的天空，云朵在静静地行走，时不时地，一只大鸟从云朵下飞过，它扑闪着翅膀，在无边的空中滑翔。亭亭的眼睛里映出鸟的影子，她的眼睛眨也不眨地，看着鸟儿飞过。她多想像大鸟一样，也飞翔在镶着云朵的空中啊！

这时，周新杰烧好了水，他端了一碗冒着热气的水，他把碗放在了亭亭前面的破旧的桌子上。

“你喝点水吧！”周新杰说道。

“好！”亭亭答道。

太阳渐渐升入空中，积雪在慢慢地融化，偶尔，能听到树枝上的雪落到地面所发出的沉闷的响声。碗里的水由热气腾腾变为热气袅袅。他们在相互交谈着，从童年的趣事聊到成长的烦恼。

“周新杰，你是个好人。”亭亭斩钉截铁地说。

“我……我的爸爸杀了人！”周新杰忽然站起来，背对着亭亭，他的手紧紧握成一个拳头。

“那又怎样呢？你是你，你爸爸犯的错误与你无关。”

“可别人不这么认为。”周新杰转过身，他的手仍紧握着，“因为我家穷，我爸杀了人，我小的时候被邻居们看不起，他们从不和我说话，也不允许他们的孩子和我玩；在学校我也受到老师的不公正对待，

他们冤枉我，认为班级纪律都是我被带坏的；同学们嘲讽我，疏远我，甚至拿着棍子打我。直到有一天，我还击了，我跟那些欺负我的人打架，我打赢了，他们再也不敢出现在我面前了。哼，这些欺软怕硬的家伙！他们真该死！”

“你说得对，他们是可恶，他们应该被好好教训一顿。可是，你能打一辈子的架吗？只有自己强大，才能不被人欺负！你应该做的，是好好学习，将来有出息……”

“这话真像从蒋老师口中说出来的，他已经说了一千遍了，我耳朵都磨出茧子了，不用你再重复了。”周新杰不耐烦地说。

“你不想好好学习吗？”亭亭穷追不舍地问道。

“我不是学习的料！”周新杰干脆利落地答道。

“亭亭，我其实有自己的打算，”周新杰说道，“我想上完初中，然后去当兵，我想当兵。但当兵至少要满十八周岁。我算了算，等初中毕业，我就差不多够年龄了。”

“当兵？当兵好啊！”亭亭的脸上泛起了笑容，至少她现在知道，周新杰是个有打算的人。

“我梦想有一天扛起枪，变成一个神枪手，能把正在飞的燕子打下来。敌人入侵，我奔赴前线，一枪就能解决掉好几个敌人。”周新杰仿佛觉得自己手中真就拿着枪，他比画出放枪的架势，“我要保家卫国，把一腔热血献给祖国。”

“你真是好样的！”亭亭竖起了大拇指，她似乎也热血沸腾起来。

“亭亭，你是块学习的好料。”周新杰坐到了旁边的板凳上，板凳发出吱吱的声响，“你要考高中考大学，你会比我有出息的。”

“我？”亭亭的高涨的热情冷却了下来，她面无表情，茫然地看着地面，她就像枯萎的花朵，在太阳的曝晒下，耷拉着头，渴盼着春日的甘霖。

“怎么了？”周新杰慌了神，他想他是不是说错话了？为什么亭亭

忽然就不高兴了？

亭亭摘下了眼镜，把眼镜扔到了旁边破旧的桌子上，她把头埋在手掌里，她甚至小声啜泣起来。

“亭亭，你到底怎么了？”周新杰是不知道如何哄女孩子的，只能手足无措地站在旁边。

“没事，过一会儿就好了。”亭亭将头抬起来，她擦了擦眼边的泪水，又戴上了眼镜。屋里出现了短暂的沉默，周新杰看着她，不知道该说什么。其实周新杰明白，亭亭有她的苦衷，她背着沉重的包袱，这包袱太重了，压得亭亭喘不过气来，她只能以小声的啜泣来缓解这包袱所带来的精神上的压力。

“我从小到大都是班级里的第一，我是父母的甚至是整个家族的骄傲！”亭亭低声说着，“我表面上外向，但我其实是个内向的人，尤其是在梦瑶走后，我变得越来越孤独了。学习是为了什么？考第一名是为了什么？我现在都想不明白。难道就是为了博得父母和老师的夸奖吗？我被套上了沉重的枷锁，我只能考第一，一旦失去了这个名次，我就会万分难过，虽然父母和老师不会责怪我，但我能从他们的眼神中看出失望、不满，我必须拼尽全力，在下次考试中夺得第一。可是，我并不比别人多一个大脑，我并不比别人聪明，我只是一个普普通通的初中生，我每在学习上超越一个人要付出多大的艰辛！我不知道是什么时候，是谁规定我要永远坐在‘前排’，我要永远出类拔萃的，这不公平。我付出那么多辛苦，仅仅是为了比别人多考几分，我只想明白，多这几分到底有什么用？”

“有用，亭亭，”周新杰连忙说道，“就像你刚才所说的，好好学习，考出好成绩，就是为了将来有出息……”

“可是我只想过普通人的生活。”亭亭说道。

周新杰顿时哑口无言，他没想到连全班第一名的亭亭也不知道学习是为了什么，他自己就更不明白了。他只好说：“老师说要好好学习，那肯定有他的道理，也许我们年龄太小还不懂，等我们长大了，自然就懂了。”

“也许吧！”亭亭点点头，“终有一天，我们会知道学习的意义。”

门外树枝上的积雪依然时不时地掉落下来，阳光比先前更充足了，大地上的积雪在太阳的照耀下，反射出洁白的光来。麻雀在枝头啁啾着，它们兴许是饿了，一直在寻找着食物。亭亭走出了周新杰的家，周新杰站在大门边，远远地望着亭亭的背影，直到消失在路口。刚刚过去的这一个小时是他们最真实的样子，他们把内心最真实的情感吐露给了对方。他们都是初中生啊！这花一般的年龄里隐藏着太多成年人所不了解的烦恼，而这正是家长们容易忽略的。他们的道路同样布满荆棘，如果家长不在这时帮助孩子一把，这荆棘会伤害到孩子，甚至会刺向孩子们的心脏。

荆棘就在道路的不远处，它伸着刺，刺上发着凶恶的光，等着孩子们的到来。一转眼已到了下学期，这是春天了，冬天在寒流和大雪中渐渐远去，绿色开始浸染大地，鸟儿正在唤醒天空，春天温暖的气息飘荡在一望无际的田野之上，也弥散在孩子们上课的教室里。蒋书轮讲完语文课，大踏步地走入办公室，这时，他的后面跟了一位女生。她叫李双依，成绩中等，平时也不太遵守班级纪律，经常在自习课上说话，不仅如此，她还有一个特点，这个特点也许对老师们来说是个优点，那就是她爱打小报告。比如，班里哪个学生上课说话了，哪个学生晚上熄灯后在宿舍吃零食了，哪个同学乱扔垃圾了，她都事无巨细，向老师们娓娓道来。数学老师倒挺器重她，把她作为暗探安插在班里，以监视学生们做数学作业的情况，一旦发现有同学抄作业，她就会毫不犹豫地报告给数学老师。

“老师，”她常常伸出一个手掌，放在嘴巴旁边，然后靠近数学老师的耳朵，压低声音说道，“李梦坤又抄董世昌的作业了。”

蒋书轮起初对李双依打的小报告十分重视，一听到李双依举报某

某学生，他就会立即把这个学生叫到办公室训斥一番，可被训斥的学生死不承认自己犯了错，蒋书轮又没有证据，最后就不了了之。渐渐地，蒋书轮就对李双依打的小报告置之不理了，他甚至怀疑李双依有时候是胡编乱造的，毕竟学生的话是不能全信的。

“你管好自己就行了，李双依。”蒋书轮经常教育她，“不要老管别人，把自己的学习搞好才最重要！”

李双依后来到办公室的次数就少了，除非老师叫她，否则的话一个星期也不见她来一回。今天，她却跟在蒋书轮的屁股后面，也许是有着惊天的秘密要告诉蒋书轮呢！果不其然，李双依站在老师的旁边，头伸向老师，手掌放在嘴边，悄悄地说道：“老师，我要告诉你班里的一件大事。”

“李双依，课文背会了吗？”蒋书轮头也不抬，一边收拾东西一边问。

“背会了，今天早自习背会的。”李双依马上说。

“大课间来给我背诵！”

“好的，老师。”李双依转身要走，她忽然又停住了，她觉得非要把班里的这件大事向老师讲出来不可，否则就是如鲠在喉，不吐不快。她又将头伸向蒋书轮，手掌放在嘴边，压低声音说道：“老师，我要说的是一件关于王亭亭和周新杰的事情。”

“王亭亭和周新杰？”蒋书轮马上停住了手头的事情，她抬头看了看李双依，严肃地说道，“他们两个怎么了？你想告诉我关于他们的什么事情？”

“老师，我告诉你的这件事，你要为我保密，千万不要说是我给您说的。”

李双依压低声音，小心翼翼地说着。

“你说吧！我不说是你告诉我的。”

“老师，”李双依换了个手掌，她把头伸得离老师更近了些，都快挨到了蒋书轮的耳朵边，她如蚊子一般嗡嗡道，“王亭亭和周新杰俩人好上了！”

“好上了？”蒋书轮惊愕得失声叫了起来。

“老师，您别激动！”李双依慌忙说道。

“你说的好上了是什么意思？”蒋书轮虽然已知道这三个字的意思，但仍不敢相信，想进一步向李双依求证。

“就是……就是，”李双依看了看周围，周围是没有人的，她便放心大胆地说道，“就是谈恋爱了！”

“他们谈恋爱了？”蒋书轮依然不相信，他正襟危坐，朝李双依说道，“李双依，说这话是要有证据的！你怎么知道他们两个谈恋爱了！”

“这个，我，我也是听别的同学说的，”李双依也是没有证据的，她也是道听途说的，她支支吾吾地说，“反正别人都这么说！”

“你是听谁说的？”

“许多同学都这么说，他们私下说每次周五放学，王亭亭就和周新杰一块儿回家，周末的时候还有人看见王亭亭去周新杰家找他。”

“李双依，不要总相信别人的胡言乱语，也许他们就是故意编造瞎话诽谤王亭亭和周新杰的呢？总之，你要做到不信谣不传谣，管好自己就行了！这件事我知道了，我会搞清楚的，你回教室吧！”

李双依本想着老师得到她的小报告，会委任她为暗探，查找王亭亭和周新杰谈恋爱的证据。没想到老师几句话就把她打发了，李双依垂头丧气地走出了办公室，她甚至后悔给老师说这个秘密了。

蒋书轮陷入了沉思，难道王亭亭和周新杰真的谈恋爱了？李双依的话绝非空穴来风。初二的学生已经进入了青春期，无论是生理还是心理都日趋成熟，这一年龄段的孩子对异性好奇本来也是无可厚非，其实，老师是不需要管这种事的，老师的责任是教书育人，传道授业解惑，不是来管他们不要谈恋爱的，再说，这等事即使想管也管不了，难道要把他们叫到跟前，质问他们有没有谈恋爱？这恐怕不合适。但

是蒋书轮最担心的，是早恋会影响到他们的学习，自从周新杰和王亭亭做同桌，周新杰的学习成绩已经有了很大的起色，现在甚至跃入了班级的中等水平，王亭亭也一直稳居班级第一。如果他们早恋了，这些好不容易取得的成绩岂不要付之东流？新闻上学生早恋影响学习甚至成长的例子实在是太多太多了！不过，话又说回来，王亭亭是个心里有数的孩子，她会让早恋影响到她的学习吗？兴许，两个人之间的好感会激发他们努力学习，使他们向更好的方向发展，这样的例子也不是没有啊！蒋书轮悬着的心又渐渐放了下来，他们没谈恋爱是最好的了，即使谈了，说不定也不会造成什么坏的影响。蒋书轮思来想去，终于决定还是先观察他们一段时间再说。

蒋书轮常常站在教室的窗外，观察王亭亭和周新杰上课的表现。王亭亭坐得笔直，两手端正地放在桌上，眼睛眨也不眨地盯着黑板。她学习多认真啊！而周新杰，虽然上课比以前进步多了，但还是听一会儿课就要做做小动作，他把两手随意搁在桌上，两眼看会儿黑板就开始东张西望起来，反正是不能在一节课里做到全神贯注、专心致志的。蒋书轮是对周新杰不抱太大奢望的，周新杰现在能做到这样，他已经是心满意足了。课间的时候，蒋书轮发现王亭亭并不爱出去和同学们玩儿，反而待在座位上写作业，这和以前的亭亭相比，变化实在是太大了。唉！梦瑶走了，亭亭最好的朋友走了，她怎能不悲伤、不失落呢？青春期的孩子，心理都是敏感的、脆弱的，就像透明的玻璃杯，是不能被摔碎的，而亭亭的心就是被摔碎了的。周新杰在课间常常叫上崔一航和李梦坤，然后出去就不见了，他们现在又经常走在一起了，蒋书轮远远看见他们就总觉得他们又在密谋什么事情似的。

蒋书轮观察了王亭亭和周新杰几天，却一无所获。蒋书轮忽觉自己挺可笑的，竟然暗中观察自己的学生有没有谈恋爱，连他自己还没有对象呢！蒋书轮猛然想起了妍珊，妍珊，他好久都没有再想过她了。蒋书轮每次在校园里看到她，就赶紧躲开她，他和她之间是再无可能了！蒋书轮有时还会想起以前，以前的那一封封书信，以前的那一声声笛音，如今都已化为云烟了。蒋书轮的眼睛模糊了，一滴眼泪流到脸颊，他迅速用手拭去，他不愿触碰那段痛苦的记忆。

荆棘依然长着刺，刺上依然闪着光，王亭亭和周新杰马上就要踩到刺，他们却浑然不觉。那个周末，王亭亭跟母亲说去找同学玩，便出了门。她径直向周新杰家走去，周新杰在家里等着她。周五的时候，他们约定，周日一起来这里玩。天气是晴朗的，万里无云，春天的阳光温柔地抚摸着大地，整个世界都陷入昏昏欲睡的状态之中。树木的影子、高楼的影子，还有亭亭的影子，都清清楚楚地映在地面上，这地面由于影子的缘故而变得忽明忽暗。亭亭踩着它们的影子，忽然想起了梦瑶，小时候，和梦瑶在一起，她们互相踩对方的影子。那时多单纯啊！亭亭想着想着，一抬头，发现自己已经到了周新杰家，大门是半掩着的，亭亭推开门，看见周新杰正在晒被子。周新杰拿着一根木棍，扑扑地拍着被子，细微的尘土在明媚的阳光中飞扬。

"轻点拍，你这样拍会把被子里的棉花拍散的。"王亭亭笑着说道。

"你来了，"周新杰连忙走向前，说道，"被子已经好长时间没晒了，又没人盖，都快发霉了。"

"被罩可以取下来洗洗。"

"姑姑说这两天她过来洗被罩，"周新杰正说着，他忽然转过身，朝屋内大喊一声，"毛毛。出来！来见一位新朋友！"

这时，一只狗像箭一般从屋内窜出，它朝周新杰直扑过来。

"怎么会有狗！"亭亭看到狗，惊叫一声，她不由后退了几步。

"不要怕，这是姑夫让我养的一条狗，我给他取名叫毛毛，因为它毛多。"周新杰将毛毛抱到了亭亭的面前，"你摸摸它，它不咬人。"

"真的不咬人？"亭亭依然露出一丝害怕的神情。

"不咬人。"

亭亭蹲下来，将手慢慢地伸出来，小心翼翼地摸着它的毛，毛是

那样的柔软，就像在摸刚摘下来的棉花一般。毛毛伸出长长的舌头，舔着亭亭的手心，它又嗅着鼻，在亭亭身上蹭来蹭去。亭亭抱起它，把它揽入怀里，它又去舔亭亭的脸。亭亭仰起脸，边笑边说："不要再舔我的脸了，你太热情了。"

王亭亭和周新杰沉浸在毛毛带来的欢乐之中，他们忘记了周围的世界，他们更不会察觉到，现在正有个人在注视着他们，这个人是与亭亭最亲近的人，是的，那是亭亭的母亲，她正站在周新杰家的大门口。她的母亲这段时间感觉到了亭亭的异样，以前的每个周末，亭亭总是待在家里，要么写作业，要么看电视，很少去找同学玩。现在她每个周末都出去。母亲问亭亭："你去找谁玩？"亭亭总是支支吾吾，说："反正你也不认识。"孩子上到了初二，也不愿让母亲知道她的秘密了。母亲总是看亭亭一溜烟跑了，出了大门就再也找不到她。母亲不放心，这次留了个心眼，悄悄跟上了亭亭，她要看看孩子到底去哪儿玩了。跟了半天，她最后发现亭亭竟然来了这里！她完全想不到，她甚至有些恐惧，汗毛都直竖起来。这一家子的人以前在村里可是远近闻名、妇孺皆知啊！这家的男人是村里有名的酒鬼和赌徒，后来杀了人，被枪毙了。他的妻子患了癌症，长期卧病不起，因为没钱治病，最后被活活疼死了。他只剩一个儿子，这个儿子也和他爸一样，是个不成器的人。亭亭的母亲很早就听这一片儿的人说，这个孩子从小就好打架，被打的孩子的家长以前不知来过他家多少回了，人们都在背后说："有其父必有其子。老子是个杀人犯，儿子也好不到哪里去。"后来听说这孩子被开除了，常年辍学在家，怎么，他现在还在上学？难道他还和自己的女儿一个班？亭亭为什么在他家？这究竟是怎么一回事？难道？亭亭的母亲突然有了一种不祥的预感，她要赶紧喊亭亭出来，她甩开步子朝大门里走去。

"亭亭，你怎么在这里！"母亲走进大门呵斥道。

毛毛看见有陌生人来，挣开亭亭的手臂，一下子跃到地上，汪汪地朝亭亭的母亲叫起来。

“毛毛，别叫！”周新杰朝毛毛大声说道。

亭亭转过身，她怎么也没想到母亲竟然来了这里，她万分惊恐，这一刹那她忘记了所有，大脑一片空白，她浑身哆嗦，一句话也说不出，她直直地立在那儿。

“跟我走！”母亲抓起亭亭的手就往外拉。亭亭跟着母亲，机械地走着。在太阳的照耀下，两个影子一前一后，在快速地移动着。母亲呼哧呼哧地往前走，她紧紧地抓着亭亭的手，仿佛不抓紧，亭亭就会挣脱开一般。一路上，她不说一句话，头也不回，就只管走。亭亭被母亲拉着，她的大脑依然是一片空白，刚才发生的事情她还没有反应过来，刚才，刚才，她抱了毛毛，在跟毛毛玩，后来，后来，母亲为什么会突然来？母亲怎么会来这里？亭亭依然想不明白刚才所发生的事情，但有一点她很明白，到家之后，她将要面对一场暴风骤雨。

“你怎么会在他家！”母亲忽地把门关上，气呼呼地坐在沙发上。

“我，我，”亭亭站在那儿，不敢看母亲的目光，“我去同学家，路过他家，见他在大门口，就顺便和他说了几句话。”

“胡说！”母亲盯着亭亭，眼光似乎变成了一把刀，“我一直都在后面跟着你，你是直接就去他家的。”

亭亭满脸通红，她没想到母亲竟然会在背后跟着她，母亲变了，变得不尊重自己的隐私了。

“亭亭，你跟他是同学吧！你给我说说，你为什么去他家？你知道他家都是什么人吗？他爸是杀人犯，被枪毙了，他妈得癌症，死了，这个小孩儿，叫什么名字来着？这个小孩儿也是整天打架斗殴、不好好学习，难道你不知道？”

“你不觉得他们一家很可怜吗？”

“可怜确实是可怜，但可怜之人必有可恨之处。他爸如果不杀人，他家会变成这样子吗？这个小孩儿如果好好学习，不是个坏孩子，邻居们会不可怜他？”

“周新杰不是个坏孩子，是人们的偏见让他变坏的。”

“周新杰，对，周新杰，”母亲想起了这个孩子的名字，“不管是他本身坏还是后来变坏了，总之，我不允许你再和他交往。”

亭亭不吭声，她想离开，不愿再听母亲的唠叨，她低着头不理母亲，径直向卧室走去。

“站住！亭亭，”母亲依然不依不饶，“你还没有回答我，你为什么会去他家？你们是何时开始交往的？”

这是母亲想解开的困惑，不解开，亭亭是不会听她的话的。母亲是了解自己的孩子的，亭亭从小就听话懂事，她身边的朋友也都是类似亭亭这样的好学生，而且是绝对没有异性的。母亲知道，亭亭大了，正值青春期，不免会对异性产生好奇，但即便如此，也不能“看上”周新杰这样的坏孩子，不然，不仅会影响孩子的学习，甚至说不定会让孩子的身心受到伤害。母亲是一定要刨根问底，找出这件事的答案不可。

“我，”亭亭停住脚步，她知道自己今天不把话说清楚，母亲是不会善罢甘休的，“我和周新杰坐同桌，我有时帮他补作业，老师让我带动他学习，我就去过他家这一次，因为他家有个小狗特别可爱，我就去跟他的狗玩。”

“你说你和他是同桌？是老师调的？”母亲又腾地站了起来，“这老师也真是的，怎么让我的孩子和他坐同桌！这不是耽误我家孩子学习吗？不行！我明天得找你们老师去！”

“妈，你别找我们老师！”亭亭听见母亲要找老师，心里急了起来，“老师就让我们坐这一段时间的同桌，下个月老师就又把他调到后面了。”

“那万一他不调呢？我找你们老师说说话，顺便了解一下你现在的学习情况。”

“妈，不用了解，我现在每次考试还是班里第一名。”

“不行，我明天一定要去找你们班主任。亭亭，当妈的操心你在学校里的学习和生活，我去学校一趟也不多。”

“我不用你操心！”亭亭冷冷地撂下这句话，她走进卧室，重重地关上了卧室的门。

这是亭亭平生第一次顶撞母亲。亭亭是家里的独生女，她从小就是乖孩子，听话懂事学习又好，一直都是人们口中的“别人家的孩子”。村里的人常常对亭亭的母亲说：“你看你命真好，生了亭亭这样的好孩子，以后等着享你闺女的福吧！”亭亭母亲听了，心里总是美滋滋的，她更加疼爱亭亭了。亭亭从小学到初中一直都是顺风顺水，哪知现在竟会出现这种事？不过，亭亭母亲也是爱之深责之切，她事后想想，觉得刚才说亭亭的话有点过了，她想去亭亭的卧室，和她好好说说话，可是该说什么呢？她怕亭亭和自己再急起来。她就这样坐在沙发上，待了整整一天。

晚上，亭亭躺在床上，她越想越害怕。母亲明天找老师，告诉老师我和周新杰的事情怎么办？到时候，班主任、数学老师、英语老师还有其他老师，不就都知道了吗？不光是老师，这件事说不定还会传到同学们中间，同学们会说：“亭亭啊，你怎么能大白天的往周新杰家跑呢？你肯定是喜欢上他了！哈哈，喜欢上他了！”亭亭的眼前仿佛浮现出了同学们嘲笑她的神情，她们兴奋地张着嘴巴，用手指着她，发出阵阵怪笑之声。亭亭忙闭上眼睛，捂住耳朵，可她们的影子依旧消散不了。亭亭更害怕了，她想睡却一直睡不着，胡思乱想了一夜，直到黎明降临，她才沉沉地睡去。

等她睡醒已是早上七点，窗外已大亮，她急忙起床，她正要开卧室的门，手却缩了回去，她害怕出去，更害怕回学校，她又坐回了床边。

“亭亭，快起床了，饭做好了！”门外是母亲催促的声音。

亭亭只好打开卧室的门，蓬头垢面地走了出来。

“赶紧去洗脸，洗完脸来吃饭，今天怎么起得这么晚！快迟到了！”母亲麻利地在饭桌前忙活着。

亭亭哗哗地洗了脸，她只吃了几口饭，就背起书包，准备走出家门。她又看了看母亲，母亲依然在忙活着，亭亭很想走上前去，哀求母亲不要去学校找老师，可是她说不出口，她憋了回去，她沮丧地推起自行车，出了家门。

亭亭也不骑车，只是机械地推着自行车走，车轱辘在路面上缓慢地转动。她就这样慢慢地走到村口，她丝毫不关心自己会不会迟到。就在这时，她看见了一个熟悉的身影，是，是周新杰，他骑着车，风驰电掣一般。这是他姑姑家的那辆破车，他今天竟骑上它去学校。他看到了亭亭，用手猛一捏闸，自行车吱的一声停了下来，他推着车走上前去，他看到亭亭沮丧的神情，心里立刻慌乱起来。

“你怎么不骑上去？快迟到了。”

亭亭依然只是缓慢地推着车，她脸上的神色就像浓云密布的天空，马上就要下起雨来。

周新杰明白，肯定是亭亭的母亲在家里批评亭亭了。他感到愧疚，这都是他造成的，他对不起亭亭，停了半晌，他抬起头来，坚定地说道：“亭亭，我今天就去跟老师说，让他把我调到后面，我们不坐同桌了，我们以后也别再说话了。”

亭亭的眼泪就如那夏天的雨一般，哗哗地落下来。周新杰从口袋中掏出一卷纸，递到亭亭跟前，亭亭擦了擦脸，停了一会儿，她对周新杰说道：“我想再去看看毛毛。”

他们铁定是要迟到的，但他们早已不管不顾了。就在周新杰打开自己家的门，毛毛从门里一跃而出的时候，蒋书轮正站在教室里清点学生人数。已经上课了，王亭亭和周新杰怎么还没来？王亭亭可是从来没有迟到过的，今天怎么会迟到？难道是她生病了？可她的母亲怎么会不打电话？还有周新杰，难道他又去乱跑了？可是崔一航和李梦坤都在，他一个人会跑去哪儿？蒋书轮坐立不宁，只得拨通了王亭亭母亲和周新杰姑姑的电话。

亭亭母亲听到蒋书轮说亭亭没回学校，一股恐惧感忽然涌上心头。她连忙骑上电动车，顺着亭亭平时去学校的路线往寻去，她一直走到学校门口也没见到亭亭的影儿。她呼哧呼哧地爬上二楼，一把推开办公室的门，边喘气边说道："老师，亭亭真没来学校？"蒋书轮见她甚是着急，便先让她坐下，安抚她的情绪。

"是啊！我一直等到八点，也没见到亭亭，我还想着是不是她生病了。奇怪的是，周新杰也还没来学校，我刚给他姑姑也打了电话。"

"你是说那个周新杰也没来？"亭亭母亲忽地站了起来。

"怎么了？"蒋书轮惊得也跟着站了起来。

亭亭母亲顿时明白了，她知道亭亭现在在哪儿了，她没想到亭亭竟会跟着周新杰那个小混混一起逃学。她气得浑身抽搐，但她知道，这是在学校，她要平心静气地把这件事解决掉。

"老师，"亭亭母亲转向蒋书轮，她表情严肃，蒋书轮顿时产生如芒在背的感觉，"你为什么要把亭亭和周新杰调成同桌？"

蒋书轮被这突如其来的问题给噎住了，他一时之间竟找不到可说的话，他只是结结巴巴地说道："这……这……"

"我也不是不服从老师您的安排，毕竟班上这么多学生，老师不会都顾及，"亭亭母亲见蒋书轮不说话，就接着说了起来，"但是，老师您让他们俩坐同桌确实不合适。"

"有什么不合适？"蒋书轮问。

"老师，周新杰是什么孩子您不了解吗？他是我们村的，我可是太清楚他的家庭背景了！他爸是个杀人犯，被枪毙了！他也是我们村远近闻名的坏孩子。您让他和亭亭坐一块儿，会不影响亭亭的学习吗？"

"可是，亭亭的学习并没有受到影响啊！她依然是班级第一名，这

次月考，她在年级里的排名还上升了呢！她已经是年级前五名了！”

“可……可这也不行，亭亭就是不能和他坐同桌。”亭亭母亲心里犹豫着，她该不该把昨天发生的事情告诉蒋书轮，毕竟这件事并不光彩。但如果她不告诉老师，不让老师知道，他们两个说不定还会发生什么。她越想越害怕，她必须彻底把事情扼杀在萌芽里。她又坐了下来，叹口气，无奈地向蒋书轮说道：“老师，我跟您说件事，您千万不要说出去。亭亭这孩子，唉！”她又叹了口气。

“亭亭怎么了？”蒋书轮问道。

“昨天亭亭从家中跑出来，说是找同学玩，我这个当妈的不放心，因为这几个月来她经常一到周末就不见人影，我就跟了上去，谁知她一个人竟跑到我们村西头周新杰家，她竟是去周新杰的家里找周新杰玩！”

“就他们两个人吗？”蒋书轮睁大了眼睛。

“是的，老师，你知道我当时是多么担心自己的孩子！周新杰他们一家在我们村子里远近闻名，他爸杀了人，他妈病死了，这个孩子是个小霸王，简直是无恶不作的。”

“周新杰这孩子没有你说的这么夸张，他现在进步多了，你也不要乱猜测，他们或许就是普通朋友，亭亭只是去帮周新杰补补作业而已。”

“老师，你觉得他们会只是普通的朋友？况且，周新杰这样的小混混，他能和亭亭成为朋友？他们就不是一个圈子里的人！我昨天狠狠地批评了亭亭，我以为她记住我的话了，没想到，没想到她竟然跟周新杰一块儿逃学。”

“什么？他们两个一块儿逃学？那他们现在在一块儿？”蒋书轮腾地站了起来。

“亭亭这孩子现在肯定是在周新杰家！”亭亭母亲也站了起来，“老师，我现在去找亭亭，不过老师，我把真实情况都给你说了，你要尽快把他们的座位调开。”

亭亭母亲腾腾地走出办公室，蒋书轮也紧随其后。他们刚走出校门就看见周新杰和王亭亭骑着车，周新杰的姑姑在后面跟着。

“周新杰和王亭亭，你们两个去哪儿了？怎么现在才来？”蒋书轮拦住了他们。

“亭亭，你给我过来！”亭亭母亲上前把亭亭拽到了一边。

“周新杰，你们去哪儿了！是不是去你家了！”蒋书轮盯着周新杰。

周新杰抬头看了一下蒋书轮，又低下头，他在想蒋书轮为什么会知道他们去了那里，他随后又抬起头，向蒋书轮说道：“去我家怎么了？”

蒋书轮顿时火冒三丈，周新杰姑姑见此情形，慌忙说道：“老师，两个孩子都找着了，你让他们上课去吧！”

“不行！”亭亭母亲断然答道，“你是周新杰的姑姑吧！周新杰欺负我家亭亭你怎么不管！你是怎么教育他的！”

“我家周新杰怎么欺负你家亭亭了！”周新杰姑姑也来了气，“是我让你家闺女去我家的吗？”

“不是你家周新杰的原因，我家亭亭怎么会去你家！”

“有什么原因，你说！”

两个女人的争吵声向箭一般射入校园，直刺向老师和学生们的耳朵，学生们纷纷将头伸出窗户，争相看外面的好戏，这可比老师讲课有意思多了。尤其是四班的学生，临窗的同学看到了两个争吵的女人旁边站着周新杰和王亭亭，都大吃一惊。纷纷把这一消息告诉邻桌，一传十，十传百，就在那几分钟之内，全班同学都知道了周新杰和王亭亭站在校门外，他们的家长在互相争吵。

“王亭亭和周新杰怎么站在门口？他们俩逃学了？”这边的同学议论道。

“他们家长咋还在吵架？班主任也在那儿！”那边同学说道。

“安静！安静！”政治老师敲了敲桌子。

蒋书轮是要制止这两个女人的吵架，否则她们再这样吵下去是会惊动学校领导的。他把亭亭母亲拉向一边，承诺把两个孩子的座位调开，并保证会好好教育他们让他们不再接触；他又做了周新杰姑姑的思想工作，他告诉她周新杰这段时间进步很大，其中最主要的原因是亭亭的帮助。蒋书轮颇费了些口舌，她们的怒气才算渐渐消了下来。最终，蒋书轮领着周新杰和王亭亭回了教室。

双方家长的争吵就如一把利刃，彻底斩断了周新杰和王亭亭的交往，也刺向了他们的心脏。他们的心在滴血。蒋书轮把他们的座位调开了，周新杰又坐到了最后一排。流言蜚语在教室里酝酿着，并形成巨大的乌云，笼罩在上空。

王亭亭更孤独了，她曾经失去了梦瑶，现在她和周新杰之间的友情也被生生地斩断。她总觉得同学们都在暗地里议论她。她去吃饭，总能感觉到旁边餐桌的同学们在互相使着眼色，每个人的嘴巴都贴在对面同学的耳朵旁边小声嘀咕着什么。“这是在说我！这一定是在说那件事！”她用筷子哗啦哗啦地往嘴里扒了几口饭，就端起饭缸，落荒而逃。青春期的孩子的心灵是脆弱的，即便是成长路上的一点羁绊，都可能形成致命的打击。亭亭变得疑神疑鬼。晚上下晚自习，她默默离开教室，一个人站在操场的草地上，四面八方的风向她袭来，她打了一个寒战，这是初春，风还是凉的。她听到四面八方都是同学们的议论声，那声音虽小却刺耳，她们分明在说着：“咱班王亭亭每个周末都会跑到周新杰家约会，有一次他们俩约会的时候被家人发现了，都闹到学校了！”亭亭连忙捂住耳朵，她在草地上疯狂地奔跑，草在她脚下发出哗哗的声音，风呼呼地吹在脸上，亭亭呼哧呼哧地喘着粗气，她忽然一个趔趄摔倒在草地上。她仰面朝天，看见了月亮，看见了星星，今天的月亮竟是这般的圆。月亮啊！您为何不知道亭亭的痛苦呢？您为何今晚如此的圆满呢？亭亭站了起来，她遭受的一切是没有人能代替得了她的。她走出操场，走进宿舍楼，她刚要进寝室，却听到房间里李双依高亢的说话声，李双依身边似乎围着一堆人。

“你们知道吗？我是第一个发现王亭亭和周新杰有一腿的人！”李双依露出得意的神情，她的身边围着一堆人，她的眼睛在昏黄的灯光下放出光来，“我赶紧把这一状况报告给了蒋老师，谁知道老师非但不相信我，还把我批评了一顿！呸，现在他后悔了吧！”

“李双依，你知道王亭亭和周新杰之间的详细情形吗？他们两个都在周新杰的家里干了些什么？”人堆里发出了这样的疑问。

“干了些什么？你们说会干些什么！”李双依其实也不知道他们到底干了些什么，但她不能说不知道，她要在同学们面前摆出一副无所不知的样子来，“亭亭走到周新杰家里，周新杰说我喜欢你，亭亭说我也喜欢你，然后，然后……”

“李双依，你胡说够了没有！”宿舍的门被轰然打开，亭亭站在门口，两眼放出凶狠的光。

李双依惊恐地低下头，她走到自己的床铺边，假装做出整理床铺的样子，人群也都散去，各自忙起来。寝室忽然就静了下来，没有一个人说话，其实不止这一次，亭亭感觉到这些天来，她每次晚上进入寝室，房间里就异常的安静，再也不像以前大家在寝室里有说有笑的了。亭亭端起自己的洗脸盆，拿上毛巾，静静地走出房间，去水房里洗脸。她刚走出寝室，就听到房间里响起了笑语声。“原来都是因为自己啊！”亭亭的眼泪滴在了毛巾上，“大家都不愿意和我说话，都躲着我，背地里却说尽了我的坏话。为什么！我到底做错了什么！我和周新杰之间什么也没有发生，为什么大家都这样议论我！”亭亭打开水管，水哗哗地流着，脸盆里的水跳跃着。亭亭将脸浸在水里，她真想置身在这水中，永远也不出来。她静静地望着脸盆里的水面，水早已平静下来，水里浮现出周新杰的脸庞，她急忙哗哗地把水弄乱，周新杰的脸庞便支离破碎了。自从双方家长吵过架后，他们就再也没有说过话

了。水一会儿又平静了下来，水里映出蒋书轮的模样。“蒋老师，你曾经是我最尊敬的老师，但现在不是了，都是因为你，我才成了这样！”亭亭失声哭了起来。水房里空无一人，大家都已洗过脸，准备上床睡觉了。昏黄的灯光下映出一具瘦削的身影，生活的苦难加在这个尚未成年的女生身上。她又在脸盆里看到了母亲，她最亲最爱的人，也是她最不能原谅的人。天下哪有父母不爱子女的？只是没有人教过他们如何去爱罢了！亭亭甚至恨母亲，是她，是她，这一切的罪魁祸首都是她。

“我不上学了！”亭亭发起急来，猛然将盆里的水泼洒出去，水溅了一地。亭亭将头埋在湿漉漉的手掌里，眼泪和水交织在一起。她蹲在地上，没有拧紧的水龙头里的水在滴滴答答地响着，直到灯已熄灭，她才拖着疲惫的身体回到寝室。

亭亭是真的不想上学了。这个周末，她躺在卧室里，不吃不睡也不写作业。门外的母亲砰砰地敲着门，呼喊她出来。

“亭亭，你吃点饭吧！你一天多没出来了！”母亲央求道。

亭亭不答话，她躺在床上，课本扔了一地，她是发誓不再上学了。

“亭亭，你出来，你有什么要求妈都答应你！”母亲小声啜泣着，“你，你，不想上学了不是？好，不上就不上吧！妈答应你！”

亭亭听到母亲答应她不上学了，一开始还有点欢喜，但随后便是一阵失落。亭亭心里明白，上学是她的宿命，是她人生唯一的出路，即便她现在还只是一个初中生，她也是很清楚这一点的。不上学，她就只能像梦瑶那样去镇上的鞋厂干活！可是，她真不想去那间教室了，再也不愿意去听同学们的议论声了，她受够了！

亭亭卧室的门始终都没有打开，母亲呆呆地坐在沙发上。家里静极了，钟表在墙上滴滴答答地响着。她心里也许有万分的懊悔，她不该不顾亭亭的感受，可她做的这一切都是为了亭亭啊！母亲望着卧室的门，亭亭的生命就是自己的生命，母亲的心连着亭亭的心，子女痛苦，做母亲的能不心疼吗？

母亲为亭亭请了假，她告诉蒋书轮，孩子病了，需要休息几天。蒋书轮的心也不安起来。这些天，他隐隐察觉到，班级气氛有些异常。那次李双依又跑到办公室，对蒋书轮说同学们都知道了王亭亭和周新杰之间的事情。她还颇为自豪地说，如果蒋老师当初信了她的话，也许就没有后面发生的事情了。自那以后，蒋书轮开始担心起王亭亭和周新杰来。王亭亭是女孩子，自尊心强，万一她听到了同学们的议论而想不开呢？作为老师，蒋书轮也只能在开班会的时候教育学生要以学习为中心，团结友爱，多关心自己的学业，少关注别人的事情。可这有什么用呢？对于初中生来说，这些教导都是左耳朵进右耳朵出。蒋书轮一直想抽出时间做做亭亭的思想工作，可他总是抽不出时间。而周新杰，蒋书轮就更头疼了，如果说亭亭就是一池表面平静的水塘，水下面说不定就是惊涛骇浪，那么周新杰则是波涛汹涌的大海，狂怒的时候是会把大船掀翻的。

事实也就是如此，周新杰又回到了从前的日子，他和崔一航、李梦坤又坐到了最后一排。他们晚上跳墙上网，一直到太阳升起，才意犹未尽地回学校。他们白天又开始上课睡觉了，呼噜声飘荡在教室里。

“你们三个给我站起来！”历史课上，历史老师发起火来。

他们睁开惺忪的眼睛，无精打采地看着历史老师。同学们都扭头去看他们，唯独亭亭没有扭头。周新杰心里明白，他和亭亭是再也不会说话了。他们现在就是陌生人，甚至连陌生人都不是。有一次，周新杰在校园的路上看到了亭亭，亭亭正向他走来，他多想和她说句话，他加快脚步，想迎上去，谁知亭亭一转弯走到了别的路上。周新杰失落极了，他多么自责啊！是他害了亭亭！还有，还有班上议论这件事的同学，他们更可恶！周新杰的胸腔里燃起了熊熊烈火，他握紧拳头，他要教训那些说亭亭坏话的人。

其实大多数同学是不敢在周新杰跟前议论这件事的，他们都怕周

新杰。崔一航和李梦坤有一次提及过。那天早上他们从网吧回来，一路上骂骂咧咧地走回学校。路上他们见到前面有一个女生，扎着马尾辫，提着一个书包，快步往学校赶。崔一航指着那个女生对周新杰说道：“你看，周新杰，前面是王亭亭啊！”“王亭亭？”周新杰猛然抬起头。崔一航和李梦坤顿时大笑起来。李梦坤拍了拍周新杰的肩膀，得意地说道：“新杰，还在想她呢？你给俺俩说说，你们在你家都干了些什么？俺俩替你保密。”“滚！”周新杰猛地推了一把李梦坤，李梦坤扑通摔在地上。周新杰指着崔一航和李梦坤说道：“你们两个如果再提这件事，别怪我翻脸！”后来，他们就再也不敢跟周新杰开这种玩笑了。

那些天来，周新杰没少和同学打架。下晚自习，周新杰常常把那些乱说话的男生叫到宿舍，关起门，先往他们肚子上踢一脚，然后迅速扭住他们的胳膊，把他们按倒在地。周新杰趴在被打男生的耳朵边说道：“再让我听到你乱造谣，我打死你！”那些男生吓得面如土色，连忙求饶。渐渐地，造谣的同学就少了许多。

可就是这个周一，早上上课的时候，周新杰见到王亭亭的座位是空着的。“王亭亭怎么没来上学？”周新杰的眼睛整节课都盯着那个座位，仿佛王亭亭就在那儿坐着一般。到了周二，亭亭依然没有来。周新杰坐不住了，他上课也不睡觉了，开始胡思乱想起来。“难道是她母亲又批评她了？难道是她生病了？难道……”周新杰真想找蒋书轮问问，可他哪敢？他晚上也不跳墙上网了，他躺在黑暗中，亭亭美丽的脸庞浮现在他的眼前，这多美好！他情不自禁地伸手去抓，可手一碰，一切就迅速消失得无影无踪。周新杰失落极了，那段美好的时光彻底消散了，永远再回不到从前了。“是我害得她不想上学的。”无边的黑暗在周新杰的身旁涌动，“她是学习的材料，以后还要考高中考大学，我不能害了她。”周新杰侧过身，他握紧了拳头，“教室里没有了我，同学们就不会再造谣这件事了，亭亭的自尊心就不会受到伤害了！我必须离开！”窗外的路灯忽然亮了起来，一丝光线进入到宿舍里，正好照在周新杰的脸庞上，他的表情坚毅而又沉着，他做好了准备。

这是村里的夜晚，泥泞的路上已经少了人迹，路灯无精打采地亮着，光线只在灯泡周围晃了一圈，就消散得无影无踪。黑暗遮盖了村庄大片的地方。人们都待在家里。电视机的嗡嗡声极细极小地透过窗户散开去，家里的小孩子们大声喧哗着，大人们怒声斥责着，还有妇女们饭桌前的闲话声，老人的叹息声，这些声音汇聚在一起，组成了家长里短。此时的周新杰，正悄悄地像贼似的躲在胡同的角落里，王亭亭的家就在这胡同的尽头。他从黄昏开始就躲在这儿，一动不动，两眼直勾勾地盯着亭亭家的门口。她家的灯开着，光亮从屋里透过来，一直洒到胡同里。太阳早已收敛了最后的光线，月亮升起了，星星眨眼了，路灯亮了。可这些周新杰一点儿也不关心，他一心等待着亭亭出来的机会，好和亭亭说几句话。有时胡同里突然走出来一个人，他立马紧张起来，装作从这里经过的路人，以免让别人怀疑。他等啊等，一直到晚上九点，周新杰看到许多家里的灯熄灭了，黑暗更沉重了，月亮却更亮了，虽不是圆月，可那半轮月光依然皎洁，大地在皎洁的月光下变成了灰白色，成了白茫茫的一片。

“看来她今晚是不会出来了，她或许已经睡觉了。”周新杰失望了，他觉得自己特别愚蠢，大晚上待在家门口等亭亭，这样他能等得来吗？然而，白天他是不敢在这儿的。他从角落里走了出来，最后看了一眼亭亭的家门，他转过身，失望地往回走。

忽然，他听到门吱的一声响，他回头看，见到一个人在缓慢地关着门。亭亭？对，是她！他们一家人要睡了，母亲让亭亭把家门关住，这是农村人在睡觉前要做的最后一件事。周新杰看到亭亭苍白的脸庞，在这微弱的从家里透出的光线的映照下，这苍白就如写在黑板上的粉笔字，干净刺眼没有一丝杂色。

“亭亭。”周新杰轻轻唤道。

“谁？”亭亭惊了一下，她停止了关门，两眼凝视着前方的黑暗。

周新杰从黑暗中走了出来，站在了亭亭面前。亭亭苍白的脸唰地红了，她没想到周新杰会在这儿。她心中五味杂陈，她不想也不敢面对周新杰，她羞涩地低下头，看着被月光染白了的地面。

“亭亭，你回学校吧！这，是你曾经送给我的书包，我小心地保存着，舍不得用，现在我转送给你。”周新杰轻轻地说着，他双手把书包递到了亭亭面前，“考高中考大学是你的理想，千万不要因为一点挫折就放弃！”

亭亭看着那军绿色的书包，那是周新杰送她钢笔之后，她送给他的。亭亭的眼泪顺着脸颊，滴在了书包上。亭亭颤抖地接过书包，她激动得说不出话来。

周新杰给了亭亭一个微笑，之后便轻轻地转过身，消失在黑暗里。

“周新杰！”亭亭拼命地喊出了这个名字。

周新杰在黑暗中转过头，亭亭是模糊的，因为眼泪在眼眶中打转。这个从小到大都没有哭过的倔强的孩子，此时却流下了眼泪。周新杰哽咽着说道：“你放心，亭亭，我有我要走的路，我说过，我要给我家盖一座大房子，我要当兵保卫祖国。”周新杰说完，便拔腿在黑暗里奔跑，他的耳边呼呼地响着风声，时间仿佛静止了，这个世界只有他和她，他们中间隔着无边的黑暗。

亭亭去了学校，但过一个月，亭亭就转学了。在她父母的安排下，亭亭去了县城里的初中。学校失去了一个尖子生，蒋书轮却为之高兴，因为亭亭得到了一个更好的平台。蒋书轮看到亭亭走的时候背着一个军绿色的书包，书包鼓鼓的，里面塞满了书，她微微弯着腰，两手向后护着书包，她仿佛背了一座山。她迈着沉重的步伐，一步一步地消失在远方……

周新杰去了他姑夫干活的工地，由于年龄小，他只能做些搬砖提水泥的活儿。他干活不惜力，一个十六岁的孩子抵得上一个二十六岁的成年人。他把每个月的工资都攒起来，舍不得花，他算了算，就这样干三年，他就攒够盖房子的钱了，也达到当兵的年龄了。有时，他会坐在高大的正在施工的建筑物的顶端，在汗水淋漓中看着天空上那轮耀眼的白日，他的眼前一片光明。他仿佛看到了一座大房子，也看到了穿上军装背着枪的自己，多美好啊！他还看到了亭亭，亭亭穿着白色的裙子，发梢上扎着粉色的蝴蝶结，她站在阳光里，她朝他微笑。他竟也情不自禁地微笑了起来！他的满是灰尘的脸庞此时是多么英俊啊！他在心底渴求着，渴求着未来的某一天，他们能再次相遇……

第七章　蒋书轮与妍珊（二）

妍珊眼中的世界越来越黑暗。

起初，她还能看清书本上的字，后来就越发模糊了。粗黑的字体缩成了一团，妍珊把头埋在书本里，拼命地想看清书上的字。“从百草园到三味书屋”，妍珊用手指依次点着那模糊的字团，半天才认出它们来。她把书合上，眼泪嗒嗒地滴在语文课本的封面上，封面上那个骑着黄牛吹着笛子的小男孩儿被淹没在泪水中。曾经多少个夜晚，妍珊躺在被窝里，眼泪打湿了被角。“难道我将来的生活就会像这无边的夜一般漆黑吗？”妍珊害怕，她睁开眼睛，满眼都是黑暗。她感觉自己掉入了漆黑的无底洞中，全身都被吞没了。她想大喊，想刺破这无边的黑暗，但喉咙哽咽着，想喊却喊不出。就在这时，一束光透过窗户照进了屋子里，那是窗外的路灯，不知为什么它就这样亮了。那光是微弱的，还发着颤，但足以刺破这黑暗了。妍珊抬起头，看着微弱的光芒，心中豁然开朗了。这是我人生的那束光啊！妍珊情不自禁地伸出手，她要抓住那束光，她要在黑暗的人生中寻求光明。

妍珊抓住了那束光，她在那束光里看到了自己，她站在讲台上，手中的粉笔在黑板上跳跃着，讲台下是学生琅琅的读书声。她太爱听学生们的读书声了，她甚至陶醉在里面。她的生命里不能没有学生，她不能离开三尺讲台！还记得吗？在她大学时代，她最崇敬的大学老师，那位儒雅的学者，站在讲台上，阳光洒满了教室，他向妍珊这一届的毕业生说道：“同学们，我真诚地希望你们能投身乡村教育事业，乡村的孩子需要你们。”妍珊的心仿佛被撞击了一下，身体的血液在沸腾，她下定决心，要把自己的一切奉献给教育事业。她来到家乡的学校教书，学生是如此的天真而稚嫩，就如未曾雕琢的璞玉。她在教室的一角做了书架，她买了一百本书，放在书架上。她深信，语文是一个广阔而充满诗意的世界，孩子们必须要在一本本书中、一点一滴的生活中寻找。她常常带着孩子们去感触大自然，春天的花朵、夏天的蝉鸣、秋天的落叶、冬天的飞雪，这何尝不是语文呢？孩子是大自然的宠儿，他们离大自然最近啊！

可惜这记忆越来越模糊了，没有了眼睛，她该如何上课？将来的某一天，她会看不见讲台，看不见学生，看不见黑板，看不见课本上的每一个字。空有一腔热情又有什么用？她的眼前又开始出现了五颜六色的水波纹，红的黄的蓝的，像一条彩带，遮蔽了她的双眼。她胡乱地在眼前抓来抓去，想把这些东西赶走，可一切都是徒劳。她的视力越来越弱，豆大的字就像浸在了水里越来越模糊。她又看到了那束光里的自己，趴在漆黑的书桌上备课，眼睛费力地找寻着书本上的文字。“我现在还有视力，我不能荒废了时光。”妍珊握紧了拳头，振作起精神，“我要从现在开始，备下初中三年所有的课文。”这时候已是初冬了，妍珊开始每天五点钟起床，天地还是煤炭一般的黑，宿舍更是黑洞洞的。妍珊瑟缩着爬起来，打开台灯，台灯的光直冲入她的眼睛，妍珊下意识用手挡住了光。在光明与黑暗的搏斗中，眼睛渐渐适应了。桌前摆着中学三年所有的语文课本，课本的封面画着不同的画像，那个吹笛子的小男孩儿，还有手中拿着戒尺的孔子，在山中行走的老者……他们仿佛都在同妍珊打招呼，鼓励妍珊坚持下去。妍珊翻开了初二下学期的课本，她决心每天早上背课文，晚上写教案，她是要做到每篇课文都烂熟于心的。这样即便将来自己全盲了，也还是能够教学的。冬天封住了大地，潺潺的流水也结成了冰。寒流在窗外肆虐着，它趴在窗外，像饿狼一般，虎视眈眈，它要找机会侵入妍珊的宿舍。妍珊专心地背着书，摇曳的灯光似乎真驱走了寒

冷。下雪了，雪花沾在窗户上，灯光映上去，似乎回到了童话的世界，可这一切妍珊都看不见，她越来越模糊的眼睛还要费力地看教案啊！

整个冬天，妍珊很少回家，周末也总是待在学校。学生们周末都回家了，学校里就只剩下她一个人。杨树光秃秃的树枝在寒风中瑟瑟发抖，土地在寒冷中更坚硬了，枯黄的草死一般躺在操场上，教学楼孤独地矗立着，满园都是铅灰色，荒凉的校园不禁让人潸然泪下。妍珊是顾不得感伤的，她只有在备课累的时候，直直腰，拍拍颈椎，在窗户前伫立片刻。她也并不觉得校园荒凉，冬天的世界就该是这个样子的，或者说，这何尝不是一种景色呢？在天寒地冻中，那裸露着树皮的枝干，依旧直直地刺向天空，它没有一丝退缩；在万物凋零的一片颓唐中，唯有那冬青依然发着绿，坚守着自己的底色；在动物们都钻进巢穴中冬眠的时候，还响着一声声鸟叫，刺破这冷寂的世界。它们都坚持着，它们相信春天总会到来。妍珊从窗户边退了回去，她又坐在桌前写起讲义来。

妍珊在这个冬天回过一次家，她是回家拿厚衣服的。妍珊的父亲是小学老师，在本村教学，妍珊也算是女承父业了。父母都在家，他们坐在沙发上看着电视。阳光冷冷地透过门窗斜射进来，正好洒在父母身上。“回来了？这么多天怎么不回家？”母亲坐在光明里，静静地问。“学校比较忙，顾不上回来。”妍珊小心地说道。“学生周末不都回家了吗？还有什么可忙的？”父亲发问道。妍珊明白，父亲是老教师，对教学这件事没有谁比他懂。她索性不回答，直接进她的房间里去了。母亲觉得女儿似乎变了一个人，以前女儿回家，总是坐在沙发上，叽叽喳喳地说个没完。母亲养了她二十多年，太了解她的秉性了。姗姗是个倔强的孩子，做什么事情都是不达目的不罢休的。大学毕业，妍珊的父亲坚决不让她当老师，尤其是来农村当老师。父亲在村里教了一辈子的书，他早就对教学厌恶透顶了，他不能让子女走他的路，可妍珊不听，非要来家乡的学校教书。孩子大了，当父母的能管得住吗？孩子的路只能孩子自己去走。

妍珊走进她的房间，坐在床上，两眼空洞洞的。一束阳光射在床上，灰尘就在这光线里游动。妍珊早已看不清楚这游动的灰尘了。她从口袋里摸出两瓶药，轻轻地旋开瓶盖，将白色的药片倒在手上。药片白得刺眼，她的眼睛里竟流出了泪水，滴滴答答地滴在药片上。药片便开始在手中溶解，白色的粉末粘在了手掌上。妍珊也不管，只是哭。她在为她的命运而哭。她不敢大声哭，只能小声抽泣着，她怕父母听见。至今她都没有告诉父母她的病情，她瞒着他们，她不敢想象父母听到这个惨痛的事实之后会是什么样子，而且，他们知道之后肯定不会再让她去教学了。可总有瞒不住的那一天啊！她忽然站起来，打开卧室的门，她发现父母已不在沙发上，母亲在厨房里做饭。女儿这么多天才回来一次，总要做点好吃的才行。妍珊缓缓走入厨房，走到母亲身边。母亲正准备把菜往油锅里放。“妈。”她小声叫了一下。母亲刚好把菜放进油锅里，锅中顿时噼里啪啦地响。母亲没有听见妍珊叫她。妍珊看了一眼锅中的菜，又慢慢返回到了卧室。

妍珊在家待了一天，周日上午她就走了。母亲站在家门口，一直目送她消失在路的尽头，就仿佛是女儿要远行一般。妍珊骑得很慢，她看不清路，路上坑坑洼洼的，颠簸得很。她多想把自己的病情告诉母亲，以获得些许安慰。就像小时候，在外面一受委屈，就会趴到母亲的膝上哭个不停，哭完也就好了。现在她长大了，母亲老了，许多事情都不爱和母亲说了，渐渐地，母女两个似乎生疏了，有时坐在一块儿，却找不到共同语言了。母亲常说的话就是“饿不饿？冷不冷？”“我去厨房做饭！”好像她们之间的话题只有吃和穿。在昨天一天里，妍珊几次都是欲言又止，始终张不开嘴告诉母亲，最终只好作罢。妍珊叹了口气，她望了望路边的麦田，大片大片的麦苗向后缓缓移动着，麦苗似乎也结了霜，在土地上瑟瑟发抖。她忽然想起了蒋书

轮。蒋书轮？她好像已经有两个月没叫过这个名字了，这个名字现在如此陌生啊！她想起还是秋天的时候，蒋书轮总是带她来学校边的田地旁，他拿起笛子吹了起来。微风徐徐地拂过高粱穗，笛声在穗尖上滑过。那时她多幸福！妍珊鼻子一酸，泪珠滑落下来，又被风吹散。妍珊多么爱蒋书轮啊！他就是她的一切！可是，可是，妍珊握紧了车把，加速向前，可是她不能爱他，爱一个人是给他幸福，而她，她将会是个盲人！盲人！车跑得更快了，就如一只野兽在寒风中呼啸而过。妍珊以前从没想过自己会变成盲人！她见到过坐在集市路边的盲人，他们面前铺着一张画着奇怪图案的破布，图案旁边写着“周易算命”四个字。妍珊怎能想到，她有一天会和这些算命先生一样，也看不见热闹的集市。妍珊猛地捏了车闸，只听到轮胎与地面的摩擦声，车在地面划出了一道黑色的车印。妍珊扔下车，跑进麦田，泪珠滴在麦苗上，如清早的露珠，晶莹剔透，折射着太阳的光辉。麦苗此时正在冬眠，它正积蓄着力量，等待来年的茁壮成长……

冬天就如漫漫长夜，春天则是长夜尽头的黎明。长夜过去了，已过惊蛰了，万物萌动。柳条转眼就抽出了绿芽，迎春花开出了黄色的小花，这个世界的颜色开始多起来。清早的阳光挂在教学楼边，光线明亮而又柔和。学生们脱去厚厚的棉袄，只留下薄薄的毛衣。妍珊此时正站在灌满阳光的教室里讲课，她拿着语文课本，让学生们朗读范仲淹的《岳阳楼记》。“先天下之忧而忧，后天下之乐而乐……”学生们感情充沛，整齐地读着。就在这时，马小东无意间抬起了头，他惊讶地发现老师手中语文课本的封面上“语文”两个大字是倒着的。“为什么老师要倒着拿课本呢？难道老师会倒着看字？”马小东疑惑着，他又不好意思问老师，就只能把这个疑问藏在心里，直到后来才解开了这个疑惑。

是的，妍珊的视力已经下降到了极点，离全盲只差一步。她早已背下了初二下学期的文言文，她是不用看课本的了。她之所以拿着课本，只是在学生面前装装样子罢了。她仅凭残存的视力，从办公室走到教室，走上讲台，拿起粉笔，在黑板上写板书。中午放学了，学生们拿起饭缸，就像飞出笼子的鸟，争着抢着向餐厅跑去。此时的教室就剩下妍珊一个人，她静静地站在讲台上，眼睛迷离地看着教室里的一切。几十张破旧的桌子整齐地摆放着，每张桌上都堆放着学生们的课本和作业本。教室后的黑板上是学生们做的黑板报，上面画了一只大大的张着翅膀的公鸡，它似乎在告诉孩子们，要闻鸡起舞，养成早起读书的习惯。妍珊是早已看不见这只公鸡的了。她在模糊之中仿佛看到每个孩子都已坐在了座位上，他们都在冲着她笑，阳光照耀着孩子们的脸，那笑容天真而又烂漫。她看的是如此真切，她的眼睛仿佛真的好了。她爱他们，她伸出手，迈开步伐，她想轻轻地抚摸他们的脸庞，她要永远留住这份美好。她走到讲台边沿，一个趔趄，身体猛向前倾，头部直直地碰向桌子的棱角。她倒在了地上，晕了过去。

是学生们发现了倒在地上的妍珊。妍珊头部的血汩汩流出，洇红了地面。救护车很快将妍珊送进了医院。医生给妍珊包扎了伤口，由于伤口离眼睛近，就检查了妍珊的眼睛。医生惊讶地发现妍珊患有视网膜色素变性，并根据观察认为妍珊已经全盲。校长、同事都惊住了，这怎么可能？为何从未听妍珊提及过？妍珊的父母趴在女儿身旁哭泣着，妍珊拼命抓着父母的手，她看不见父母的样子了，但她能感受到父母疼痛的心。

几天来，妍珊都躺在医院的病床上，父母陪着她。她看不到病房白色的墙壁、明亮的窗户、窗户边的仙人掌、铁架上装满药水的瓶子和床边穿着白大褂的医生护士。她只能听到走廊里纷乱的脚步声、护士的“该换药了”的话语声和窗户边鸟儿的啁啾声。她盲了，看不见了，心里反而轻松了。她不用等待恐惧了，也不用费尽心机隐瞒了，她坦然面对现实。

她在恍惚之中听到脚步声，脚步是向她的房间走来的，接着是门轴转动的声音。这分明是进来一个人。她根据这脚步声判断，进来的这个人不是父母，因为父母的脚步声是轻缓的；也不是医生护士的，因为他们每天都是急匆匆的，脚步声是如鼓点般急切的。这个脚步是沉稳的，脚步声是庄重的，这分明就是皮鞋与地面轻轻碰撞产生的。它好熟悉，是以前经常在哪里听过的。她的记忆被拉回到去年十月，她送给他一双皮鞋，黑色的，在阳光下泛着光泽。他每天给皮鞋擦鞋油，把它视若珍宝。他穿上它踩在地面上，发出清脆的嗒嗒声。她知道，是他来了。她心中多么欢喜，她所爱的人来看他了。她的心怦怦直跳，整个房间仿佛都在跟着她的心跳动。她知道他已经站在了她的面前，他在看着她，看她的眼睛。眼睛？她欢喜的心忽然又平静下来。我是个盲人啊！他怎可能再喜欢我？而且，我也不能拖累他！我们终究是不能在一起的！妍珊双眼紧闭，一丝泪珠粘在了眼角上。

“妍珊，是我，我来看你了。”蒋书轮轻轻说道。

妍珊睁开眼睛，她什么也看不到。她在黑暗中感觉到了他的呼吸，他呼吸急促，似乎在哽咽着。妍珊轻轻点了点头，表明知道他的到来。

“妍珊，”蒋书轮哽咽地说道，“你为什么不告诉我？”

妍珊不作声，只是将头扭向了一边，眼泪从眼角流下，滴在了枕头上。

蒋书轮把带来的东西放在了桌上，他深深地看了妍珊一眼。

“我走了。”

妍珊依然不作声。

蒋书轮迈开脚步慢慢地走到门口，这时，他突然又折了回来，走到妍珊床边，说道：“妍珊，我会一辈子陪在你身边，做你的眼睛，你还能继续教学。”

妍珊忽然大哭起来，蒋书轮抱着她，她趴在蒋书轮的肩膀上，泪水打湿了他的衣服。妍珊从未感觉到如此地畅快淋漓，久久压抑的心灵忽然轻松了。

“我们再也不会分开了！”声音在房间里回荡。

从此，妍珊就在黑暗中教学。她每天要从宿舍走到办公室，再从办公室走到教室，她一个全盲的人怎能做到？蒋书轮陪在了她身边。他搀扶着她，她慢慢地走着，并在心里计着步数。走到第几步该往哪里拐，第几步该上台阶，不出几天，她便一清二楚。她是慢慢变盲的，她之前已经尝试过闭着眼睛走这段路了。她也已经对初中三年的语文课本烂熟于心，她是不用再看教材的了。她站在讲台上，阳光洒在她的身上，她站得笔直，眼睛望着同学们，还真看不出她是一个盲人。她拿起粉笔，在黑板上写板书。起初，她总是写着写着就写歪了，有时还会把字写到黑板外面去。有一次，她正写着，忽然踩空了讲台，摔到了垃圾箱旁。学生们赶快去扶她。“老师，您休息会儿吧！”学生们哽咽着说。学生们现在懂事极了，没有一个学生会在课堂上做小动作，他们齐刷刷地把手臂放在桌上，认真听老师讲课。他们的老师在黑暗中给他们带来了知识的火种，他们有什么理由不好好学习呢？学生们不清楚老师为什么会看不见，又该怎么治疗才能恢复光明。马小东有一次看到书上说，只要换了眼角膜，眼睛就能看得见。他想，何不把自己的眼角膜给老师呢？哪怕让老师一只眼能看见也好。妍珊那天讲完课，马小东忽然站起来说：“老师，我想把眼角膜给你，这样你就看得见我们了。”同学们听了，也都纷纷站起来。“老师，把我的给你吧！”“把我的给你吧！”妍珊鼻子一酸，眼泪流了下来，原来有这么多人在爱着自己啊！师生之间的爱多么无私、多么纯真啊！她幸福而又知足。她看不到阳光，阳光却无时无刻不在照耀着自己。

同样让她感到幸福而又知足的还有蒋书轮。每天中午，蒋书轮都会从餐厅盛饭，把饭端到妍珊面前。晚上下晚自习，蒋书轮小心翼翼地看护着妍珊回宿舍。他站在妍珊的宿舍楼下，一直站到她的房间熄

灯。夜晚的春风像柔软的柳枝，轻轻触摸着蒋书轮的脸庞。此时已过春分了，他班级里的学生王亭亭已经转学，周新杰也已经辍学打工，他一度沉浸在悲伤之中，常常怀疑自己是否适合当老师。妍珊给了他很大的鼓舞。原来她是爱他的，她也爱着孩子们，自己又有什么理由不坚持下去呢？他现在最想弥补的还是妍珊，她受到了多少伤害！这个弱小的女子，默默地承受了多大痛苦！当他听到妍珊失明的消息时，他简直不敢相信，他从来都不知道妍珊得了这种病。他骂自己傻，为什么没想到妍珊是因为得了病才和自己分手的呢？

“你带我去麦田边吧！我想听你的笛子从麦尖上滑过的声音。”妍珊说。

蒋书轮从箱底取出了笛子，它包裹在布袋里，布袋上已积了些灰尘，只是这笛子的颜色还是那般青翠。蒋书轮和妍珊坐在麦田边，微风徐徐，麦子在轻轻地摇曳，笛声从麦尖上滑过，借着风飘荡到远方。妍珊伸出手，抚摸着麦叶，麦叶在她的手中滑动着，她感受到一种前所未有的知足。她把头靠在蒋书轮的肩膀上，笑容在脸上荡漾着，她仿佛看到了蒋书轮笛声下的麦田，一大片一大片墨绿的麦子，如同树荫下的一泓清泉。喜鹊从树枝上跃下，扑棱棱地掠过麦田，飞向远方。忽然，笛声止住了，只留下鸟儿的鸣叫。妍珊直起身来，问道：“书轮，为什么不吹了？”蒋书轮看着她，她的头发在微风中拂动，笑容依然在脸庞上荡漾，他结结巴巴地，又像用尽了全力似的说道：“妍珊，我……我要娶……娶你。”妍珊的脸泛了红，就如这快要落山的太阳的颜色。“你可想好了？”妍珊问道。“我早就想好了。”蒋书轮答道。妍珊听了，更大的笑容绽放在脸上。但是停了一会儿，她忽然收住了笑容，就像那刚刚绽开的花忽然凋零了一般，她神情失落地自言自语道：“我的眼睛要是能看见该多好！我一个盲人，不是拖累了你？”蒋书轮拉起她的手放在自己的胸前，说道：“你能感受到我的心吗？妍珊，我爱你，爱是心甘情愿地付出，又岂能说是拖累？”妍珊用她那看不到光明的眼睛“看”着蒋书轮，干涸的眼睛里流出了泪水。她自卑，她把自己看得如尘埃般轻。她又如此地爱他，那爱是这般的热烈，她愿把所有都给予他。蒋书轮把她抱在怀里，他又将笛子放在嘴边。笛声飘荡起来，只是这笛声里少了些欢快，多了些苍凉……

学校考虑到妍珊的实际情况，决定不再让她教课。妍珊失明了，虽然她还能继续为学生们讲课，但让她上讲台终归不合适。其实，学校是早有安排的，领导准备交给她一项开创性的工作……心理咨询。他们觉得让妍珊担任孩子们的心理辅导老师是再适合不过的了。心理咨询室设在了教学楼一楼拐角的小房间里，这个房间原本是放杂物用的，现在被腾干净了。房间里放了一张桌子、一个书柜和一个板凳。妍珊每天就坐在这里。

妍珊一开始还有些抵触心理，觉得不让自己讲课了，自己变成了一个无用的人。但转念一想自己成了孩子们的心理辅导老师，就又高兴起来。妍珊深知，初中学生正处于青春期，敏感、矛盾、好奇是这一时期的基本特征。如果不加以引导，有些孩子的心理会出现大问题。妍珊当班主任的时候，就曾尝试关注个别学生的心理问题，因为她发现，有些孩子一天到晚沉默寡言，不与任何人交流。她多想挨个和他们谈心，走入他们的内心世界，弄清楚他们心中到底在想什么。可惜一直没有时间，繁重的教学任务已压得她喘不过气来，她没有精力去操心这些了。现在她有时间了，可以全身心地做这份开创性的工作了。

一开始她有些失落了，她终日坐在房间里，听孩子们在外面快乐玩耍的声音。她的咨询室却冷冷清清的，除了她的学生和蒋书轮偶尔来看看她，就再也没有别的人来过了。她甚至一度怀疑自己，自己没接受过专业的心理辅导培训，就是有学生来咨询，她能帮得了他们吗？听听窗外孩子们的打闹声，他们多快乐啊！她想着，如果孩子们全都健健康康、快快乐乐的，我这里没人来岂不更好？然而，她叹了口气，也许是孩子们不愿意来这里倾吐他们内心的困惑与秘密吧！他们即使

遇到了解不开的困惑，碰到了克服不了的困难，也是不愿意求助老师的。老师在他们心中大概就是威严的、有距离的，是不可能做知心朋友的。

然而，就在那天中午，白萍老师来到了她的房间。白萍是刚入职的老师，和妍珊的年龄不相上下，她们既是同事也是朋友。白萍的声音有些颤抖："妍珊，我们班有个女生想自杀！"

"自杀？"妍珊的心提到了嗓子眼。

"是啊！"白萍的表情带着焦虑，声音颤抖着，"今天早自习，班里只剩她一个人未到。我派学生去宿舍找她，不一会儿，那名学生慌慌张张地跑来向我报告，说刘静的手腕在流血，床单上满是血。我惊恐万分，马上赶到宿舍，发现她的右手还拿着小刀，左手的手腕明显是自己用小刀划了一道口子。她流着泪，安静地躺在床上，一动不动。我赶紧把毛巾缠在她的手腕上，又连忙和她家长联系，把她送进了医院。她现在已经在家休息了。你说这孩子，好端端的，为什么要自杀呢？"

"这个孩子如果愿意，等她来上学了，可以让她到我这里来，我开导开导她。"妍珊说道。

过了四五天，一个周二的上午，阳光透过房间的窗户射了进来，冬天最后一点儿寒冷也早已散去。这个世界似乎已被春姑娘抱在了怀里，到处都是温暖而又惬意的样子。鸟儿站在学校的树梢之上，伴随着学生们琅琅的读书声，唱着它们动听的歌。妍珊打开窗户，一丝清凉的空气扑面而来，房间顿时变得清新了。妍珊虽然看不见这春天的景色，但她在倾听，她在触摸，她在遐想，她无时无刻不在感受着这春天的美好。

忽然，门口传来了窸窣声，她察觉到似乎有人立在门口。

"谁在门口？"妍珊朝着门口的方向问道。

这名学生没有回答，她低着头，久久地立在门口，双手不停地摩擦着。很明显，她还没有做好进入这个房间的准备。

妍珊径直走了过来，她摸到了门框，之后便停下了脚步，她与她就相隔一步之远。女生抬起了头，小声说道："老师，我想和您说说话。"

"快来！"妍珊抓住她的衣服，把她拉进了房间。

"你是刘静吗？"妍珊问道。

女生坐在妍珊对面，她们中间就隔着一张桌子。女生依然低着头，不敢看老师，只是小声"嗯"了一下。

"你不必紧张，也不必害羞，"妍珊用她那虽然失明却依旧闪着光彩的眼睛"看"着女生，"你在我对面，但我看不见你，我不知道你的样子，我是个盲人，你还有什么话不能对我这个盲人说的呢？"

女生忽然哭泣起来，在这一瞬间，她丢掉了心中沉重的包袱，卸下了所有的防御与伪装。她用手掌擦了擦眼泪，她望着老师，她觉得老师是她唯一可以信任的人。

"老师，我其实不想死。"

"你一定遇到了你解不开的心结。"

"我只是想起了我可怜的身世，我只是想从家里得到一点关爱，"女生哽咽着说道，"小学三年级的时候，我的父母离婚了，我一开始是跟着父亲的。父亲是个很暴力的人，他经常打我，他只要喝醉酒或者一不高兴，就拿我发泄。我的胳膊上还有那时候他打我的痕迹，"张静又擦了擦眼泪，她抬起胳膊想让老师看，但忽然意识到老师是看不见的，她便接着说了下去，"后来，母亲就把我接到了她的身边。那时我上四年级，那也是我人生中最快乐的时光。我与母亲相依为命，母亲就是我的一切啊！可惜，可惜，在我四年级下学期的时候，母亲改嫁了，我随母亲来到了另一个家。这个家黑洞洞的，阳光似乎照不进这个脏兮兮的地方。我的这个继父长得很老很瘦，满脸都是刀割般的皱纹。母亲来到后，把这里打扫得干干净净。母亲叮嘱我，以后要听话，不要给这个家添麻烦。我答应了，但心里总有一丝难过，这不是自己

的家，母亲也不像是自己的母亲了。老师……”女生忽然抬起头，哽咽的话语变成了哭泣，她边哭边说，“自从……自从母亲又生了一个孩子……男孩……我就被抛弃了。”

妍珊递给女生一张纸巾，女生并没有接，她继续用手掌擦着眼泪，停了一会儿，她恢复了平静，继续说道：“母亲把所有精力都放在了照顾我的这个弟弟身上，对我再也不像以前那样好了。那天早上，我上学快要迟到了，饭还没有做好，我想让母亲给我一块钱，我去学校买包方便面吃。母亲却斥责了我。钱都给弟弟买奶粉了，哪还会有钱给我买方便面呢？我真羡慕我的这个弟弟啊！全家人都围着他转，而我，却彻彻底底地成了这个家的局外人。在饭桌上，他们没有一句话不是在谈论我的这个弟弟的，却从来没有关心过我。母亲总是为了一点小事就斥责我，我也分明从我继父的眼里看出了他对我的鄙夷和不屑。我在这个家里小心翼翼，生怕做错事。那次，母亲让我照顾弟弟，我边照顾边写作业，谁知，他太调皮了，从台阶上摔了下来，头被碰了一个大包，弟弟哇哇大哭起来。母亲狠狠骂了我一顿，说白养了我。我躲回自己的房间，把头蒙在被子里，大哭了一场。我不敢让他们听到，我怕他们还来骂我。我觉得整个世界都抛弃了我，我活着还有什么意义呢？我再也静不下心来学习了，我在教室里胡思乱想；我没有了朋友，因为我不想和任何人说话；我晚上躺在宿舍，却整夜整夜睡不着觉。我想到了自杀。我拿起小刀，朝手腕上割了下去，血液顺着手腕滴下。我感到兴奋，因为我再也不用过心惊胆战的日子了。”

女生停止了说话，房间顿时安静下来。她苍白的脸在阳光照射下仿佛白纸一般。她的手掌湿漉漉的，上面沾满了泪水。她盯着桌面，仿佛这桌面记录着她的痛苦。窗外依旧能传来鸟儿的鸣叫声和学生们的读书声，只是在她说话期间，妍珊关住了门窗，这声音就只能从缝隙中钻进来，到房间里就小了很多。

“孩子，”妍珊伸出手，手越过桌子，女生也把手伸出来，妍珊拉住女生的手说道："老师理解你，明白你的痛苦，不幸的家庭对孩子造成的心理创伤是永远难以抹去的，老师希望你在这里能得到一些安慰。同时，孩子，你长大了，你也要看到，不只你自己，许多人在青少年时期都遭遇过不幸，可在这许多人里，有那么一些人，他们没有沉浸在自怨自艾之中，而是把这不幸化成了前进的动力，愈挫愈勇，终于成就了一番事业。刘静，我希望你能成为这样一群人中的一员啊！你连死亡都不怕，为何就没有勇气克服生活带来的挫折呢？"

"老师。"刘静的手攥得更紧了，她似乎从老师的话语中得到了鼓舞。

"孩子，"妍珊的话语慢了下来，语调温和而又带着深情，"难道你真觉得你的母亲不爱你吗？也许是你只看到了她对你不好的一面，却没有看到她爱你的那一面。天下哪有母亲不爱自己的孩子的？我听你的班主任说过，你的母亲听到你割破手腕的时候，她十分着急，她连忙赶到医院。看到病床上的你她痛哭流涕，自责没有照顾好你。你在医院和家里的这两周，不是她一直陪在你的身边吗？孩子，不要总是戴着有色眼镜去看母亲，她是你最亲近的人啊！母亲重组了家庭，但她对你的爱不会减少半分，只是你，一直越不过心中的那道坎儿罢了。你要相信，无论什么时候，她都是爱着你的。"

刘静的眼泪又流了下来，泪珠滴在了她们的手上，刘静懂事地点了点头。

"孩子，老师也是不幸的。老师在自己最好的年纪失去了光明，老师再也看不到这个美丽的世界了。"妍珊的眼睛顿时失去了光彩，但她又扬起了头，自信地看着刘静，"可我没有就此沉沦啊！我依然坚强地活着。刘静，假如你像我这样看不到阳光地生活一天，你觉得哪样的生活更不幸呢？"

"老师……"刘静沉默不语。她心里明白，老师承受的苦难实在是比自己多太多了。

刘静继续上课了。白萍高兴地对妍珊说："多亏了你呀，妍珊，把这孩子从消极的边缘救了回来。"

"我觉得我们还应该去了解了解她的家庭情况，见见她的母亲。"妍珊说道。

"是的，只有从她的母亲入手，才能彻底解开这孩子的心结。"

这周日下午，白萍骑上电动车，带着妍珊，行在乡间小路上。刘静的村庄离学校很远，路也不好走。路面坑坑洼洼的，电动车行在上面，仿佛在跳跃一般。有时碰上一段路实在难行，白萍就一手拉着妍珊，一手推着车。就这样缓慢地行走了一个小时，太阳西沉了下去，白萍看到远方的天空只留下一片红色。村庄渐渐跃入了她们的视野，那一片房屋在这傍晚的红日之中更显得萧索。白萍拉着妍珊，缓缓地走入这萧索之中。

"我们到刘静的家了。"

白萍说着便去敲门，屋里似乎有了响动，只听啪啪的脚步声由远及近。门开了，刘静立在门边。刘静看到两位老师出现在门口，惊讶得半天才从口中蹦出两个字："老师？"

"怎么？还不带我们去屋里坐坐？"白萍笑着说道。

刘静连忙领路，并朝屋内大喊："妈，我的老师来了！"

白萍打量着这个家。一条窄窄的煤屑路通向屋门口，路两边种着各种蔬菜，西红柿、豆角都已长出了绿叶，它们在拼命地向上伸展。房子还是老式瓦房，房顶上的瓦片残缺不全，可能是年深日久的缘故，一些瓦片松动，所以被大风吹落了下来。房屋的窗户蒙着厚厚的灰尘，窗户玻璃也是有一块没一块。走到屋门口，刘静的母亲出来了，她抱着一个孩子，孩子还在呜呜地哭泣着。

"老师。"女人的眼神里充满了惊讶。这是一个典型的农村女人，个子不高，头发蓬乱，皮肤因劳作而变得黝黑。她很瘦，锁骨十分明显。她连忙掀开门帘，让两位老师进去。

屋子里昏暗极了，白萍抬起头，看到正上方是落满灰尘的横梁，西边的墙壁上方凿了一个窗户，落日的余晖从这窗户里洒进了一些。屋子正中间摆着一张方桌，桌上供着神像，方桌西面放着两张破旧的沙发，沙发皮大多已脱落，露出里面的海绵。

白萍和妍珊坐在了这两张沙发上，刘静的母亲将孩子抱入卧室，之后便走出来，坐在了一张板凳上。刘静从厨房里端出两碗热水，递给两位老师。刘静的眼神躲躲闪闪，她或许知道老师来家访的目的。她有些尴尬，有些局促不安，她索性悄悄地走回了卧室，去抱自己的弟弟，留下老师和母亲在外面。

“我是刘静的班主任，这位也是刘静的老师。”白萍向她母亲介绍道，“我们这次家访是想了解一下刘静在家里的表现。”

“静静现在懂事多了，她说她再也不会做那种傻事了。”刘静母亲看着两位老师，说道，“她这些天回家还总是帮着我做家务。”

“你知道她为什么会做那种傻事吗？”妍珊问道。

刘静母亲怔住了，她一时不知该说什么。停了一会儿，她叹了口气，开口道：“大约……大约，是我平时忽略了她吧！”

“是啊！她是缺少您的爱啊！”妍珊激动地说道。

刘静母亲低下头，沉默不语。忽然，她流出眼泪来，她连忙擦了擦眼泪，眼眶里却染了一丝红色。

“唉！我的命苦，连累了孩子，让她跟着我受罪。孩子父亲不正干，吃喝嫖赌，静静十岁的时候我和他离了婚。我也知道，父母离婚对孩子来说是很沉重的打击，可是有什么办法啊！是我们害了她啊！过了一年，我来到了这儿，孩子后来也随我来了这儿，她的继父虽然对她还算不错，但毕竟不是她的亲生父亲，总是隔着一层。这个家毕竟不是她原来的家，她也总有些不适应。我以前忽略了她的感受，我把重心都放在了这个家上，总想着让她懂事，别给这个家添乱。”她说着又流出了眼泪，话语也变成了抽泣，她捂住嘴，哽咽着说，“我怎么也没

有想到，我真的没有想到，她会……会去自杀。如果当初知道她会受这么大的打击，我说什么也不会再嫁，我们母女俩相依为命，过一辈子多好！”

刘静在屋内听着母亲的话语，忍不住哭了，她推开门跑向母亲，她扑入母亲怀里，大哭起来，她断断续续地说道：“妈，都是我不对，这一切都是我的错，我以后再也不会让你替我操心了！我长大了！”

“你看孩子多懂事啊！”白萍拿出纸巾，递给了母亲，又给刘静擦了擦眼泪。白萍握住刘静母亲的手，把她的手放在刘静的手腕上，白萍问刘静母亲：“你不爱自己的女儿吗？”

“爱。”也许这个字是这位质朴的农家妇女平生第一次说出，她是那样的饱含感情，仿佛用尽了这一生的心血。

“孩子，你不爱自己的母亲吗？”

“我爱妈妈。”刘静擦着眼泪。她紧紧抓住母亲的手，母亲粗糙的双手仿佛就是刘静的依靠，只要握住这双手，她才能感到安稳。

当刘静和母亲出门送别两位老师的时候，天已经全黑了，圆圆的月亮挂在天边，周围是亮闪闪的星星。刘静母亲再三挽留，希望她们在这里住一晚，不过她们还是坚持走了。刘静和母亲一直把两位老师送到村外，看着她们消失在了视野中，才离去。

月光洒在大地上，路面变得粉白，之前的坑坑洼洼仿佛不见了，一条笔直的平坦的路伸向远方。白萍推着电动车，拉着妍珊，在月夜中缓慢地行走。

“妍珊，今天的月亮很圆，真像一个白玉盘。”白萍抬起头看着夜空，向妍珊描绘这美丽的景色，“月亮周围闪烁着好多小星星，看起来就像……”

“就像一群可爱的孩子！”妍珊也抬起头，虽然她什么也看不见，但她在想象着，“月亮是温柔的母亲！星星是可爱的孩子！每到晴朗的夜空，月亮母亲就领着孩子们出去玩耍。它总离孩子们不远，孩子们呢，也总围在母亲身边。月亮母亲发出温柔的光，为孩子们照亮昏暗的四周。月亮母亲多伟大啊！它多爱自己的孩子啊！”

“妍珊，你的感情真细腻，真不愧是语文老师！”白萍笑着赞叹道，“月亮母亲不仅爱自己的孩子，还爱我们，它为我们照亮了回家的路。”

“是的，这就是母爱。”妍珊默默说道。

妍珊内心中最柔弱的情感也随着月光倾泻出来。她喜欢孩子，所以她选择了教书，她把学生看作自己的孩子，她教他们知识，看着他们一天天长大。可学生毕竟只是学生。她二十七岁了，已到了结婚生子的年龄，她多想有一个自己的孩子！可惜，她连婚都还没有结。她想起了蒋书轮对她说的话，她有些面红耳赤，她陶醉在那美好里。但她清醒地认识到，他们的结合将会面临重重阻隔，她甚至在怀疑他们在一起是否会幸福。妍珊叹了口气，她又抬起头，她多么渴望能看到温柔的月亮母亲啊！她多想问问它，她该怎么办。月亮母亲仿佛看出了妍珊的心思，将光亮洒向大地，这世界更明亮了，路也更敞亮了。它在告诉妍珊，只要心中充满光明，前方的路就不难走……

妍珊为全校所有班级的学生上心理辅导课，渐渐地，来她的心理咨询室的学生多了起来。妍珊还专门在她的心理咨询室门口挂了个箱子，鼓励学生将心中的秘密写成文字向她“倾诉”。她隔几天就会从箱子中摸出一两份信纸来。她看不见，只好让蒋书轮帮她读。纸上的文字满载着学生的情感，甚至妍珊和蒋书轮都觉得，只有在此时，学生们才表达出了真情实感，这才是真正的文章，以前逼迫学生写的应试作文是多么的荒唐！

“最疼爱我的姥姥去世了。”这天上午，蒋书轮拿起那张信纸，纸上的文字娟秀，但有些文字模糊了，似乎是被泪水洇没的，“姥姥去世半年了，我每天都在思念着她。人们说，每一个去世的人，都会化作天上的一颗星星，晚上，我看着天上的星星，星星那么多，可哪颗是姥姥呢？我站在屋顶，多想伸手就能抓住它们啊！我做梦，总能梦到

姥姥。我梦到她来了，她依然早上起得很早给我做饭，送我上学，晚上摇着大蒲扇为我驱赶蚊子，给我讲故事。我抱住姥姥，抱得很紧，我再也不能让姥姥离开我。可是，梦醒了，原来这一切都是假的，我更难过了。”

“老师，你知道吗？”蒋书轮继续读道，他偶尔停顿下来，因为他要猜那些模糊的文字，“我是在姥姥身边长大的。听姥姥说，以前是计划生育不能多生孩子，妈妈就在我很小的时候把我送到了姥姥家。我还有一个姐姐，一个弟弟，他们都在爸爸妈妈身边，只有我，一直在姥姥家长大。我对父母很陌生，直到现在，见了他们，我依然叫不出口。有时我的心中对他们有一丝怨恨，为什么偏偏要把我送到姥姥家呢？”

“我的姥爷在我很小的时候就去世了，现在，我的姥姥也去世了，我就像孤儿一般。爸爸妈妈把我接到了他们身边，虽然这才是我的家，但我对这个家很陌生，我对姐姐和弟弟也很陌生。我还是喜欢以前在姥姥家里的时光，我想我的姥姥。老师，我该怎样做才能坚强地生活下去？”

蒋书轮读完，将信纸小心翼翼地交给妍珊。妍珊把信纸铺展在桌上，信纸因为沾满泪水而凹凸不平。她轻轻地抚摸着纸上的文字，文字的力量何其伟大！它竟能凝聚一个学生生命中所有的情感。

“没想到我们的学生都有自己的故事。”蒋书轮感叹道，“平时看着他们说说笑笑、打打闹闹，就是一群不懂事的孩子，其实他们也有着青春的迷茫和伤痛。”

“我们应该把每一个学生当作一个成长的个体来看待，而不是只把他们当作学习考试的机器。要培养他们健全的人格、健康的心理，我想，这是我们在教育中最容易忽略的地方。中学教育是在为孩子的人生奠基，而这基础，不应该只有知识。就如人生的成功不能单靠金钱来衡量一样，孩子的成功也不能仅靠考试成绩来衡量。”

“是啊！有一些孩子，即使长大后取得了一番成就，却永远也走不出少年时的阴影，抹不掉青春带来的伤痛，他们性格孤僻，有的甚至走向极端。”蒋书轮看着她说道，“妍珊，你做的工作很有意义。”

“我缺乏专业知识，学生有许多问题我都无法解决。”妍珊陷入忧愁之中，“我多希望自己能学习一些专业的心理课程，这样我就能更好地帮助学生解决他们成长过程中遇到的烦恼。”

妍珊的确是缺乏心理健康辅导的专业知识，为此她常常参加各种心理辅导培训，了解了许多心理咨询的方法，她也将这些方法用在了学生们身上。但她还是一名普通的初中语文老师，她依然喜欢通过语言和文字走入学生心中。有时，语言和文字是有着惊人力量的。

“孩子，当我用手抚摸着那张凹凸不平的信纸的时候，我竟感动地流下了眼泪。你是多么爱你的姥姥啊！从中也可以看出，你一定是一个善良、敏感、内心情感丰富的孩子。你知道吗？老师有一个很疼爱很疼爱我的奶奶，只是她已经离开我很久很久了。我小的时候，父母忙于干地里的活，我的奶奶就承担了照顾我的重任。每天晚上，我都是和奶奶睡在同一张床上，我的奶奶和你的姥姥一样，常常摇着大蒲扇，给我讲着故事。那时村里的拖拉机很多，会发出轰轰的响声，我一见到路上的拖拉机，就连忙抱住奶奶，说道，‘奶奶，我怕！’奶奶总是赶忙抱住我，用手掌蒙住我的眼睛，笑道，‘不要怕，奶奶在这儿保护你。’

保护我的奶奶是在我上小学五年级的时候去世的。我看到奶奶的灵柩放在屋中，奶奶就躺在里面，她再也不会保护我了。我号啕大哭，疯狂地奔跑，我向着天空大喊‘奶奶，奶奶’。可是我的奶奶再也回不来了。

孩子，我在这里是想告诉你，我们每一个人，或早或晚，都要经历身边亲人的离开。这是自然规律，谁都无法抗拒。我们不能一直生活在亲人去世的阴影中。其实，他们又何尝离开过我们呢？他们永远

存在我们心底。是的，当我们仰望星空的时候，一定有一颗星星是你的姥姥，也一定有一颗星星是我的奶奶。它们闪闪发光，在静静地看着我们。她们一定希望我们好好地活着，快乐地活着，无忧无虑地活着，而不是一味沉浸在对她们的苦苦思念之中。你说是吗？

孩子，你的父母一定是爱你的，你的姐姐和弟弟也一定是爱你的，你要相信这一点。你对他们陌生，那只是因为你和他们相处的时间还少。你仔细想想，你难道从来就没有感到过父母和兄弟姐妹对你的爱吗？我想，他们也都渴望你能回到你真正的家，和他们共同生活。不要戴着有色眼镜去看他们，心中要多些宽容而不是怨恨，你的姥姥也一定不愿意看到你怨恨你的父母，她当初把你抚养长大，是为了有一天你能健健康康、快快乐乐地回到你的父母身边啊！”

妍珊写完，将纸折好，摸索着将纸放入门右边的箱子里，这是她和学生们的约定，学生可以将心中的秘密写成文字放入门左边的箱子里，第二天在门右边的箱子里来拿妍珊的回信。渐渐地，学生放在左边箱子里的信纸越来越多。学生们在纸上讲述着他们的故事，有的学生向她倾诉自己喜欢上了班里的一个女生，每天来到教室第一件事就是盼着能见到她，但一见到她，又十分紧张，赶紧远远躲开，他的学习也受到了影响，他不知该怎么办；有的学生写自己学习压力大，怎么也学不进去，每天坐在教室里像住在监牢一般，他想离开学校，去帮父母干活；还有的讲述自己家庭的故事，自己是抱养的，想回到亲生父母身边。妍珊将每一名学生的苦恼都当作一件很严肃的事情来看待，她一一回复，她要用文字帮助这些暂时感到迷茫的孩子找到前方的路。她的文字就如一缕阳光，照亮了学生们的心田。

蒋书轮一直都在帮妍珊念学生的文章，一遇空闲，他就来到妍珊的心理咨询室。妍珊端坐在桌前，拿着笔在纸上沙沙地写着。她早已适应了在黑暗中书写，她的字依然是那样漂亮。蒋书轮轻轻走到妍珊身旁，她似乎没有察觉，她依然沉浸在自己的世界之中。他看着她，看着她写下一行行字，他的心底忽然涌出一股冲动，他爱她，热烈地爱着她，他爱她，不仅是爱她美丽的容颜，他更爱她坚忍的毅力、无私的精神、纯洁的灵魂。他们多像啊！他们多般配啊！

他依然常常带她去县城的公园，还是那片湖，暮春的阳光洒在湖面上，湖水泛着粼粼波光。浓郁的绿叶装扮着公园。他们坐在湖面的小舟上，微风徐徐，小舟轻轻摇摆着。妍珊伸开胳膊，张开手掌，阳光、微风、湖水、绿叶，她虽然全都看不见，但她无时无刻不在感受着它们的美好。

“书轮，这湖水中还有那轮白日吗？”

“有，还有！它依然在湖水里发着光呢！那云朵依然是这湖水中的小舟，天上的燕子依然是这湖上的沙鸥。”

“我多么想再看看这湖光山色！”妍珊放下胳膊，她理了理被风吹乱的头发。

“妍珊，我答应过你，会做你一辈子的眼睛，我会把我看到的全都描绘给你听。”蒋书轮说道。

“真的吗？你都描绘给我听了吗？”妍珊笑道，“这湖面上不是还有莲叶和莲花的吗？”

“是……是啊！妍珊，你怎么知道？”蒋书轮望着宽阔的湖面，湖边飘着粉红色的莲花，远远望去，就像一盏盏花灯。

“我闻到了它淡淡的花香。”妍珊将头微微扬起，“香远益清，说的就是莲花的香……还记得我们第一次来这里的时候，你给我读得那首乐府民歌吗？”

“那是我们的定情诗，我当然记得。江南可采莲，莲叶何田田。”蒋书轮背道，“鱼戏莲叶东，鱼戏莲叶西，鱼戏莲叶北，鱼戏莲叶南。”

“莲叶、莲花，在古代诗歌中是常用的意象……”

“妍珊，我最近做了一首诗，我读给你听。”

“真的吗？”妍珊的眼睛仿佛顿时有了光彩。

“是谁把我的心编织成一张双丝网，给它打上了千千个结；

是谁在我的脑海里撑起一叶扁舟，让它在波光粼粼中永不停歇；

你是那缠绵的雪花，轻轻地，轻轻地，落在我的胸前，浸入我的心里；

而我只愿做清如水的莲子，田田地，田田地，围在你的舟边，任你随意采撷。”

妍珊细细地听着，她仿佛沉浸在这诗中。她的眼前出现了一叶小舟，舟上站着一位身着素衣的女子，女子弯下腰，伸出纤纤玉指，去采湖中的莲子。莲叶簇拥着小舟，粉红色的莲花盛开着，在这一片绿色之中鲜艳夺目。小舟轻轻地穿梭在莲叶之间，舟边的莲叶借着微风在向舟儿招手。听，舟上的女子在歌唱，歌声婉转悠扬，莲花在歌声中开得更鲜艳了，莲叶更青翠了，莲叶下的鱼儿更活泼了。

“真美的画面啊！”妍珊闭上眼睛，情不自禁地赞叹道。

“妍珊，你看到了什么美丽的画面？”蒋书轮疑惑地问。

“书轮，想不到你还会作诗！”妍珊喜悦极了，微笑的脸庞就如盛开的莲花，“这首诗写得真好，特别是最后两句，写舟上采莲的女子和舟边摇曳的莲蓬中的莲子，多么形象，多么富有意蕴。”

“这两句，也是化用‘江南可采莲’这首乐府民歌的。”蒋书轮得意地说，忽然，他又面露正色，在妍珊耳边低语道，“妍珊，你就是那舟上的女子，你把我这个‘莲子’采走吧！”

妍珊的脸泛起了红，就像被夕阳染红的湖水。小舟在摇荡，轻轻地，好似被这个世界怀抱着的摇篮。多美的梦啊！妍珊真觉得自己置身在梦中。这梦多美好！多甜蜜！多不愿意醒来！他们多愿意一直沉浸在这梦中……

春天在慢慢地消逝，天已经转热，太阳把它的热量毫无保留地献给了这个世界，但晚上的风是凉爽的，就像清凉的水滑过皮肤。月光洒在已经抽穗的麦子上，一大片一大片的，都被染成了银灰色。蒋书轮走出学校，他抬头望着月亮，月亮是圆的，它静静地挂在那儿，沉默不语。蒋书轮却有许多许多的心事向它倾诉。他坐在麦田边，四周寂寥无人，唯有各种昆虫的叫声，在这晚上上演着大合唱。他多想做一只昆虫，加入它们的大合唱中。可他是人，他有着人的喜怒哀乐，如今，他是处在哀伤之中的。他多么爱妍珊！他本以为他和她的结合是水到渠成、一帆风顺的。他从来都没有介意过她的失明，他要用一生来爱她，照顾她，给予她信心，带给她温暖。青年的爱是炽烈的，是义无反顾的。可是，当这爱真正要变成婚姻，将这炽烈变成永不熄灭的火焰的时候，他们才发现，横亘在恋爱与婚姻之间的山脉是如此的高大与宽阔。蒋书轮的父母是坚决反对自己的孩子娶一个盲人的。当蒋书轮向父母说起自己谈了对象，是同学校的老师的时候，父母高兴极了。但当蒋书轮又说出妍珊失明的情况时，父母的微笑像水中的鱼，倏地不见了。

“书轮，你怎么能看上一个盲人呢？盲人也属于残疾，咱怎么能和残疾人结婚！妈不求你找个多好的对象，但最起码也应该身体健全！”蒋书轮的母亲说道。

“盲人怎么了？残疾人怎么了？”蒋书轮生起气来，“她虽然是个盲人，却依然坚守在教学岗位上，她善良、乐观、坚忍，我从未见过像她这样优秀的女孩儿！”

“我们没有怀疑她的品质！你看上的女孩儿一定是优秀的！”蒋书轮父亲说道，“但是，你要好好想想，将来你们共同生活了，你要承担多重的压力！她的眼睛看不见，你要照顾她；婚后生活中所有大大小小的事情都要你处理。还有——还有，你们有了孩子，她一个盲人能带孩子吗？你要想清楚啊，书轮。”母亲说道。

蒋书轮低下头，他在想父母的话，有那么一刻，他觉得父母的话是有道理的。蒋书轮从小就是个听话的孩子，但凡生活中的大事，都是父母做主的。当年他考哪所大学，报什么志愿，都是听从父母的意

见。蒋书轮就像那个从小在父母羽翼下生活，靠鸟妈妈嘴里的食物成长起来的雏鸟，还不会自己飞行。可他总归要长大，他已经二十五岁了，有自己的思想了，不能事事都听从父母的安排了。他的眼前浮现出妍珊的影子，他看到了妍珊当初在集市上说“我要把我的青春奉献给农村教育”这句话时坚决的样子；他看到了他给妍珊读“江南可采莲，莲叶何田田。”时，妍珊幸福的样子；他看到了妍珊因失明在医院住院时流泪的样子；他看到他为妍珊读学生的纸条时，妍珊认真的样子。“妍珊”。蒋书轮仿佛看到妍珊就在半空中，她冲他微笑，向他招手，蒋书轮也情不自禁地伸出手，他嘴里念叨着妍珊的名字。

书轮的父母看到自己的儿子如此爱这个女孩儿，一开始是觉得不可思议的。父母老了，已经是快六十岁的人了，他们经历了太多的沧桑，过了太多的苦日子。他们深深地明白，婚姻无非就是找个人搭伴生活，这生活里充斥的是柴米油盐，是工作挣钱，是供养老人照顾孩子，是数不完的一地鸡毛。哪有什么谁非要和谁在一起不可的呢？年轻人的爱是盲目的，当他们真正结婚以后，他们才会发现，爱情是不存在的，爱情到最后则是变成了亲情。

“唉！书轮这孩子，怎么这么倔呢？他为什么偏偏要看上一个盲人呢？”母亲叹了口气。

“再等等看吧！也许过一段时间他就醒悟过来了。年轻人谈恋爱嘛！总是不长久的。”

“这个姑娘的眼睛好好的，为什么会突然失明？就治不好了吗？”母亲疑惑地说道，“我去他们村打听打听，这姑娘究竟得了什么病，再去医院问问医生。”

蒋书轮每天还照例为妍珊读学生纸条上的文字，只是他似乎少了像往常那样的激情。他有时读着读着，声音就变小了，以往充沛的感情变得黯然下来，他的声音里还带着些许的忧愁；他注意力也不集中了，他时常读错段落，有时读完了整篇文字，竟不知道自己读的是什么；他还老是结结巴巴地读，语句读得也不连贯，读完一段还停顿好大会儿。妍珊抬起头，眼睛睁得大大的，似乎是想看看蒋书轮在那儿干什么，为什么最近一段时间老是跑神。她能察觉到，书轮一定有心事，盲人对周围事物的感知能力是敏锐的，但她不知道他到底隐藏着什么事情。

“书轮，你怎么了？心情不好吗？”妍珊那天突然问。

“没……没事。”蒋书轮刚读完纸条，他想不到妍珊会突然这样问他，他像读纸条那样结结巴巴地说道。

“有什么事情不能和我说的吗？我可是你最忠实的倾听者。”妍珊笑道，“我不仅倾听你给我读的学生的心理秘密，我还倾听你的心理秘密。”

“妍……妍珊，”蒋书轮忽然抓住妍珊的手，他猛地抱住坐着的妍珊。妍珊着实吓了一跳，她想推开蒋书轮，但他紧紧抱着她。她感受到书轮跳动的心脏、紧张的肌肉、急促的呼吸。她就这样被他紧紧地抱住，她不知道今天的书轮到底怎么了。

“妍珊，你真的爱我吗？”蒋书轮在她的耳边低语。

“我爱你！”妍珊回应道。她虽然不知道书轮为什么会这样问她，但她需要给自己爱的人一个肯定。

“无论前方我们遇到多少困难，我们永远都要相依在一起，不离不弃，对吗？”蒋书轮问道。

“是的，我们永远相依，不离不弃。”妍珊把每一个字都咬得很坚定，仿佛这话语是从胸膛里发出的一般。

蒋书轮松开了妍珊，他仿佛变得很有力量似的，坚定地站在妍珊面前。窗外的阳光投射过来，照在了他的身上，他愈加显得高大。他向妍珊道了别，径直走出了门外。

这个周末，蒋书轮回了家。他走进家，看到母亲坐在沙发上，眼睛盯着地面出神；父亲在一旁抽着烟，一声不吭地看着对面的墙壁。

这家仿佛凝固住了一般，没有一丝的响动。蒋书轮轻轻地走进卧室，小心翼翼地将书放在桌子上。他不知道父母怎么了，为什么一个个神色都这么凝重。他这次回家是想告诉父母，而且是语气坚定地告诉父母，他要和妍珊结婚。无论他们是否同意，无论他们如何劝说，他都要和妍珊结婚。他坐在床边，握紧了拳头，眼睛发出耀眼的光芒。他忽地站起来，大踏步走出卧室。然而刚走出卧室，他就畏缩起来，父母的眼光同时也在看着他。他的耳边又响起了父母的话语："你怎么能和一个盲人结婚？你要承担多大的压力！"他的勇气就在这走向沙发的途中渐渐耗竭，他小心翼翼地坐在沙发上，双手放在两膝上，头侧向一边，眼睛看着卧室的门。蒋书轮从小就是在父母的控制下长大的，他怯懦而又无主见，他就是在父母的"安排"下长了二十五年。到今天，他又怎能挣脱开父母套在他脖子上的缰绳呢？

"你和那个姑娘还在谈？"没等蒋书轮开口，母亲就先问起来。

"是，我们已经谈了半年了，我觉得我们很合适。"蒋书轮平心静气地答道。

"别谈了，她的眼睛……"

"我知道，我愿意和盲人结婚，我愿意承担生活的重担……"

"你懂什么！"母亲勃然大怒，她的语调高出好几倍。她涨红了脸，唾沫也飞出好几丈远，"我打听了这姑娘得的病，我也问了医生，这病不仅没办法治，还会遗传！"

"只是'可能会遗传'……"

"可能会遗传不就是会遗传？"

蒋书轮不再申辩，他知道母亲在气头上，再说什么也无用。他站起来，又从沙发走进了卧室，他砰地关上了门。

他躺在床上，隐隐约约听到父亲劝母亲的声音："孩子大了，你说话要注意方式，不要跟他吵。"蒋书轮的眼睛湿润了，他眼中的一切都变得模模糊糊的，他的妍珊，在这模糊中渐渐消失，终至一团虚无。

他愤恨，他咬着牙齿，他抓起被子，他在床上痛苦地翻滚。挣扎了一番，他累了，呼呼地喘着粗气，渐渐地他居然睡着了。他在梦中梦到他和妍珊结婚了，是父母同意他们结婚的。妍珊穿着白色的婚纱，走到他的面前。他们彼此看着对方，妍珊的眼睛竟然好了，她能看见这个世界了。“我们终于在一起了，妍珊！”他欣喜若狂，一把抱住她，他亲吻着她，他要把所有的爱都给她。

梦最终还是醒了，蒋书轮睁开眼睛，他看到屋里已被黑暗包围，只有床头上方的窗口还洒了些余晖。暮色四合，远处的犬吠声隐隐约约地响起。刚才这是梦？蒋书轮睁大了眼睛，他看到的依然是四周的黑暗和窗口的余晖。他突然觉得自己被黑暗重重地压住了，他喘不上气来，太压抑了，他看着窗户，想爬起来透过窗户看看外面。在这一刻，他感到生命如此的渺小，他对整个人生、整个世界都充满了深深的失望，他甚至想到了死！

母亲走了进来，蒋书轮听到了门的响动声和母亲的脚步声。母亲喊他，他没有应答。母亲叹了口气，坐在了床边。在这黑暗的屋子里，只有他和母亲两人，他们相隔得如此近，又如此远。时间仿佛凝固住了，却又分明听到钟表在滴答滴答地响。母亲又叹了口气，终于说了一句话：

“妈是为了你好！”

母亲等着儿子答话，可蒋书轮依然没有答话。他依然睁着眼睛，看那窗口的余晖一点一点地消失。屋子里终于全黑了。他连母亲的身影也看不见了。他感觉到母亲站了起来，他听到门被关上的声音。黑暗中又剩下了他一个人……

这是麦子快成熟的季节，麦秆、麦叶、麦穗都变成了黄色，麦粒正在做最后的冲刺，不断变得饱满。对蒋书轮来说，这是悲伤的季节。金黄的麦子在他眼中仿佛已经奄奄一息，它成熟了，也就死亡了。万事万物的终点就是死亡。他拿起笛子，站在大片大片的麦田前面，为

它们吹奏挽歌。一只麻雀站在麦穗上，它望着蒋书轮，听着笛声，时不时地啁啾几声。在这广阔的大地间，麦田、蒋书轮、麻雀、笛子，构成了一幅哀婉的图画。

妍珊常常能听到蒋书轮的笛声。中午时的阳光热辣辣的，妍珊在宿舍休息，却隐隐约约听到麦田那边的笛声；晚上妍珊站在窗前，笛声又悠悠扬扬地飘过来，她打开窗户，侧耳倾听，这笛声里分明藏着悲凉，比当初他们分手时蒋书轮吹的笛声还要悲凉。书轮怎么了？妍珊想着，他到底发生了什么事？为什么会如此忧伤？妍珊不是没有问过他，可他总是支支吾吾的，不肯正面回答。妍珊安慰他，劝他放宽心，不要把所有不开心的事情都放在心上。可是，妍珊越劝他，他反而越暴躁，越忧伤。有一次，他竟然拿头撞墙。妍珊吓到了，赶紧抱住他的头，她流着眼泪问书轮这是何苦，有什么想不开的可以说出来，书轮也不吭声，只是紧握着拳头，咬着牙齿，痛苦地忍耐。妍珊的心在流血，她看到自己所爱的人遭受这么大的痛苦，她能不流血吗？关键是她丝毫不知道书轮的心事。晚上她躺在床上，静静地想着，她用她学到的不怎么丰富的心理学知识来解读着书轮这些行为背后的情绪。是什么事会让书轮这样子呢？妍珊思索着，他是失去了什么吗？失去了什么？妍珊觉得，人只有在失去自己最宝贵的东西时才会痛苦万分，就如当初她失去眼睛那样。书轮失去的又是什么？难道，难道？妍珊忽然想明白了，是的，一定是的，一定是他的家人不愿让书轮和自己在一起，一定是的，一定是他们嫌弃自己是个盲人。妍珊叹了口气，她听到书轮的笛声止住了，已经是晚上十点了，这是该休息的时间了。妍珊却爬了起来，她又站在了窗边。她能听到书轮的脚步声，可脚步声这时也止住了。书轮一定就站在窗下的路上，在这一刻，在无边的黑暗里，他看着她，她也“看”着他，虽然他们彼此都看不见对方，但他们的心灵在彼此呼应。两个年轻人啊！两个内心充满着爱的年轻人啊！两个虽然内心充满着爱却得不到眷顾的年轻人啊！命运之神会

把他们抛向何方？

妍珊理解书轮的苦衷，她知道书轮爱她。爱她，这不就足够了吗？对她这个盲人来说，她又有何求呢？妍珊的自卑感又来了，她在生活中是个强者，但在感情乃至人际交往中是个弱者。她宁愿自己被伤害得千疮百孔，也不愿伤害到别人。书轮呢，他何尝不明白，他对不起妍珊！他曾经许下的誓言转眼就变成了空话，他感觉自己真是个浑蛋！他疯狂地自虐着，企图用身体的疼痛来缓解精神上的痛苦。妍珊心疼他，她再也不愿意让他活在自责之中。她做好了准备，她决定和他分手，虽然她是如此爱他，但也正因这爱，她才会做出这般举动。她要向书轮表明，他们不能在一起，不是你的错，而是我，是我抛弃了你，是我不再爱你。

妍珊不再让书轮来她的心理咨询室，她已经明确向书轮表明，她要和他分手。当书轮听到“分手”两个字的时候，简直觉得五雷轰顶。“为什么！为什么！”他的心仿佛被插满了尖刀。母亲阻挠他，现在她心爱的妍珊也要抛弃他，他的生活顿时黑暗了，他生的希望几欲破灭。他不甘心，他又去了妍珊的心理咨询室。门是关着的，书轮敲了敲门，妍珊却没有应答。她知道门外是书轮。书轮推开了门，看到妍珊静静地坐在那儿。她瘦了，锁骨已经明显地凸了出来；她憔悴了，失明的眼睛红肿着，苍白的面孔上刻着深深的皱纹。

“妍珊。”他小心翼翼地叫她的名字，仿佛这名字是玻璃做的，一喊出来就会碎了一般。

妍珊并没有答话，她低下头，手中摸索着学生写的一页页的信纸。

“妍珊，我爱你。”书轮仿佛用尽了力气，但声音依然微小，“我们这就去结婚。”

“可我已经不爱你了。”妍珊斩钉截铁地说。

屋子里一阵沉默，太阳被一朵云挡住了，光线立刻暗淡下来。蒋书轮看着妍珊，妍珊还在摸索着那些信纸。

“为什么，你为什么不爱我！”

“没有为什么！”妍珊终于摸定了一张信纸，她将纸放在桌面上试图用手抚平，她依然冷冷地说道，“是我厌倦了你，我不再爱你了，你走吧！”

蒋书轮被笼罩在那团云朵的阴影中，他站了许久，阳光依然没有射进屋里来。妍珊还在不停地抚平着那张信纸。那是张凹凸不平的信纸，是那名失去姥姥的女学生写的。他曾经拿着那张信纸给妍珊读，如今，他再也不能为妍珊读信纸上的内容了。他默默地走出了屋子，走到门口，他转过身，最后看了妍珊一眼。妍珊正襟危坐着，但眼睛里似乎闪现出了泪花，泪水似乎又滴在了那张将要被抚平的信纸上。那张凹凸不平的信纸最终是抚不平的，因为它承载了太多的泪水。

麦子只剩一周就要收割了，它们的生命最终还是要回归到这片黄色的土地。风静了，蒋书轮最后吹奏了一首曲子，麦穗静静地倾听着。蒋书轮流下了眼泪，他又赶紧把眼泪擦干，男子汉大丈夫，怎能流泪？他忽然抬起胳膊，手中的笛子在烈日下发出青翠的光。他看了看笛子，这个陪伴他多年的笛子，他抚摸着它，心中万千不舍。但他很快断了留恋，没有了妍珊，要它有何用呢？他用力一扔，将笛子扔向广阔的麦田。笛子在空中旋转着，书轮仿佛在笛子的旋转中看到了妍珊，看到了她美丽的脸庞和她充满求知的眼睛。笛子飞到空中的顶点之后，又迅速地下落，最后和“妍珊”一同消失在摇曳的麦穗之间……

蒋书轮丢掉了笛子，他想他可以把妍珊忘掉了，最初的两天，他确实以为把她忘掉了，他把头埋在书本里，认真地备课、上课。可是后来他发现他每天无论是在办公室还是在教室，总是有意无意地朝妍珊的心理咨询室望几眼。学生们也总是看到老师忧愁的样子，他们不知道老师怎么了，或许是在为将要到来的月考忧愁吧！老师怕他们考得不好呢！学生们懂事多了，他们认真地读书学习。蒋书轮心里宽慰了许多，他想把所有的精力都放在教学上，他觉得对不起他的学生，他的内心充满了内疚和自责。可惜，在这内疚和自责之外，他的内心深处还住着一个妍珊。每天中午、下午放学，他总是先经过妍珊的心理咨询室，他远远地等她出来，再远远地跟着她。他担心她，怕她摔倒。他紧紧地盯着她的脚步，她走的每一步都牵动着书轮的心。妍珊走这段路已经走得很熟悉了，她早就能轻松地从教室走到餐厅，再从餐厅走到宿舍。学生们见到她，总会主动给她让路。同事们见到她，也会主动陪伴她，一路“护送”她到餐厅。蒋书轮的担心是多余的，没有他，妍珊一样可以自理，可以生活。他突然产生一种失落感，他对妍珊来说已经没用了，他帮不到她什么了。

妍珊的心里其实也住着蒋书轮，他的面孔常常在她黑暗的世界里闪现。以前她常常能听到他的声音，便慢慢忘却了他的面孔；现在她再也听不到他的声音了，她只能努力地让他的面孔在大脑中渐渐显现。她呆呆地坐在心理咨询室，手中的每一张信纸似乎都凹凸不平了，那不是学生的眼泪，是她的眼泪。她默默地给学生写回信，写着写着，泪水便来了。她的文思枯竭了，她写不出美丽的文字，再也无法和学生进行心灵交流。她扔下笔，在屋子里来回踱着步，她胡思乱想起来，她厌烦极了，她要去外面散散心。

学生们在上晚自习，妍珊竟然独自走出学校门口。她闻到麦子熟透了的味道。麦子马上就要收割了。她抚摸着麦穗，麦尖轻轻地触碰着她的手掌，她很喜欢这种感觉。她想起小时候，她和姊妹们比赛割麦子，每个人拿着镰刀，汗珠滴在镰刀上，镰刀在阳光下闪着光。“嚓嚓，嚓嚓”，他们虽然累，却那么快乐啊！转眼十几年过去了，她们都长大了，都开始承担起生活的重担了，童年的纯真活泼早已如水般哗哗地流走。人们也不再拿着镰刀割麦子了，冰冷的机器取代了人力，收获的幸福体验再也没有以前那般真实可触了。妍珊浮想联翩，她的脚步变得轻盈，她就似明眼人走路一般。就在这时，她的脚下出现了一块石头，石头绊住了她轻盈的脚步，她的身体迅速往前倾，她重重

地摔在了水泥地上。

“妍珊，你怎么了！”蒋书轮大声喊道。他急忙跑向妍珊，其实蒋书轮看到妍珊走出校门，一直远远地跟着她。

妍珊爬了起来，她拒绝了蒋书轮的搀扶，她忍着痛试着往回走。

“妍珊，你为什么要在大晚上出来？这多危险！”蒋书轮担忧地说道。

“我只是出来透透气。”妍珊面无表情，她又按摩了几下膝盖，试图消除膝盖的疼痛，“一个人，总想去外面走走。”

蒋书轮多想说“我陪你走”，但话到嘴边又咽了回去。妍珊已经和他分手了，她不在属于他了。他痛苦极了，他的眼泪似乎溢满了眼眶。他小声念叨着：“你可知道我有多孤独。”

妍珊停住了脚步，她的左手触碰到了麦尖，她用力握住麦穗，似乎把全身的力气都传到了麦穗上，她将脸扭向麦田一边，她强抑住悲伤，装作生气地说道：“你能看到这美丽的世界，你会有什么孤独！况且，你可以吹你的笛子……”

“我把笛子扔了！”

“扔了？”妍珊转过脸，惊讶地“望”着蒋书轮，“你怎么能把笛子扔了，你扔哪里了！”

“没有了你，要那笛子有何用！”蒋书轮发起火来。他丢下妍珊，气呼呼地往学校走去。他边走边大声说道：“你为什么要关心一只笛子！我前两天就扔了，而且就是站在这里，麦田边，把笛子扔到了麦田里！”

妍珊的手松开了麦穗，她静静地站在麦田边，想象着这广阔的麦田的样子。她觉得，笛子是蒋书轮生命中最重要的东西，他怎能扔了它？书轮啊！你怎能为了我扔掉你最宝贵的东西？妍珊自责、内疚，都是她，害得书轮如此痛苦！这个二十多岁的姑娘，她太善良，太无私，又太傻。她久久地站立在麦田边，笛子一定就在这广阔的麦田里

的一个角落，它静静地躺在那里，发出无声地哀叹。

笛子在哀叹什么呢？它在哀叹自己的命运，还是在哀叹自己的主人蒋书轮，抑或是哀叹自己最忠实的听众妍珊？笛子似乎早已洞察了这一切，它如这历史的见证者一般，默默地观看这一幕幕的悲剧上演。是的，如果笛子自己会吹奏，它的曲子一定是哀婉的，甚至是绝望的。

这个白天，白色的阳光白得瘆人。一切仿佛都笼罩在恐怖的白色之中，连那金黄的麦穗也被照得发白了。蒋书轮坐在讲台的板凳上，他用钢笔写着教案，底下是无精打采的学生。他写着写着，笔尖忽然就断了，黑色的墨水流了出来。这是怎么了？他的钢笔才用了半年。他赶忙用纸擦了擦流到桌上的墨水。他拿起断了的笔尖，笔尖发出白色的光，直射蒋书轮的眼睛。蒋书轮下意识地丢掉了笔尖，他最后把整只笔都扔到了垃圾桶里。

他竟毫无缘由地感到不安，他摸了摸自己的心脏，他的心跳得厉害。他不知怎么了，总有种不祥的预感。他在讲台上走来走去，皮鞋与地面碰撞着，发出急促的嗒嗒声。学生们纷纷抬起头，看着不安的老师，他们也不安起来，整个班级的气氛都被蒋书轮搅得不安起来。

“大家安静！”蒋书轮冲着学生喊道。

教室里立刻安静下来，学生们继续低着头学习。蒋书轮走下讲台，走向教室门口，他要出来透透气。他刚打开教室的门，便远远听到学校大门口发出凄惨的叫声。这声音穿过了白色的光线，透过白色的玻璃，直达每个人的耳际。这声音响得瘆人，每个人都在这一刹那陷入恐惧之中。蒋书轮朝那发出可怕声音的地方望去，他见到一个人躺在地上，周边围着一群人。他的心似乎要跳出喉咙，他的大脑轰得发出一声巨响。他不知道是怎么下的楼梯，又不知道是怎么跑到的学校大门口，他只见到了闭着眼睛的妍珊，他只见到了满地的鲜血，他只见到了她手中的笛子。“妍……妍”，他的喉咙发不出声音，他的嘴只在

机械地颤动。他的腿似乎灌满了水泥，他一步也迈不开，竟瘫软下去。他陷入了恐惧的梦魇之中，他周围的一切似乎都在他的梦中。他看到了救护车，看到了摇头的医生。他抬起头，看到天上那轮巨大的白日，那轮白日是那样惨白，它在用这白光哀悼着死去的人。

妍珊是去麦田里寻找蒋书轮的笛子。她在麦田里摸索着，针尖一样的麦芒直刺着她的脸庞，她的耳边响着哗哗的麦穗碰撞的声音。她最终找到了笛子，她欢喜得像麦穗上的那只麻雀。她要把笛子递到蒋书轮的面前，她要告诉他，不能随便丢掉最宝贵的东西。她要对他说，我理解你，我陪伴你。她跳出麦田，想要穿越马路，她忘记了听一下路上是否有车的声音，她就这样从麦田中跳出来，然后跑向路对面。一辆装满麦粒的大车来不及刹车，直直地撞向了妍珊。血混在了麦粒里，麦粒在白光下变成红色。在这惨白的世界里，唯有这一抹子的血，甚是鲜艳夺目。

笛子上沾了妍珊的血，青翠的颜色上夹杂了点点红色，就如绿色的植物里开出了朵朵小花，笛子似乎变得更漂亮了。蒋书轮颤巍巍地拿起笛子，笛子就是妍珊，妍珊就是笛子，妍珊死了，笛子也就死了，可这死了的笛子却是活着的妍珊用生命换来的。蒋书轮的眼泪滴在了笛子上，笛子上的血变得更加鲜红，小花开得更加鲜艳。他不敢再吹笛子了，他怕那哀怨的笛声让他精神崩溃。实际上，蒋书轮一直处在精神恍惚的状态之中，他不相信妍珊死了，他总是忽然一下子魔怔了，跑出办公室去找妍珊。他去妍珊的心理咨询室，他仿佛看到妍珊就坐在桌前，那一页页凹凸不平的信纸还工工整整地堆放在桌上。他喜悦极了，妍珊没有死啊，他冲向她，他伸出手去碰她的衣服，可她忽然就消失了，“妍珊！”蒋书轮绝望地喊道。他抱头痛哭，泪水如暴雨般滴在了那些凹凸不平的信纸上。

蒋书轮长久地沉浸在自责与悲痛之中。他一直觉得是他害死了妍珊。他不想再教学了，他想辞职。他写辞职书，写着写着，却忽然泪如雨下。他又想起了妍珊，当初妍珊的那句话言犹在耳：“我要扎根农村，一辈子坚守农村教育！”他是怎么承诺妍珊的，难道他忘了当初他对妍珊说的誓言了吗？“妍珊，我愿意扎根农村，坚守农村教育！”他抹掉眼泪，握紧拳头，他想他不能违背当初对妍珊的承诺。妍珊虽然死了，但她的精神还在熠熠生辉，他要延续她的精神。蒋书轮撕掉了辞职书。他来到妍珊的墓前，墓旁是一棵幼小的柏树，像是刚刚种下去的样子。她的墓挨着一条土路，土路往前延伸，通向麦田的深处。蒋书轮将一束花放在妍珊的墓前，他告诉她，他要继续坚守农村教育，他要努力成长为一名优秀的教师。风轻轻地吹拂着墓旁的小草，草儿似乎在欢快地替妍珊应答着。妍珊静静地躺在土地里，她的肉体将与草儿化为一体，共同滋养着这片土地；而她的灵魂，将会不断地向上飞升，直到化作天上那一颗最亮的星，它祝福着蒋书轮，也祝福着这世界上的每一个人……